アイスクリンの脳内に、
そのときの情景がほわわんと浮かんでくる。
それはディープキスを交わす
デュランダルとアイスクリンの姿であった。
――しかもキスのあとに言った一言が、
「わたしにとっては、いちばんのお友達」。
お友達なんて、ひとりもいたことないのに。
デュランくんに、どんな顔をして会ったらいいの。

シーザス
デュランダル

ヒマーリン
ライスケーキ

「魔法剣士、か……。
ピッタリだから
使わせてもらうぜ」

KENYO SATO & YUKO PRESENTS

落ちこぼれ剣士、追放されたので魔術師に転向する

～剣士のときはゴミスキルだった『絶対記憶』は魔術師にとっては神スキルでした～

2

[著] 佐藤謙羊 [イラスト] 夕子

OCHIKOBORE KENSHI, TSUIHOU SARETA node

MAJUTSUSHI ni

TENKOU SURU

CONTENTS

[volume]
TWO

デザイン AFTERGLOW

OCHIKOBORE KENSHI, TSUIHOU SARETA node

MAJUTSUSHI ni
TENKOU SURU

プロローグ

落ちることは翔《と》ぶことであると、誰かが言った。だが、ずっと地を這《は》っていた少年は違った。彼は仲間とともに舞い上がり、空を支配していた敵を堕としていくのだ。

ひとり、またひとりと。そしてまた、ここにもひとり――。


『さぁ、両者がスタンバイを終えました！　世紀の対決の幕が、いよいよ切って落とされようとしています！』

ランドファーでもっとも大きい公園広場に用意された特設ステージ。魔導伝映装置《サイクビジョン》の水晶板の前にある席から、実況の声が響きわたる。

『今回は異色のカードということで、特別に実況中継が行われることになりました！　なんとウォーリア寮とウィザーズ寮の二強に、新たなる勢力が現れたのです！』

水晶板にはウォーリア寮のシンボルである剣のマークと、ウィザーズ寮のシンボルである杖《つえ》のマークが映し出されていた。そこに、コウモリのシンボルが割って入る。

『それはバッド寮！　バッド寮というのはご存じない方も多いでしょうが、落ちこぼれの生徒が見せしめで入れられる寮、いわば追い出し寮だそうです！』

コウモリのシンボルがクルリと回転、ひとりの男子生徒のシルエットになる。

『バッド寮に所属しているのは、デュランダルくんという生徒ひとり！　ということはこれは寮どうしの戦いというより、ウィザーズ寮とデュランダルくんの戦いというわけです！』

特別実況が行われている広場にはすでに多くの人たちが詰めかけ、周囲には屋台まで出ていた。食べ物の屋台、グッズを売る屋台、そしてブックメーカーの屋台。

「さぁウィザーズ寮とデュランダルの対決、どちらさんもはったはった！　こんなに勝敗のわかりきった勝負も珍しいから、逃《のが》すと大損だぞ！　急がないと、そろそろ締め切りだ！」

しばらくして投票締め切りの鐘が鳴り、周囲の客たちは屋台に掲げられた水晶板に注目する。

「よーし、それじゃオッズを公開するぞ！」

このブックメーカーにおけるオッズは集計の関係上リアルタイムではなく、投票開始直後、そして投票終了後の二回のみ公開される仕組みになっている。水晶板には最終オッズが映し出されており、ウィザーズ寮が一倍、デュランダルが二万倍という状況。このブックメーカーは世界各地にあるのだが、デュランダルにはたった一票しか入っておらず、他はみなウィザーズ寮に賭けたという形だ。これではウィザーズ寮に賭けても利益は出ないのだが、一倍というのは勝敗のみが当たった場合のオッズである。このブックメーカーには単純な勝敗予想以外にも『どのような形で勝利をするか』という勝因予想もあり、今回はそれが話題となっていた。

「俺は、『デュランダルが降伏宣言をする』に賭けたぞ！」

降伏宣言による決着は、このブックメーカーにおいて過去一度も出たことがない超大穴である。しかし今回にかぎっては一番人気の本命であった。その理由は明白で、

「落ちこぼれにゃプライドなんてねぇだろうからな！　ヤツは始まってすぐ、『まいりました！』って泣きながら土下座するに決まってる！　俺も全財産ぶち込んでやったぜ！」

ちなみにデュランダルに唯一入っている票の勝因予想も、『ウィザーズ寮が降伏宣言をする』となっている。観客の間ではウィザーズ寮の勝利はもはや確定事項となっていたが、ステージ上の空気も似たようなものであった。

『いつもは私ひとりでお送りしているのですが、本日は解説として特別に「王立高等魔術学院《ウィザーズ・ハイ》」の教諭、ダマスカス先生にお越しいただきました！　ダマスカス先生は、デュランダルくんがどのように敗北すると思われますか⁉』

実況の隣に座っていた、チョビヒゲにタキシードの中年男が咳払《せきばら》いとともに応じる。

『ウォッホン。本命は「開始一〇分でエンジェル・アローを受けて降伏」、対抗は「開始一〇分でエンジェル・アローで蜂の巣になる」このどちらかだます』

『ブックメーカーでは、決着を細かく予想をするほど的中したときの配当が上がりますが、時間まで予想するとはさすがダマスカス先生！　でも、一〇分というのは長すぎませんか⁉　デュランダルくんはかなり善戦するということでしょうか⁉』

『違うだます。あのゴキブリは、悪魔が乗り移ったゴキブリみたいにしぶといだますから』

ダマスカスの顔が、苦虫の味を思いだしたように歪《ゆが》む。

――『痛み分けの儀式《ペイシェア》』では、あの悪魔のゴキブリにさんざんやられただます……！　あのときにやられた腰は一生モノのケガとなってしまったうえに、儀式失敗の責任を取らされ私は停職扱いに……！　このままでは、辞職させられるのは時間の問題……！　でも、飛んで火に入る夏の虫だます……！

ダマスカスの表情が、喉元の熱さが過ぎ去ったように落ち着く。

――この戦いで悪魔のゴキブリをズタボロにし、生き恥のような姿を晒《さら》させる準備は万端……！　しかも、勝因までキッチリ決めてあるだます……！　そしてその勝因に賭けるために全財産をはたき、屋敷《やしき》を担保に借金までしただます……！

ダマスカスの顔が、取らぬ狸《たぬき》の皮の数を数えているように笑んだ。

――儲《もう》かるのは、絶対確実だますからね……！　その儲けを賢者たちに献上すれば、私は復職どころか、校長の座も夢ではない……！　クビのピンチを出世のチャンスに変える、それがダマスカス流だます……！

ダマスカスは誰よりもこの戦いに賭けていた。自身は戦うわけではないのに、残りの人生のすべてを捧《ささ》げるかのように。一介の教師にここまでの決意をさせ、ゴキブリとまで公言させてしまう、デュランダルという生徒はいったい何者なのか……？

『あっ、いよいよゴングのようです！　デュランダルくんが動きだしました！』

実況の言葉とともに、水晶板が現地の映像に切り替わる。そこには剣士の練習着に、ボロ布を羽織った少年の姿が映っていた。見渡す限りの雪原の斜面を、ボロ布をなびかせ息を切らしながら一心不乱に走っている。

待ちに待った戦闘開始に、広場の観客たちから歓声があがった。

「おっ、アイツが噂《うわさ》のやられ役か！　バッド寮がたったひとりってのはマジだったんだな！」

「そんなのやられ役どころじゃねぇだろ、死刑囚みてぇなもんだ！」

「アイツ、服装からいって剣士みたいだな！　制服も与えられてないなんて、相当な落ちこぼれじゃねぇか！」

「でも落ちこぼれっていうからノロマなブサイクかと思ったら、いい男じゃない？」

「がんばれーっ、デュランダルくーんっ！」

デュランダルは登場してわずか数秒で女性人気を獲得していたが、本人はこの戦いを大勢に見られ、一挙手一投足を実況されていることを知らない。

『りりしいデュランダルくんに、客席からはさっそく声援が起こっております！　しかしデュランダルくんの声は吐息まで聞こえても、こちらの声はデュランダルくんには一切届きません！　あっ、あぶない！』

危機を告げる実況の声。その声が届いたかのようにデュランダルは横っ飛びをし、獲物を狙う巨鳥のように覆《おお》い被《かぶ》さってくる影から逃れていた。半身を雪に埋もれさせながら顔を上げるデュランダル。その視線の先には、鈍色《にびいろ》の翼を大きく広げた五人の魔術師がいた。

「貴様が、身の程知らずのデュランダルか！　我らは、エンジェル・ハイロウの尖兵《せんぺい》五人衆！」

「まずは、この私たちが相手をしよう！　といっても、私たちで……いや、私ひとりでじゅうぶんだろうがな！」

「我らからの挨拶がわりの攻撃は偶然かわせたようだが、次はこうはいかんぞ！」

『おおーっとぉ！　ついに交戦のようです！　この雪原ルームを支配しているのは、魔術師グループ「エンジェル・ハイロウ」！　ウィザーズ寮きっての信徒集団です！』

魔術師たちはリュックサックに鉄の翼が生えたような装置を背負い、その翼のはばたきによって宙に浮いていた。

『エンジェル・ハイロウは「魔導装置《サイクギア》」の新兵器、「魔導飛翔装置《サイクウイング》」を導入！　本来なら大幅に機動力を奪われる雪原において、圧倒的な機動力を持っています！』

魔導装置《サイクギア》とは魔力で動く機械の総称である。デュランダルが起き上がりながら天を仰ぐと、上空には巣をつつかれた蜂のごとき飛翔《ひしょう》集団が飛び回っていた。

『すごい数です！　それにしても魔導飛翔装置《サイクウイング》といえばかなりの高級品のはずなのですが、それをチーム全員が所持しているのは異常なことと言えるでしょう！　ダマスカス先生、この件についてなにかご存じありませんか⁉』

——それは、私が買い与えたものだます……！

とはおくびにもださずに、ダマスカスはとぼけたような声をあげる。

『エンジェル・ハイロウは優秀な生徒ばかりだますから、きっと神様がくれたんだます。それを証拠に、あのゴキブリは魔導装置《サイクギア》どころか剣すらも持ってないだます。あそこまで持たざる者なんて罪人くらいのものだます』

ついに罪人呼ばわり。一方デュランダルは眼前の尖兵たちに視線を戻して思案していた。

「うぅん……まわりにあるのは雪ばっかで、隠れる場所どころか石ころひとつ見つからねぇや。せめて棒きれの一本でもありゃなぁ……。こうなったら、覚悟を決めるしかねぇか」

「よし、かかってこいよ」ファイティングポーズを取り、指をクイッとやるデュランダル。

デュランダルの前でホバリングを続ける魔術師たち、その先頭にいた男は腕組みして笑っていた。

「わははははは！　バカめ、丸腰でやりあうつもりか！」

「しょうがねぇだろ、ここに来る途中で剣がどっか行っちまったんだから」

――それは、私が奪って隠しただます……！

ダマスカスの足元には、ひと振りの剣が立てかけられていた。しかし、すでに勝利を確信し、ほくそ笑んでいたその顔がにわかに曇る。解説席からとっさに立ち上がると、ステージの水晶板に向かって叫んでいた。

『ダメだます！　そのゴキブリはただの剣士じゃないだます！　接近戦なんてしたら……！』

しかしその声は届くはずもない。

「丸腰の落ちこぼれに、我らの崇高なる魔術はもったいない！　だから、コイツでじゅうぶんだっ！　……召すぞっ！　エンジェル・クロスチョップぅぅぅ――っ!!」

顔の前で手をクロスさせたフライングチョップがデュランダルを襲う。いくら相手が細身の魔術師とはいえ、高速の体当たりを受ければ剣士のデュランダルといえどタダではすまないだろう。

しかしデュランダルはその場から一歩も動かず、虚空に手をかざしていた。

「水なき荒海……！　オーシャンズ・ヘルっ！」

次の瞬間、空の青と大地の白、その二色だけだった世界に紅蓮《ぐれん》が生まれる。その正体は、デュランダルの手から放たれた爆炎。激突寸前だった魔術師どころか、後ろに控えていた魔術師たちをもまとめて業火で包み込んでいた。

一瞬にして火だるまになった魔術師たちは墜落、雪原をのたうち回る。

「うぎゃぁぁぁぁ――――っ⁉⁉」「あついあつい、あつぃぃぃぃ――――っ⁉⁉」「た……助けてぇぇぇぇぇ――――――っ‼‼」

新たなる色が生まれた瞬間、世界から音が消え去る。それまで賑《にぎ》やかだった公園の観客席は、誰もが言葉を失っていた。

「ま……魔術師五人を、瞬殺……だと……⁉」「それに……なんだ、いまの攻撃……⁉　ひょっとして……魔術、か……⁉」「う、うそだろ……⁉　剣士が魔術を使うなんて……⁉　しかも、あんなヤベェ炎を出すなんて……！」

ダマスカスは頭をかきむしっていた。

『ぐぐっ！　あのゴキブリは邪悪な魔術を使うだます！　だから離れて魔術で蜂の巣にしてやるだますと、あれほど言っておいたはずだます！』

もちろんその声も届くはずはない。デュランダルはかざしたままの手を、さらに上空に向ける。

「凍えよ剣……！　アブソリュート・ゼロ・ブレイド！」

彼が次に生み出した色は輝き。勢いよく射出されたそれは空中で放射状に広がり、きらめきながら天へと昇っていく。観客の誰かが言った、「わぁ、花火みたい……！」と。しかしそれは、この世でもっとも恐ろしい打ち上げ花火であった。

白刃のような光が閃《ひらめ》くたび、上空に鮮血が花開く。

「ぎゃっ⁉」「うがっ⁉」「に……逃げ……！」

それまで空を支配していた魔術師軍団。デュランダルに新手を送る間どころか逃げる間も与えられずに光に射貫《いぬ》かれ、青空に赤い大輪の花を咲かせていた。次々と落下し、大地に雪飛沫《ゆきしぶき》をあげる。それは、天使が虐殺されるような衝撃映像。観客たちは別の意味で水晶板に釘付《くぎづ》けになっていた。

「す……すげぇ……！　あれはどう見たって魔術じゃねぇか……！」

「ああ……！　炎のときはトリックかと思ったが、あれは完全に魔術だ……！」

実況も、席から立ち上がって叫んでいた。

『確かに、あの高い誘導性はまぎれもなく「氷撃魔術《アイスピア》」です！　先の爆炎は「竜炎魔術《ドラフレイム》」級の威力がありました！　しかも、デュランダルくんは魔術の発動に必要な触媒《ローダー》を持っておらず、魔術の発動に必要な手順である、舞踊《テップ》も詠唱《リード》もしていません！』

実況は隣で頭を抱えているダマスカスを責めるように問う。

『あの歳《とし》で属性の異なる攻撃魔術を、しかも名門の魔術を二種類も使いこなすなんて、普通ではありえません！　そんな人間がもしいるとしたら、規格外の逸材です！　そんな生徒が落ちこぼれ扱いされてるなんて……！　ダマスカス先生、これはいったいどういうことなんですか⁉』

ダマスカスは食いしばった歯から血を流し、血走った目で実況を睨《にら》み上《あ》げていた。

『ぐ……ぎぎぎっ……！　言ったはずだます……！　あのゴキブリは、悪魔のゴキブリだと……！

「外道魔法《ヴァルガー》」……！　それがあのゴキブリの力の正体だます……！』

『外道魔法《ヴァルガー》⁉　あの、魔王以上に邪悪と言われた魔法のことですか⁉　でも外道魔法《ヴァルガー》は、すでに滅びたはずでは⁉』

『死んだように見せかけて、しぶとく生きている……！　まさしくゴキブリ魔法なんだます！　あのゴキブリが使っているのが、なによりの証拠だます！』

ダマスカスは机をバアンと叩《たた》いて立ち上がると、悪の司令官のごとき形相で水晶板を指さした。

『でもいくらあのゴキブリでも、今日が最後の日だます！　この日のために、私はすべてを賭けただますっ！』

その言葉を合図とするように、映像から地鳴りのような轟音《ごうおん》が響く。デュランダルもただならぬ気配を察し、「なんだ？」とあたりを見回そうとした。しかしその原因を探るまでもなく、デュランダルの表情は驚愕《きょうがく》に染まる。

その瞳には、いままさに覆い被さらんとする白い高波が映っていた。

「うっ……うわぁぁぁぁぁぁ――――っ⁉⁉」突然の雪崩《なだれ》に、なすすべもなく飲み込まれてしまうデュランダル。

『やっただますぅぅぅぅぅ――――っ‼‼』ダマスカスは解説の立場も忘れて歓喜の悲鳴をあげていた。

『魔導豪雪装置《スノーフォーレスト》を応用した雪崩の罠《わな》！　発動に時間はかかるだますが、戦争にも使われるほどの絶大な威力があるだます！　そのぶん費用も絶大だっただますが、仕掛けた甲斐《かい》があっただますぅぅ――――っ‼』

舞い上がる吹雪によって映像は乱れていたが、しばらくして足跡の消えた雪原が映し出される。

一拍おいてデュランダルの顔が、「ぷはっ」と飛びだした。

「な……なんでだ⁉　なんで雪崩が起こったんだ⁉　しかも予兆ゼロで、目の前にいきなり出てきたぞ⁉」

「これが、我らエンジェル・ハイロウの力だ！」

目を白黒させるデュランダルのまわりに、天使たちが次々と着陸する。

「よくも、我らの仲間をやってくれたな！　だが、これで終わりだ！」

「雪に埋もれた状態では、邪悪なる魔術も使えまい！　さぁ、召すぞっ！」

「ぐっ……！」手だけでも出そうともがくデュランダル。しかしそれよりも先に、全方位から非情なる切っ先が突きつけられる。向けられていたのは魔術の触媒《ローダー》である杖。そこには、無慈悲なる光が灯《とも》っていた。

「我らは、天網を紡ぎし翼を授かる者なり！」鋼鉄の翼を翻《ひるがえ》し、天使たちは合唱する。

「全智《ぜんち》たる我が主に、この身体《からだ》を筆として捧ぐ！　敵の血を朱墨とし、蒼空《そうくう》に我が主の名を刻もう！」

杖の中心に、半月状の光が浮かびあがる。その光は杖とクロスし、天使の弓のような見目となった。

「全能たる力の片鱗《へんりん》を、ひとときこの身に！　……エンジェル・アローっ！」

杖の先で膨らんでいた光が矢のように撃ち出され、わずかな雪飛沫とともに埋没していく。デュランダルが「ぐうっ⁉」と苦痛に顔を歪め、天使たちはサディスティックに唇を歪めていた。

「悪魔よ、我ら天使の矢の味はどうだ？　もうすぐ一〇分、降参するなら慈悲をくれてやるぞ」

「へっ、ありがてぇな……！　蚊が刺したくらいでお情けをくれるってのかよ……！」

デュランダルから鼻で笑われ、天使たちは激昂《げきこう》する。

「天より授かりし矢を蚊呼ばわりするとは！　その意地がどこまで続くか見せてもらおう！」

天使たちは合唱をやめ、おのおのでエンジェル・アローを放つ。そのたびにデュランダルは食いしばった歯の間から苦悶《くもん》の呻《うめ》きを漏らす。断続的に矢で貫かれるあまり、すでにまわりの雪には血が滲《にじ》んでいた。

やがて、ぐったりと首を折るデュランダル。天使たちは、しぶとい捕虜へのムチ打ちを終えた拷問官のように見下ろしていた。

「はぁ、はぁ、はぁ……！　どうだ、悪魔め！　我らの力、思い知ったか！　もはや、強がることすらできないだろう！　さあ、降伏の言葉を聞かせてもらおうか！　でないと、本当に召してやるぞ！」

勝負は決したとばかりに天使たちは笑う。ダマスカスも笑っていた。

『ムホホホホッ！　あそこまで痛めつけてやれば、あのゴキブリも泣いて許しを請うだます！　すべては計画どおり……！　私の灰色の脳細胞にかかれば、こんなもんだます！　さぁ、みなさんごいっしょに！』

ダマスカスは手を叩いて『こーふく！　こーふく！』とはやしたてる。ここでデュランダルが「まいった」と言えば、ブックメーカーにおける大多数の予想が的中する。本来ならば大盛り上がりする状況なのだが、観客たちはだれも乗ってこなかった。

「ひでぇ……！　なんだ、この戦いは……！　完全に、インチキじゃねぇか……！」

「しかも動けなくした相手をさんざん痛めつけるなんて、なにが天使よ……！」

「負けないで……デュランダルくん……！」観客たちの心はデュランダルに傾きつつあった。

その気持ちが通じたかのように、映像の向こうのデュランダルはうつむかせていた顔をあげる。

「へへっ……！　このくらいのケガなら、週三だぜ……！」

ニッと笑うデュランダルに、観客たちから「わぁ……！」と歓声があがる。ダマスカスは怪鳥のように叫んでいた。

『きええっ！　いくら強がってみせたところで、もうお前に勝ち目はないだます！　こうなったら、徹底的にやってやるだます！　本命は捨てて、対抗……！　エンジェル・アローで蜂の巣にしてやるだます！』

水晶板ごしに、映像のデュランダルを指さすダマスカス。特設ステージからの声は聞こえていないはずなのに、天使のひとりが呼応していた。

「よ……よし……！　情けをかけるのは終わりだ！　我らの天使の雪原に、これ以上悪魔をのさばらせるわけにはいかんからな！　このまま召してやろう！」

ふたたび始まる合唱。デュランダルの顔にも「さすがにヤべぇな……！」と焦りの色が浮かび始める。埋まったままの身体でうんうんともがいていたが、肩がほんの少し出ただけだった。しかもその雪割りの芽のような希望も、天使たちの靴底によって踏みにじられてしまう。

「ムダなあがきだっ！　全能たる力の片鱗を、ひとときこの身に！　エンジェル……！」

最後の瞬間よりも早く、疾風が吹き抜けていった。

あおりを受けた天使たちは「うわっ⁉」とバランスを崩す。彼らが背負っている魔導飛翔装置《サイクウイング》はかなりの重量があるので、みな尻もちをついて倒れていた。

「な……なんだ⁉　ああっ、デュランダルがいない⁉」

さっきまでデュランダルが埋まっていた雪原にはぽっかりと穴があいており、引きずったような跡が残っている。その跡を追っていた天使たちの目は、驚愕で見開かれていた。

「なっ……なにぃぃぃぃぃぃぃ――――――――っ⁉⁉」

一拍遅れて映像が追従する。天使たちの視線の先には、ホウキにまたがり宙に浮く少女。バッド寮にはデュランダルひとりしかいないので、助けが来るというのはありえないことであった。しかし天使たちはそれ以上に、助けに来た人物のほうに驚いている。

「あ……アイスクリン様⁉　我ら魔術師の天使と呼ばれるほどのアイスクリン様が、なんであの悪魔を……⁉」

デュランダルはアイスクリンと呼ばれる少女に首根っこを摑《つか》まれ、ズルズルと引きずられていた。それはムチ打ちの刑の直後に、引き回しの刑に処されているような奇妙な光景。デュランダルはたまらず叫んでいた。

「ちょ、クリン！　もっと高く飛べねぇのかよ⁉」

クリンことアイスクリンはむっつりと答える。

「わたしの飛行魔術《エイビシャン》では、これが精一杯なの。不満なら、ここで……」

「いやいやいや！　助けに来てくれたのはありがてぇけど、こっちは囚《とら》われのお姫様だったんだぞ⁉　もっとやさしく運んでくれよ！」

「週三でケガするお姫様なんて聞いたことがないわ」
デュランダルは追撃してくる天使たちに気づき、お姫様モードだった意識を切り替える。
「こんなに揺れてたんじゃ、いくら氷撃魔術《アイスピア》でも当たらねぇ！　う〜ん、こうなりゃ俺が白馬になるしかねぇか！　王子様、手綱は任せたぜ！」
そして、世界は目撃することになる。少年の、さらなる力を。
†, s I Ⅱ d d ε n　∀ β y §§　……我、深淵《しんえん》を覗《のぞ》く者なり
白い息とともに口から放たれたのは、雑音《ノイズ》。黄昏時《たそがれ》の闇がささやいたような声であった。
三千世界《ヴォイド》0x九重天0193ad　〔流浪〕　虚空《アカシック》　〔蒼天《そうてん》〕　界層《レコード》　〝不踏の〟　抄《アブストラクト》
この世の誰もが知らない単語が紡がれたあと、この世のものとは思えないほどの美しい声が雪原に響き渡った。
――∧生まれたての《アースイーラーフーララ》空よ《アーラ》
洗いたての風よ《クータイーラークーン》
救いには手を《クータイース》花には棘を《フイーフーン》

それは魔術というよりも、完全に歌であった。天上の音楽のようなその声に観客たちは心を奪われ、天使たちは我を忘れる。

霊長《アース》の器《イース》を置き去《アース》りに我《アーリー》を誘え《クータ》
這う者《ウーオー》は拝し驕《リーリールー》る者《デーッ》は灰に《アース》
いま《マーイ》ひ《ラ》とた《フート》び天蓋《ウーオー》にふれる《オーレーオー》〉¡——

そして、世界は本当の奇跡を目にする。少年の背中にはなんと、天使の翼が翻っていたのだ。鈍色でも鋼鉄でもない、純白かつ柔らかな翼が。雪のように舞い散る羽毛に、観客たちは「えっ……⁉」と奇跡を目の当たりにした者特有の声をあげる。しかし本当の奇跡、本当の驚愕はここからであった。

「セラフィム・ウイングっ……！」

最後の宣言がなされると、少年と少女は青空に吸い込まれていくような勢いで天高く舞い上がる。観客席の男たちは騒然となっていた。

「さ……さっきの歌は魔術だったのか！　しかも空を飛ぶということは、飛行魔術《エイビシャン》⁉　デュランダルは剣士なのに、飛行魔術《エイビシャン》まで使えるのかよ⁉」

「しかも、五〇メートルは飛んでるぞ⁉　飛行魔術《エイビシャン》専門のプロでもあそこまで飛べる者はいないはずだ！」

「見ろ！　エンジェル・ハイロウのヤツらが完全に引き離されてる！　デュランダルの魔術は、

魔導装置《サイクギア》をも上回ってるんだ！」

観客席の女たちはウットリとなっていた。

「ふわぁ……デュランダルくんって、まるで天使……ううん、天使の王子様みたい……！」

「しかも、デュランダルくんを助けにきた子も雪のお姫様みたいにキレイだわ……！」

「王子様とお姫様がいっしょに飛んでいるところを見られるなんて、夢みたい……！」

デュランダルはアイスクリンをホウキごと抱き寄せ飛んでいた。このままふたりが幸せなキスをすれば幕が下り、お話ごと終わりそうな雰囲気であったが、そうはデュランダルがおろさない。

デュランダルは上昇しながら眼下に向かって手をかざし、こう叫んでいた。

「凍えよ剣……！　アブソリュート・ゼロ・ブレイド！」

直視できぬほどの莫大《ばくだい》なエネルギーが少年の手から生まれ、太陽の脚のごとき光となって地上に降り注ぐ。追いすがっていた天使たちは閃光《せんこう》の雨に貫かれ蚊トンボのように次々と落ちていった。

天からの裁きのようなその光景には、観客席の男も女も大パニック。

「えっ……えええええええ――――――――――――っ⁉⁉」

「飛行魔術《エイビシャン》の最中なのに、氷撃魔術《アイスピア》を使ったぞ⁉」

「そ……そんなの絶対にできっこないのに⁉　な、なんなんだ、なんなんだあの少年は⁉」

飛行魔術《エイビシャン》は使用中にずっと意識を集中する必要があり、雑念があると墜落してしまう。

そのためこの世界の常識として、飛行魔術《エイビシャン》で飛んでいる最中に集中を乱す行為をすることは不可能。ましてや魔術を使うなど、天地がひっくり返ってもありえないことであった。なお魔導飛翔装置《サイクウィング》があれば空を飛びながらでも魔術が使えるので、それを装備しているエンジェル・ハイロウは圧倒的有利である。世界の誰もがデュランダルに投票しなかったのも、無理からぬことといえよう。それまで自分の仕事を忘れたように言葉を忘れていた実況も、この奇跡を通り越した光景には声を絞り出していた。

『ふ……ふたつの魔術を同時に使えるなんて、規格外どころじゃない……！　最強……！　最強の魔術師だ……！　あ、いや、デュランダルくんは剣士だったような……？』

実況は水晶板の向こうが暗くなっていることに気づき、調子っぱずれの声をあげた。

『なっ……なんとぉぉぉ――――っ⁉　ま……まさか、まさかそんなっ⁉　エンジェル・ハイロウはこうなることを見越していたのか、最終兵器を用意していたようです！　その名もっ……！』

空を支配する十字架のようなその存在は、映像を歪めるほどの強烈なオーラを放っていた。

『大天使《アークエンジェル》ビスコクトゥス……！　比類なき魔術で、いまだ無敗……！　多くの剣士を天に召してきた、地上最強の天使ですっ……！』

ビスコクトゥスと呼ばれた魔術師は、禍福を糾《あざな》ったような黒白のマントをなびかせ、箱舟のごとく巨大な銀色の翼を戴《いただ》いていた。それまでの天使とは違う圧倒的な存在感に、映像ごしであるというのに観客たちは恐れおののく。

「す……すげぇ……！　まさに、大天使だ……！」「あのビスコクトゥスまで出てきちまったら、もうどうしようもねぇ……！」「これにはさすがのデュランダルも、ビビってるだろ……！」

当のデュランダルは、街中で知人にばったり会ったように手を上げていた。

「なんだ、誰かと思ったらプレッツじゃねぇか」

荘厳なる声が空をも震わせる。

「わらわはプレッツェルではなく、ましてやプレッツなどではない。わらわはビスコクトゥス。そなたに千滅《せんめつ》と一縷《いちる》をもたらす者なり」

「プレッツェルって呼びにくいんだよ。そんなことより、また俺のことを占ってくれんのか？」

ビスコクトゥスは答えない。いやむしろ応えるように両手を広げると、ふたりの間にトランプの束が現れた。それは扉のように巨大だったが、実体がなく蜃気楼《しんきろう》のように揺らいでいる。

デュランダルはヒューーッと口笛を吹く。

「すげぇな、それも占象魔術《フォーチュネル》か？　なんだか俺もやりたくなってきたぜ。あとでやり方を教えてくれよ」

「……そなたには、あとなどない……。すべてを奪われ、地に這いずるのみ……」

ビスコクトゥスが吐息を漏らすと、トランプの束のいちばん上にあったカードが引き抜かれる。

「……神は、サイコロを振らない……。ただため息とともに、カードをめくるだけ……」

一枚のカードを残し、トランプの束は爆散。舞い上がった何十枚ものカードは隕石《いんせき》のごとく地上に降り注ぐ。この世の終わりのような景色のなかで、ビスコクトゥスは告げた。

「……そなたに破滅の運命と、それを逃れる術を与える……。……この、残ったカードを当てることができたなら……その破滅は、わらわが受けよう……」

デュランダルとともに浮いていたアイスクリンが、悔しさを噛《か》みしめるように言った。

「しまった……！　まさか上空に『フォーチュン・オブ・ドゥーム』の領域が展開されてたなんて……！」

デュランダルの視線を察し、さらに言葉を続けるアイスクリン。

「フォーチュン・オブ・ドゥームは呪術《カースド》の一種よ。儀式のような準備が必要なんだけど、そのぶん効果は絶大で、被術者は逃れることはできないの。それに、たった一枚のカードを当てられなかっただけで、すべてを失ってしまうわ。場合によっては、命までね」

アイスクリンはそれとなく窮地を訴えたつもりだったが、デュランダルが驚きもしないので苛立《いらだ》ちを感じていた。

「当てられなかったらどうなるか、具体的に教えてあげるわ。身につけているものがすべて引き裂かれ、一糸まとわぬ姿にされて落ちていくのよ」

その言葉を引き継ぐように、会場のダマスカスが喧伝《けんでん》する。

『すっ裸《ぱだか》で地面に叩きつけられ、骨が折れて立てなくなるだます！　恥ずかしい格好で這いつくばる姿を、世界中に見られてしまうだます！　そうなったら、社会的にも終了……！　文字どおり、すべてを奪われてしまうだますよぉ！』

ダマスカスはビスコクトゥスが現れてからというもの、すっかりと息を吹き返していた。それもそのはず、

『本命と対抗はダメになってしまっただますけど、大穴を用意しといて正解だっただます！「デュランダルはすべてを失い、生き恥を晒しながら死んでいく」……！　ムホホホホッ！　最高の決着だます！』

映像は、絶体絶命のデュランダルを映し出す。並の人間なら青ざめている状況だったが、デュランダルはただのゲームに参加しているように気楽な表情だった。

「なるほど、よくわかった。ようは、当てりゃいいんだろ？」

この一言には会場のダマスカスや観客だけでなく、アイスクリンまでもが呆気《あっけ》に取《と》られていた。

「当てればいいって……トランプはジョーカー含めて五三枚あるのよ？　1／53の確率なんて、当てるほうがどうかしてるわ！」

「そうか？」と首をかしげるデュランダルに、「そうだよ！」と全世界から突っ込みが入る。

アイスクリンは恐怖で冷静な判断ができなくなったのだと思い、デュランダルの肩を摑んで噛んで含めるように説く。

「いいこと？　わざわざ自分から、すべてを失うことはないの。降伏して。降伏宣言をすれば……」

しかし無情な一言が割り込んでくる。

「……降伏などない……。待つのは、どちらかの破滅のみ……」

「そ、そんな、プレッツェルさん……!?」

「もういいって」とデュランダルが止める。「もう、天使サマはサイコロは振って……いや、カードを引いたんだ。だったら付き合ってやらなきゃヤボだろ」

「な……なにを言っているの!?　これはゲームなんかじゃない、負けたら本当にすべてを失うのよ!?」

必死にすがりつくアイスクリンに、「いいさ」とデュランダル。

「俺がすべてを失っても、お前はそばにいてくれるんだろ？　なら、いいさ」

星の出るようなウインクを向けられ、「なっ……!?」と言葉まで奪われてしまうアイスクリン。

デュランダルはビスコクトゥスに向き直ると、謎かけに挑む旅人のようなポーズを取る。

『ムホホホッ！　いくら考えても無意味だます！　だってこれは考えてわかることじゃないだます

からねぇ！　さっさと破滅！　さっさと破滅！　はーめつ！　はーめつ！』

破滅コールが起こる公園広場。しかし盛り上がっているのはダマスカスひとりだけで、他の者たちは実況含め、水晶板に大写しになっているデュランダルに祈りを捧げていた。

「デュランダルくん……！　たのむ、当ててくれ……！」「頼むぜ、神様……！　デュランダルに味方してやってくれ……！」「お願い、デュランダルくん……あなたならきっと……！」

「そう、キミならできるっ……！　いままでたくさんの奇跡を見せてくれた、キミなら……！」

その祈りを受け取ったかのように、デュランダルはパッと顔を明るくする。そしてその口から、にわかには信じられないような回答が飛びだした。

「……あ、そうか、わかったぞ！　残ったそのカードは……『無』だっ！」

「えっ……えええええええええ――――――――っ!?!?」

世界を揺るがすほどの大絶叫が響き渡る。

「む……無？　な……なにを言って……」

ショックのあまり瞬きを忘れるアイスクリン。そしてビスコクトゥスも目を大きく見開いていた。開ききった少女たちの瞳孔。空中に伏せられていた、未来への扉のようなカードがゆっくりと開かれる。映像で大写しになったのは、なんと……。

なにも描かれていない、新雪のように真っ白なカードであった……！

「えっ……えええええええええ――――――――っ!?!?」

またしても驚天動地。白いカードは黒く小さな天使の群れとなり、敗者のビスコクトゥスに襲いかかっていた。

「あっ……⁉　い……いやっ⁉　やめてっ！　いやぁぁぁぁぁぁぁぁ――――――っ⁉⁉」

翼を奪われ、マントごと衣服を引きちぎられるビスコクトゥス。花も恥じらう乙女が生まれたままの姿を晒すというのは、死よりも辛《つら》い仕打ちである。

「お……お願いっ……！　生き恥のような姿にされるなら……！　ひ……ひと思いに殺して……！　かみさま！　かみさまぁぁぁ――――――っ‼‼」

泣き叫んだところで、神は助けてくれるはずもない。なぜならばこれが、彼女に与えられた運命なのだから。その運命に、広場の観客たちの反応はさまざまであった。デュランダルの勝利に安堵《あんど》する者、快哉《かいさい》を叫ぶ者。もはや誰も、敗者となった彼女を案ずるものはいない。そう、世界中の誰もが彼女を見捨てていた。

たったひとりの少年をのぞいて。

「させるかぁぁぁぁぁぁ――――――――――――――――っ‼‼」

ビスコクトゥス、いやプレッツェルの裸体が白日の下に晒されようとした瞬間、横殴りの風が吹き抜け、その身体をさらっていった。きつく目をとじていたプレッツェルの身体が、柔らかな肌触りでありながら、しかしたくましい感触に抱《いだ》かれる。

おそるおそる目を開けてみると、そこには……。

「でゅ……デュランダル……さん……⁉」

デュランダルは防寒着として羽織っていたボロ布でプレッツェルを包み込んでいた。

「なんとか間に合ったぜ」待ち合わせにギリギリ到着したような、いたずらっぽいその笑顔。プレッツェルはメガネごしの瞳をぱちくりさせていた。

「どどっ……どうして……た……助けてくれたん……ですか……？」

「まだ占象魔術《フォーチュネル》を教わってねぇからな。それにあんな簡単なゲームじゃ勝った気がしねぇし」

「あ……あんな簡単なゲームって……。い……いままで……フォーチュン・オブ・ドゥームを破った人は……誰もいないのに……」

まだ信じられない様子のプレッツェルに、デュランダルは己のこめかみを指でトントンと叩いてみせた。

「俺はちょっと、人より記憶力がいいんだよ」

「えっ……そ……それって……ま……まさか……？」

「そう、トランプの束が散ったとき、散ったやつをぜんぶ覚えといたんだ。まあ俺の場合は覚えたくなくても、いちど見たものは忘れないんだけどな」

「で……でも、引いたカードは……トランプのどれでもない……無地……でした……」

「うん、カードがぜんぶで五四枚あったから、そこは悩まされたよ。五四枚目のカードは何か、って。考えてたらふと、トランプを買ったときに付いてくる予備の白いカードを思いだしたんだ」

プレッツェルは、はにかみながら白状する。

「じ……実を……いいますと……先ほどの……フォーチュン・オブ・ドゥームは……買ったばかりのトランプを……触媒《ローダー》に……してたんです……」

「やっぱそうか。無地のカードを抜き忘れてたんだろ？」

「は……はひ……。で……でも……なんで……わかったんですか……？　ほ……本当なら……不正……だと言われても……おかしくない……のに……」

「お前はインチキをするようなヤツじゃないだろ？　それに自分でも言ってたじゃねぇか、おっちょこちょいだって」

そして、あのウインク。すっかり太陽の惑星のひとつとなってしまったプレッツェルは、夢見るような顔でウットリと告げる。

「ま……まいりまし……た……！」

『おおーーっとぉ！　あの大天使《アークエンジェル》ビスコクトゥスが、負けを認めましたぁーーーっ！　こんなにも幸せそうな降伏宣言はいまだかつて見たことがありません！　これはもはや、幸福宣言といってもいいぞぉぉーーーっ‼』

ハズレ投票券が、祝いの紙吹雪のように舞い散る公園広場。すべての予想がハズレたというのに、人々の表情は笑顔であふれていた。しかしたったひとり、世界に見放されたように公園の隅でガタガタ震える男が。

「あ……ありえない……ありえないだます……！　私の灰色の脳細胞で編み出された作戦が、すべて打ち破られるなんて……！　これは悪い夢……きっと悪い夢だます……！」

汗がじっとりと滲《にじ》んだ襟首が不意に掴まれ、野良猫を扱うように乱暴に持ち上げられた。

「ダマスカス先生ぇ、探しましたぜぇ！　まさかダマスカス先生ともあろうお方が、こんなところに隠れるなんてぇ！」

「んじゃ、借金のほうを返してもらいましょうかねぇ！　今日の午後には倍付けで返していただけるんでしょぉ？」

借金取りの大男たちに囲まれたダマスカスは、まさしく野良猫になってしまったように大暴れ。

「ぎにゃぁぁっ⁉　離すだます！　離すだます！　借りた金は、必ず返すだますから……！」

「いますぐ返せねぇんだったら、身体で払ってもらうしかねぇなぁ！　採掘場で、死ぬまで働いてもらおうか！」

「い、いあの採掘場は地獄だぜぇ！　なんたって、誰ひとりとして生きて帰ったヤツはいねぇんだからな！」

「おっ、このタキシード、すげぇいいヤツじゃねぇか！　よこせって、暴れんじゃねぇ！」

「もうコイツは先生なんかじゃねぇ！　かまわねぇからやっちまえ！」

ダマスカスは下手に抵抗したせいで、借金取りたちから袋《ふくろ》叩《だた》きにあってしまう。よってたかって裸に剝《む》かれ、公園に横付けされていた檻《おり》馬車に放り込まれてしまった。

「ぎにゃっ⁉　ぎにゃっ⁉　ぎにゃぁっ⁉　な、なんでだます⁉　なんでだますぅっ⁉　わ、私の人生は順風満帆だったのに、あのゴキブリが来てからは、なにもかもがメチャクチャだますっ！」

ダマスカスは顔の穴という穴から血を流し、声をかぎりに泣き喚《わめ》く。断末魔のような絶叫と、生き恥のような姿を街中の人に晒しながら、地獄へと運ばれていった。

落ちることは翔《と》ぶことであると、誰かが言った。しかし彼はもう、二度と翔《と》ぶことはないのかもしれない。

あの少年を認めない以上は、永遠に地を這い続けるしかないのだから……。

第1章　日月《ビギニング》の塔へ

……わたしが死ぬ日から、三日が過ぎた。

少女は豪奢《ごうしゃ》な調度品が設《しつら》えられた部屋の中にいた。白を基調とした鏡台やテーブルは冷たい輝きを放っており、さながら雪の王女の私室のよう。

氷柱のベッドに横たわる少女の名は『アイスクリン・マロン・グラッセ』。氷撃魔術《アイスピア》の名門として名高い、グラッセ家の養女である。高い魔術の実力を持ち、オーロラを思わせる髪と流氷漂う海のような瞳の美貌。そして新雪よりも白い肌は、彫像芸術さながらの美しいプロポーションを司《つかさど》る。能力も容姿もパーフェクトなことから、『氷菓姫《ザ・パフェ》』の二つ名で呼ばれていた。

アイスクリンはベッドの天蓋から広がる、星降るような輝きをちりばめたカーテンをぼんやりと目に映している。

――わたしが死ぬことを誰よりも望んでいた、あの人からの反応はまだない。わたしが生きていることは、知っているはずなのに。

あの人とは、アイスクリンの母親である『ドゥンド・ルマ・グラッセ』のこと。ドゥンドはアイスクリンを儀式のための生贄《いけにえ》として育て、そしてこの『王立高等魔術学院《ウィザーズ・ハイ》』に送り出した。

――最上級のフォアグラを取るためのガチョウ、それがわたし。儀式の日にわたしが死ぬことは天命で、世界もそれを望んでいると思っていた。

カーテンの星がまたたき、星座のように浮かびあがる。それがひとりの少年の顔に見えた瞬間、アイスクリンの白い耳が薔薇《ばら》のように真っ赤に染まる。アイスクリンはとっさに寝返りを打ち、少年から目を逸らした。

――でも、あの人だけは違った。

あの人とは、『デュランダル・マギア・ブレイド』。アイスクリンが王立高等魔術学院《ウィザーズ・ハイ》に入学する当日、ひょんなことから知り合った少年である。デュランダルは会って早々にアイスクリンのことを『クリン』と愛称で呼び、距離を縮めてきた。アイスクリンはその手の輩《やから》をあしらうのは慣れているのだが、気づくとデュランダルのことを『デュランくん』と呼ぶようになっていた。そして……。

――デュランくんだけは、わたしが死ぬことを望んでいなかった。命をかけてまで、わたしが死ぬことを否定してくれた。生贄でもないのに儀式に乱入して、ボロボロになって戦って、処刑人を倒してくれた。彼がいたから、わたしはここにいられる。

アイスクリンは儀式で負った傷を癒やすため、寮の自室で療養中の身である。指の骨を折られるという大ケガをしたものの、それは聖女の法術で即日治っていた。しかし筋肉痛を理由に、大事を取って授業を休み続けている。その筋肉痛もすでに治っており、実のところ全身はもうピンピンなのだが、どうしても部屋から出ることができなかった。その理由は他でもない。

儀式を終えたあと、デュランダルとアイスクリンは共に夕暮れの中にいたのだが、そこでアイスクリンは……。

——あのときのわたしは、なにを考えていたの。デュランダルくんにキスするなんて。

アイスクリンの脳内に、そのときの情景がほわわわんと浮かんでくる。それはディープキスを交わすデュランダルとアイスクリンの姿であった。妄想は、だいぶ誇張されている。

——しかもキスのあとに言った一言が、「わたしにとっては、いちばんのお友達」。お友達なんて、ひとりもいたことないのに。デュランくんに、どんな顔をして会ったらいいの。

ドゥンドの教育方針によって、アイスクリンは友達を作ることを許されなかった。アイスクリン自身も他人を遠ざけるようにしていたのだが、そのせいで同年代との接し方というものがまったくわからない人間に育ってしまった。アイスクリンが持っているコミュニケーション術は、『塩対応』のみ。彼女は家柄と美貌で多くの男たちに言い寄られてきたが、すべてをその一枚のカードだけで乗り切ってきた。しかしその切り札だけではどうにもならない相手が、ついに現れてしまったのだ。ジョーカーを倒すスペードの3のように。

――デュランくんといると、ペースが乱される。わたしらしくない言動をして、こんなふうにあとになって後悔する。

アイスクリンはカーテンの星くずと目が合っていることに気づき、また寝返りを打つ。すでに脳内には、追い討ちをかけるような妄想がもわわんと浮かんでいた。それはデュランダルとアイスクリンが見つめあったあと、熱い抱擁を交わしている姿であった。

――しかも最近はそばにいなくても、デュランくんのことが頭から離れない。デュランくんのことを考えすぎるあまり、カーテンの模様や壁のシミまでデュランくんの顔に見えるようになった。それだけならまだしも、なぜキスの続きみたいなことまで考えちゃうの？　ああ、胸が高鳴って苦しい。こんなこと、いままでなかったのに。

困惑しきりの顔を枕に埋《うず》め、イヤイヤをするアイスクリン。しかしその表情が、ハッと真実に気づいたように鋭くなる。次の瞬間には、間者の気配を察した姫武者のようにベッドから飛び起き、愛用の魔術の触媒《ローダー》である氷樹《ひょうじゅ》の枝を構えていた。誰もいない室内を切れ長の目つきで見回す少女は、その美しい容姿と相まって実に絵になっている。しかしその内面で繰り広げられていた葛藤は、残念そのものであった。

——もしかして、このドキドキは『即死魔術《シヌデス》』？　わたしのことを心不全に見せかけて暗殺しようとしている魔術師が、この部屋のどこかに隠れている……？

少女はまだ気づいていない。その魔術が『恋』と呼ばれるものであることに。

◆◇◆◇◆

儀式が終わってから、俺は三日ぶりに塔を訪ねていた。塔というのはもちろん『日月の塔《ビギニング》』のこと。

王立高等魔術学院《ウィザーズ・ハイ》の象徴……いや、この国の象徴といっていい巨塔。天を衝《つ》き、頂上が見えないほどの威容を誇り、神の剣が地上に突き立ったものだと恐れる者もいれば、女神のおみあしだと褒めそやす者もいる。塔は学院の生徒しか立ち入ることを許されないので、中にどうしても入ってみたかった俺は学院に入学した。入学した理由はもちろんそれだけじゃなくて、あとは魔術を学びたかったというのもあるかな。

俺は『ブッコロ家』という、この世界でも有数といわれている剣士の名門の家に生まれた。しかし俺には剣士としての才能が無かったようで、一族でも最弱の落ちこぼれとされていた。俺には、いちど見たものは絶対に忘れないという生まれついての能力がある。魔術師であれば、その力を活《い》かせるんじゃないかと思ったんだ。

あ……いや、これはほんのキッカケにすぎない。俺が魔術を学びたいと強く思うようになったのは、ある人の魔術を見たからだった。ちょうど塔の入り口にさしかかったところで、その人の姿を見かけたので声を掛けてみる。

制服の人波の中でも、彼女の美しさは際立っていた。

「おい、クリン、元気してたか！」

するとクリンはなぜか「デュランくん……!?」と髪の毛が逆立つくらいに驚き、脱兎《だっと》の勢いで逃げてしまった。わけがわからなかったのでとりあえず追いかけてみたが、クリンは魔術師だけあって運動は苦手なのか簡単に追いつくことができた。それでも逃げるのをやめなかったので、俺は塔の外壁に追いこみ、両手を壁について行く手を塞いだ。するとその様子を見ていた他の生徒たちが「壁ドンだ！」と大騒ぎ。

……壁ドンってなんだ？　まあいいや、いまはそれよりもこっちのお姫様だ。

「なんで逃げるんだよ？」と問いつめてみても、クリンは壁に背中をあずけ、そっぽを向いたままだった。

顔を見ようとするとサッと反対方向を向いてしまうので、俺は長い髪の間から覗《のぞ》く耳を見つめるしかなかった。クリンの耳は小さくてキレイな形をしているが、なぜか破裂寸前みたいに充血している。

「なぁ、なんで黙ってるんだよ？　俺がいない間になにかあったのか？」

そこまで言ってようやく「別になにも」と素っ気ない答えが返ってくる。目を合わせるつもりはないが、言葉は交わしてくれるようだ。俺は彼女の意図を探るため、あたりさわりのない話題を振ってみることにした。

「久しぶりだな、元気してたか？」「別に」

即答だった。反応がなんだか、初めて会ったときより冷たくなってるような気がする。しかし俺はめげずに言葉を重ねる。

「やっと家のことが終わったからさ、塔に入ってみようと思ってるんだ」

クリンは少し興味をひかれたのか「家のこと？」とこっちを向こうとする。しかし視線がぶつかっただけで、サッと顔を伏せてしまった。

……なんでそうまでして目を合わせようとしないんだ。俺はメデューサなのか？

「儀式のとき、ザガロの手下たちがバッド寮に来てただろ？　アイツらが壊してったところを修繕してたんだよ。ついでだから古いところも直してたら、三日もかかっちまったんだ」

「三日……」とささやくクリン。「……身体《からだ》のほうは、もうなんともないの？」

その口調が気づかうようだったので、俺は手ごたえを感じる。よし、この調子でいつもの雰囲気に持っていこう。

「へっちゃらさ、前にも言ったろ？　あのくらいのケガは週三だって。メシ食って寝たらもうバッチリさ」

「あきれた……あれだけやられたら、普通の人は法術が無ければ死んじゃっててもおかしくないのよ？」

「まぁ、頑丈さだけが取り柄だからな」

「もう……わたしは三日も寝込んでたのに……」

ここでようやく、クリンは俺の顔を見てくれた。表情は相変わらず素っ気ないが、ようやく普通に目を見て会話できそうだ。俺は嬉《うれ》しくなって微笑《ほほえ》みかけた。

「そうなのか？　じゃあお前は初めてってことか、実は俺もまだなんだよ」

それは何気ない話題のつもりだったのだが、クリンは「なっ」と絶句した。

「なにが、『じゃあ』なの……？　それに、いきなりなんてことを言うの……？」

クリンは青い宝石のような瞳をまん丸に見開いている。なんでそんなに驚いているのかわからないが、俺は構わず手を差し伸べた。

「お前も初めてなんだったら、いっしょにやろうぜ。初めてどうしだと、一生の思い出になるっていうからな」

「そ……そんな……いくらなんでも急すぎるわ……。わたしまだ、心の準備が……」

口ごもるクリンを「いいからいいから」と引っ張って連れていく。

「せっかくの初めてだし、どうせやるならなるべく人のいないところでやるか」

ちょうど塔の南門が目に入ったので、クリンとともに向かう。南門は『開塔の儀《ビギニング・オープニング》』で俺が開けた門のせいか、人もまばらだ。

「よし、ここなら初めてのアレにピッタリだな」

「えっ、まさか、ここでするの？」

「もちろんさ。それとも、人目が少しでもあると恥ずかしいか？」

「あ……当たり前でしょう」

「そっか、だったら最高の一発をキメて見せつけてやろうぜ。そうすれば、恥ずかしさよりも気持ちよさが上回るから」

「えっ……？　そ、そんなこと……。やっ……やっぱりダメ、離して」

なんだか本気で嫌がっているようだったので、俺は繋《つな》いでいた手を離す。クリンは我が身を守るように両手で肩を抱き、うつむいてしまった。俺はとんでもないことをしてしまったと後悔、後ろ頭をボリボリ掻《か》きながら弁明する。

「あ……悪い。まさかそんなに嫌だとは思わなかった。初めてはお前とがいいなって思ってたから、つい……」

おずおずと顔をあげるクリン。その表情はほんのりと困惑を帯び、後《おく》れ毛の揺れる耳は赤く染まっていた。

「本当に、そう思ってるの……？」

「ああ、もちろんだ。心の底からそう思ってる」

俺は素直な気持ちを伝える。この想《おも》いが届くようにと、目を見てまっすぐに。

「なら……。いい……か……な……」

するとクリンにしては歯切れの悪い答えだったが、一応のオッケーをもらえた。離れた彼女にふたたび近づくと、もう逃げる素振りはなく、むしろ身を任せるように瞼《まぶた》を閉じていた。顔がわずかに強《こわ》ばり眉根が震えていたのは、初めての緊張からだろう。こんなときこそ男の俺がリードしなくては、と自然と気合が入る。

俺はクリンの手を取ると、指と指を絡め合わせてしっかり握り合った。

「よし、じゃあいくぞ。いいか？」

「う……うん。やさしく……して」

「やさしくなんかするかよ。ドーンと一発すごいのをお見舞いするぞ。そっちのほうがずっと気持ちいいからな」

「そ……そんな……。でも……わかりました……」

覚悟を決めたように、手を握り返してくるクリン。それを合図にするように、俺は腰を深く落とす。衣擦《きぬず》れの音。クリンもいよいよだと思ったのか、身体をいっそう強ばらせ、酸っぱいものを食べたときみたいに顔をキュッとさせる。

しかしいつまで待っても目を開けてくれないので、俺は焦《じ》れてしまった。

「おいクリン、いつまでそうやってるつもりなんだ？　それじゃジャンプできないだろ」

「えっ」

「初めての土地に足を踏み入れるときの『なかよしジャンプ』をするんだから、ちゃんと目を開けてないとダメだろ」

「えっ……えっ……」

「ほらほら、腰も落として」

「えっえっえっ」

「いいか、いっせーので入り口に向かってジャンプするんだ。抜け駆けしちゃダメだぞ」

クリンはこれから跳ぶというのになぜか急に脱力、無言のままヒザから崩れ落ちてしまった。

◆◇◆◇◆

クリンとともに踏んだ塔への記念すべき第一歩に、いやが上にも気分が高まる。

実は三日前にあった『開塔の儀《ビギニング・オープニング》』のときに塔に入りかけたんだけど、ダマスカス先生に邪魔されて未遂だったんだよな。だから感動もひとしおで、俺は手を繋いだまま「はえー」と塔の廊下を見上げていた。霞《かす》むほどに高い天井。壁や床の材質は黒曜石のように黒光りする石で、石の奥にはうっすらと光る幾何学模様が浮遊している。そのただ中にいると、まるで天の川に潜っているような不思議な錯覚に囚《とら》われた。廊下は意識がぼんやりしそうになるくらい長く長く続いていて、奥には砂漠のオアシスのように揺らぐエントランスが見える。

「こりゃ、向こうに着くまでに干からびちまうかもな」

「大丈夫よ」クリンのその言葉とともに俺は足を踏み出したのだが、わずか数歩でエントランスに着いてしまった。

瞬間移動したような感覚に、またしても「はえー」となってしまう。しかしクリンはまったく動じていなかった。

「塔の中における時間と空間の概念は、わたしたちの住む世界とおおよそ同じ。でも大きく異なっている箇所がいくつかあるの。長大に見えて、実際に歩くと短いこの廊下がいい例ね」

「クリンはこの塔に入るのは初めてじゃなかったのか？　やけに詳しいな」

「常識よ。小学校とかで習わなかった？」

「俺はこの学院が初めての学校なんだよ。家では勉強なんてさせてもらえなかったからな」

だから学院に入ってからというもの、目に映るものはなんでも珍しい。塔はその集大成みたいなもので、エントランスすら俺の知らないものばかりだった。

家。継ぎ目のない滑らかな石造りの家があったかと思えば、その隣には木を複雑怪奇に組み合わせた家。未知なる建物たちが軒を連ね、広さと天井の高さもあってまるで異国に迷いこんだかのよう。

街灯は小さな太陽のように明るくあたりを照らし、そこかしこにカラフルな看板や像があり、店には見たこともないような珍しい商品が陳列されていた。

店の店員と客、そして道行く人もみなうちの学院の生徒なのだが、みな俺のことを奇異の目で見ている。おそらく俺があちこち見回しまくっていたからだろう。この興奮を例えるなら、俺がこの学院がある街『ランドファー』を初めて訪れたときのようだった。

「すげぇ、すげぇよ。塔の中なのに、まるで街みてぇだ」

すっかり案内役と化したクリンが教えてくれる。

「この塔の中にあるのは『ビギニング様式』と呼ばれている建築様式で、ランドファーの街にも取り入れられているわ」

「ああ、そういや街にも似たようなのがあったな」

「ビギニング様式は多くの人たちの憧れなんだけど、わたしたちの世界には存在しない石や木が使われているから再現するのが大変だそうよ。国いちばんの富豪が世界一の職人に頼んでも、見た目だけ似たようなものしか作れないみたい」

「ふーん、やっぱすげぇんだな。あ、あれはなんだ?」

俺は道端に出ていた『占い』という看板を掲げる屋台に食いつく。クリンは「食いつくにしてもそこ?」みたいな意外そうな顔をしていた。

「占いを知らないの？　未来を予測する魔術の一種よ」

「えっ、魔術ってそんなことまでできるのかよ」

未来がわかるなんて夢みたいだ。でも、俺のオヤジが聞いたらブチ切れそうだな。あの魔術嫌いのオヤジなら、きっとこう言うだろう。

『未来だとぉ!?　明日ひるクソのことを考えてなんになる！　そんなヒマがあったら剣を取れ！　その剣で敵の腹をかっさばき、ハラワタごとクソを取り出せ！　そこにいるクソ虫こそが貴様の未来だ！』

ガキの頃はその言葉がすべてだったけど、家を追い出されたいまはそうじゃない。いまの俺はクソ虫としての未来よりも、人間としての未来のほうに興味があるんだ。

「よーし、やってみようぜ！」

「わたしはいいわ。占いは信じてないから」

「まあそう言うなって」つれないクリンを連れつつ、俺は占いの屋台へと向かう。

屋台のテーブルには占いの触媒《ローダー》なのか、水晶球やらカードやら天秤《てんびん》やら、いろんなものが所狭しと並べられている。その隙間から、欠けた月のような帽子に三つ編みメガネ、魔術師の制服の上にアイスボックスクッキーのような柄のポンチョを羽織っている女生徒の顔がチラ見え。

彼女は俺と目が合うと、キツネに睨《にら》まれたウサギのごとく身を縮こまらせていた。

「けっ、剣士さんが……なっ、なんの御用ですか？　こっ、ここは、中立地帯で……」

怯《おび》える女生徒を見かね、俺のかわりにクリンが話してくれた。

「乱暴しに来たわけじゃないわ、占ってほしいの」

クリンが俺の背後から現れた途端、女生徒はバネ仕掛けのオモチャのごとくビヨヨンと椅子から飛びあがり、かわいそうなほどにキョドりだした。

「あっ、あああ、アイシュクリュンしゃま⁉　い、いえ、アイスクリン様っ⁉　かっ、かかか、かしまりましたっ！　わっ、わわわ、私のような者でよろしければ！　せっ、せせっ、せいいっぱい占わしぇて、いたきますっ……！」

クリンはその絶世の美貌と魔術師の名門という家柄のせいか、生徒どころか教師からも一目置かれている。そのせいか女生徒はクリンがそばにいるだけでド緊張。歯の根が合わなくなり、舌が凍りついたみたいに噛《か》みまくる。しかしクリンは相手が震えあがっていても気づかう様子はなく、氷の女王のごとく冷淡な態度のままだった。

「わたしじゃないわ、こっちの人を占ってほしいの」

「えっ、ええええっ？　けっ、けけけ、剣士さんが、うっ、うらにゃいをするんですか？」

「この人は変わってるのよ」

女生徒はギクシャクした動きで俺をふたたび見る。

「かっ、かかか、かしまりました！　あっ、あの、けっ、剣士さん、お名前を……！」俺は名乗ろうとしたのに、彼女はさらにアタフタしだす。「あっ、すっ、すみません！　あのあのあの、占象魔術《フォーチュネル》というのは、おにゃまえがあったほうが、よっ、より正確な結果が……！」

「そんな説明しなくても、名前くらい教えてやるよ。デュランダル。デュランダル・マギア・ブレイドだ。キミは？」

「はっ、はひ！　わ、私はぷっ、プレッツェル・クッキー・クラッカーっしゅ！　でっ、では、始めさせていたきましゅ！　きょきょっ、今日は、筮竹《ぜいちく》で……！　あいたっ⁉」

プレッツェルはテーブルにあった竹ひごの束を取ろうとしていたが、手がすべって竹ひごの先端が指に刺さり、容器ごとガッシャンと床に落としてしまう。

「ひゃあっ⁉　すすす、すみません！　で、ではではトランプで……！　きゃあっ⁉」

トランプを取ろうとして、カードの端で指を切ってしまうプレッツェル。まるで先ほどの動きを繰り返すかのごとく、束ごと床にぶちまけていた。

「ひゃあああんっ⁉　すすすっ、すみませんすみません、誠にすみません！　ではでは、水晶球で……！」

さすがに水晶球ではケガはしないだろと思ったが、手からつるんと滑らせた勢いでゴチンと顔面にぶつけていた。どんなアイテムでもケガに繋げるプレッツェルに逆に感心しつつ、俺は落ちゆく水晶球をキャッチする。

「おいおい、落ち着けって。コレ、高いんだろ？」

するとプレッツェルは赤くなった鼻を押さえたまま、しゅんと肩を落とした。

「しゅ、しゅみましぇん……。わっ……私は昔から、おっちょこちょいで……。けっ、今朝もこの水晶球に、くもり止めと間違って潤滑油を塗ってしまって……。そっ……そのことを、すっかり忘れていました……」

「まあ、ゆっくりやれよ。準備が遅くても責めたりしねぇからさ」

「は、はひ。あっ、ありがとう、ございます……」鼻ばかりか頬も赤くしながら頷《うなず》くプレッツェル。

彼女はセッティングした水晶球に顔を隠すようにうつむき、やがて深呼吸をひとつすると、なにやらブツブツつぶやきはじめた。きっとこれは占象魔術《フォーチュネル》の詠唱《リード》なのだろうと思い、どんな内容なのか聞き取ってやろうと耳をすましてみたのだが、声が小さすぎてぜんぜん聞き取れない。詠唱《リード》とともに水晶球がうっすらと輝きだし、中に生まれた小さな光たちが魚群のように巡りだした。そしてそれがスイッチであったかのように、プレッツェルの声は人が変わったような神秘的な響きを持ちはじめる。

「……この水晶に、あなたの過去と現在と未来、そのすべてが映っています……。見えているのは、太陽……。デュランダルさん……あなたは色難《しきなん》を振《ふ》り撒《ま》く宿命にあるようですね……」

「色難？　なんだそりゃ？」

「色恋における期待や不安、心の乱れやそれにまつわるトラブルのことです……。デュランダルさん……あなたは生まれてから現在まで、身近な女性を振り回し続けているようですね……そしてそれは、未来永劫《えいごう》続くようです……」

「なんだ、未来を見通す魔術だっていうから期待してたのに、まるでハズレじゃないか。女性を振り回すだなんて、俺は一度だってそんなこと……」

「……太陽は、周囲の星々を振り回します……。しかし太陽には、その自覚はありません……」

俺はとても信じられなかったが、隣で聞いていたクリンはうんうんと頷いていた。

「とてつもなく当たっているわ。大当たり、いや超当たりと言っても過言ではないほどに」

「えっ？　クリン、お前は占いを信じないんじゃなかったのかよ？」

「ええ。わたしにはこれまで、決められた未来しかなかったから」

そうだった、クリンは三日前の儀式で死ぬことを運命付けられていたんだ。死ぬ時期を刷り込まれてきた人間には、占いなんてどうでもいいことだろう。そんな彼女が見せる表情は、死の運命を乗り越えたあとでもほとんど変わっていない。でも俺といるとごくたまに、少しだけだけど、笑ってくれるようになった気がする。そう、こんなふうに。

「でもこんなに当たるのなら、今日からは信じてみてもいいかもしれないわね。デュランくんのことを、これからは太陽くんって呼ぼうかしら？」

「まぁ、太陽も悪くねぇかもな。このお月様みたいな笑顔をこれからも拝めるなら」

アイスクリンはその長い髪で俺の頬をはたいていくほどの勢いで顔をそらした。

◆◇◆◇◆

プレッツェルの占いのおかげで俺とクリンはちょっといい雰囲気になっていたが、甲高いベルの音に邪魔される。音のほうを見やるとそこは塔の外壁のあたりで、両開きの扉のようなものが等間隔に並んでいた。

ベル音を合図として扉が開いたかと思うと、大勢の剣士や魔術師たちが吐き出される。出てきた剣士や魔術師たちは汗と血、ケガと疲労にまみれており、エントランスの一角にあるベッドが並んだ救護スペースで手当てを受けていた。

商店街はただでさえ賑《にぎ》やかだったのに、戦場の前線基地の要素まで加わったような騒がしさになる。こんな人いきれは生まれて初めてだ。買い物をしようとする人の波が押し寄せてきたので、クリンといっしょに占い屋から避難した。

「なあクリン、これはいったい何なんだ？」

「エントランスの外壁にあるのは昇降機よ、階段を使わずに塔を上れるの。まさか、昇降機まで知らないなんて言わないわよね？」

「昇降機なら知ってるよ、ってか儀式のあとにふたりで乗ったじゃねぇか」

「そうだったかしら」とぼけるようにそっぽを向くクリン。また耳が赤くなっている。

「狭かったから、ふたりでぴったりくっついて乗ったろ。三日前のことをもう忘れたのかよ」

俺は人並み外れて記憶力がいいので、あの鼓動を交換しているような距離感をいまでも鮮明に覚えている。しかしクリンのほうは「そうだったかしら」を繰り返すばかりだったので、話題を変えることにした。

「そういえばこの学院じゃ、塔を上った階数が成績に加味されるんだよな？　だったらあの昇降機を使えばひとっ飛びじゃねぇか？」

「あの昇降機は、まず階段で上らないとダメなの。踏破した階にのみ行ける仕組みだそうよ」

「なるほど、そういうことか。成績はどうでもいいけど、塔の上のほうには行ってみてぇな」

しかしクリンは「無理ね」とにべもなかった。

「生徒たちは寮ごとに『先進組』と『保守組』に分かれているの。先進組は塔の上層を目指すグループで、主に上級生の役割なの。未開拓の階にはモンスターや罠《わな》があるから、たしかな実力がないと危険なのよ」

クリンがついでに教えてくれる。この王立高等魔術学院《ウィザーズ・ハイ》は一般でいう高等学校に相当するが、通常の高等学校が三学年式なのに対し、この学院は七学年式らしい。

「先進組になるには四年生くらいの実力が必要だそうよ。わたしたちはまだ一年生だから、保守組のほうね。保守組はその名のとおり、開拓済みの階を保守する役割よ」

それで俺は、いま目の前で起こっていることの状況をおおよそ理解した。

「そうか、昇降機から出てきたヤツらが先進組で、このエントランスで商売してるのが保守組ってわけか。……あれ？　でも先進組か保守組になるかは寮ごとに決めてるんだよな？」

「そう。表向きは上級生が決めていることになっているけど、実際は先生からの指示があるの。そして先生方は剣聖や賢者の意向に従っているみたい」

「相変わらず、めんどくせぇ決め方してるんだなぁ。でも、俺は関係ねぇよな？」

なぜならば俺はウォーリア寮でもウィザーズ寮でも、その他の大勢のコモンナー寮でもない。落ちこぼれが入れられるという『バッド寮』の生徒だからだ。バッド寮には俺以外の生徒はいない。

「そうね。でもデュランくんが先進組になるのはやっぱり無理だと思う。塔を攻略するのはひとりじゃ不可能とされているから」

「なに？　まさか剣士と魔術師のヤツらは塔の攻略まで別々でやってんのかよ？」

この世界は剣士と魔術師のふたつの職業が大勢を占めているのだが、お互い何かといがみあっている。クリンはそれが当然みたいな顔をしていたが、俺は呆《あき》れずにはいられなかった。

「ったく、モンスターという共通の敵がいても協力しあわねぇなんて、よっぽどだな……。剣士と魔術師が力を合わせりゃ、塔の攻略もはかどるだろうに……」

するとクリンはとんでもない、とばかりに柳眉をわずかに持ち上げる。

「なにを言っているの、剣士と魔術師をひとつにするなんてできっこないわ。空と海をひとつにするほうがずっと簡単でしょうね」

「そうかぁ？　でもお前は、剣士である俺に何回も協力してくれたじゃねぇか。それでも無理だっていうのかよ？」

俺は魔術も勉強中の身だが、服装が剣士の練習着なのでまわりからは剣士と思われている。クリンは俺の一言が気に障ったのか、プライドを傷つけられたようなムッとした表情で俺を睨んでいた。

「わたしがあなたに力を貸したのは、あなただったからよ。他の人だったら絶対に……」

クリンは途中まで厳しめの口調でまくしたてていたのだが、急に口ごもる。水位が上昇するように耳を赤くしたかと思うと、またしても髪で俺の頬をはたきながらそっぽを向いてしまった。

「おいおい、急にどうしたんだ？」

俺は困惑しきりだったが、クリンは「なんでもない」としか言ってくれない。彼女は優等生なうえに、その美貌のせいかまわりの生徒たちからもかなりの人気がある。でも当人は、周囲の人間にまったく興味を示さない。笑えばかわいいのに感情表現がほぼゼロで、なにを考えているのかわかりにくいところがある。それでも俺はクリンと接するうちに、少しはわかった気になっていた。彼女のほうも少しは俺に興味を示してくれてると思ってたんだが……。

しかしたった三日会わなかっただけで、鉄面皮っぷりが加速しているような気がした。表情がクールなのはいつもどおりなんだけど、話していると突如としてカーッと耳だけを赤くするんだ。そうなるキッカケがわからないし、そのリアクションが意味するところもわからない。俺はこの学院に入るまではずっと山奥の田舎暮らしで、それほど多くの人と接したことはないのだが、こんなにも摑《つか》み所《どころ》がわからない女の子は初めてだった。

「だからこそ、惹《ひ》かれちまうのかな……」俺はひとりごちながら、逃げるように歩いていくクリンについていく。

塔の一階にあるエントランスは外へと繋がる通路が東西南北にあるのだが、その四つの方角の間、北東と北西と南東と南西には塔の奥へと繋がる通路がある。クリンと俺は南西にある通路を進んでいたのだが、その先は色彩あふれる空間だった。反物《たんもの》状となった色鮮やかな生地が壁や天井、空間までをも埋め尽くし、いくつも連なって歯車のようにゆっくりと回転している。エントランスは未来空間のようだったが、この空間はあまりにも幻想的だった。

「すげぇ……!?　なんだここは……!?」

「繊維工場みたいね」とクリン。

「工場?　塔の中には工場まであんのかよ。いったい誰が動かしてるんだ?」

「それはまだわかっていないわ。ただここで作られたものが塔のエントランスの市場で売られたり、また外界に輸出されたりしているの」

この塔でいろんなものが発見され、文明の発展に貢献していることは知っている。

「でもまさか、生産まで行われているとは思わなかったよ」

「塔の生産設備は、外界にあるものよりもずっと合理的で先進的なのよ」クリンは言いながら、自らの制服の襟に白魚のような指を添える。「この制服も、この塔で作られたもの。デザインも生地も、それまでの外界には無かったものだそうよ」

この学院の制服は男子と女子、そして剣士科と魔術師科でそれぞれ異なっている。魔術師科の男子生徒は詰め襟の上着にズボン、女子生徒は『セーラー服』と呼ばれる上着にプリーツスカート。剣士科の男子は刺繍《ししゅう》を施した作業服みたいなので、女子生徒は『ブレザー』と呼ばれる上着にチェックのスカートを穿《は》いている。ようは四種類のデザインがあるのだが、魔術師科の女子の場合は制服の上から重ね着して個性を出している。いま目の前にいるクリンが、吹雪《ふぶき》を思わせるデザインのポンチョを羽織っているように。

ちなみにこの塔で見つかった服は最新流行のファッションとして発信され、王族や貴族たちの憧れの的となっているらしい。俺は生地のほうに興味をそそられ、近くにあった反物に手で触れていた。

「すげぇ、こんなにツヤがあってすべすべな布、初めて見た。これでプリンに服を作ってやったら喜ぶかなぁ」

「プリン？」とクリン。

「俺の妹だよ」

「デュランくんには妹さんがいるのね。妹さんの服を作ってあげてたの？」

「ああ。でも妹だけじゃなくて、兄姉《きょうだい》全員の服を作ってたんだ。プリンは女の子だったから、特にたくさん作ってたよ。そうだ、せっかくだからこの生地、ちょっともらって帰ろうかな」

反物を引っ張ろうとしたら、部屋の奥にいた魔術師の生徒たちがどやどやと駆けよってきた。

「おい、なにやってんだお前！」

「剣士がたったひとりで乗り込んでくるなんて、命が惜しくないのか！」

彼らは魔術の触媒《ローダー》である杖《つえ》をもう構えており、すでに臨戦態勢になっている。

「まあ落ち着けって、俺はこの布をちょっともらおうとしただけだ」

「勝手に持ってこうとするなんて、ふざけてんのか⁉」

「勝手に、って……この布はお前たちのものなのか？」

「当たり前だろ！　ここは俺たちウィザーズ寮、ブリザード・ドーンのナワバリだ！」

リーダーらしき男子生徒が杖で部屋の壁を示す。そこにはウィザーズ寮のエンブレムである杖のマークが浮かびあがっていて、俺は面食らった。

「おいおい、ナワバリなんてものがあんのかよ」

「とぼけるな！　この学院の生徒なら知らないワケがないだろう！　……あっ、お前もしかして、バッド寮の……⁉」

俺の正体を知った魔術師たちは、一様にいやらしい笑みを浮かべる。

「ははぁ、そういうことか……！　落ちこぼれなら知らないのも無理もないなぁ！」

「布が欲しけりゃ売ってやってもいいぞ！　落ちこぼれなら、相場の倍ってとこだな！」

「っていうかその前に、通行料を払ってもらおうか！」

「ナワバリのうえにカツアゲかよ、まるでチンピラじゃねぇか」

俺の一言にチンピラ魔術師どもは「なんだと⁉」とキレた。

「落ちこぼれのクセして調子に乗るな！　もう構わんから、痛い目に遭わせてやろうぜ！」

「そうだ、剣士とコトを構えるのは上の許可が要るけど、コイツはバッド寮だ！」

「そうか、落ちこぼれのコウモリならなんの後ろ盾もないから、やりたい放題だな！」

「一匹でノコノコ来たことを、たっぷり後悔させてやる！」

完全に輩《やから》と化した魔術師たちは俺を取り囲もうとする。しかしその途中、俺の背後にいた人物に気づいてへんな声をあげていた。

「はうあっ⁉　あ……アイスクリン様⁉　な、なんであなた様が、このようなところに⁉」

しかしクリンは答えず、無表情のままチンピラ魔術師どもを一瞥《いちべつ》する。それだけでチンピラ魔術師どもの表情は、雪山に放り出されたかのように凍りついていた。

「う……うそ……だろ……？　あ……あの、アイスクリン様が……！」

「『高嶺《たかね》の氷花』と呼ばれ、王族ですら手の届かない存在とされているほどのお方が……！」

「あ、あんな落ちこぼれといっしょにいるなんて……！　なにかの間違いだろ……⁉」

「あっ……ああーっ⁉　み、見ろ！　あ……アイスクリン様が、お……お手を……！」

「つ……繋いでるぅぅぅぅ――――っ⁉⁉」

さらなる発見をした彼らは、腰を抜かして倒れ込むほどに驚いてた。

「う……うそだうそだうそだっ、うそだぁぁぁぁ――――っ‼」「我らのプリンセスが、手を繋ぐなんてぇぇぇ――――っ⁉」「これは夢だっ！　悪い夢だぁぁぁぁ――――っ‼」

そういえば俺とクリンは、『なかよしジャンプ』をしたときから手を繋ぎっぱなしだった。エントランスにいたときにまわりからやけに見られてるなと思ったが、これのせいだったのか。でも、そこまでビックリするようなことじゃないよな。と俺は思っていたのだが、ふと見たクリンは繋いでいた手を持ち上げ、血走るほどに目を見開いて驚愕《きょうがく》に震えていた。

「お前もかよ！」

俺が突っ込むとハッと我に返り、パッと手を離すクリン。死にかけの虫のようになっているチンピラ魔術師どもはそっちのけで、部屋の奥に向かってツカツカと歩いていった。

◆　◇　◆　◇　◆

塔の中はいくつかの部屋に区切られているのだが、そのひとつひとつが外のように広く、それぞれがまったく異なる世界となっている。次に辿《たど》り着いた部屋はなんと、青い花がじゅうたんのように一面に咲いている花畑だった。踏みしめる土の感触、地平の向こうから吹き渡ってくる風、頭上に広がる雲光る青空は、ここが室内であるということを忘れそうになる。

俺は思わず乾いた笑いを漏らしていた。

「はは……すげぇ……すごすぎるだろ……。まさか、花畑まであるなんて……」

「この塔では作物も採れるの」クリンは風になびく髪をかきあげながら、遠くを見つめている。

「そうみたいだな。本当に、なんでもあるんだなぁ」

「さっきのところは魔術師のナワバリだったけど、ここは剣士のナワバリみたいね」

「なんでわかるんだ？」

「まず、足元。筋力アップのポーションの材料となる花が植えられている。それと……」

クリンは目を細めながら「あそこ」と続ける。彼女の視線を辿ってみると、遥《はる》か遠方に、花で作られた剣のエンブレムが目に入った。同時にそこには人だかりができつつある。周囲から剣士たちが集まってきているようだった。なにかあったのかと目を凝らしてよく見てみると、剣士たちは小高い丘のまわりを取り囲んでいるようだった。その丘の頂上には、魔術師がひとりポツンと立っている。

「なんかヤバそうな雰囲気だな、行ってみよう！」

クリンを引きつれ丘に近づく頃には剣士はかなりの数になっており、ざっと数えても一〇〇人ほどに膨れ上がっていた。しかも剣士たちのリーダーは、身長が三メートルはあろうかという大男。

この世界には『高原族《ハイランド》』、『平地族《グランドラ》』、『地底族《ロウキャス》』という代表的な三つの種族がいる。高原族《ハイランド》は大柄で、地底族《ロウキャス》は小柄、平地族《グランドラ》はそれらの中間。大岩みたいな身体つきをしているあのリーダーは、間違いなく高原族《ハイランド》だろう。ちなみに俺とクリンは平地族《グランドラ》だ。

リーダーはその体軀《たいく》にふさわしい、地に響くようなバカでかい声で魔術師に向かって叫んでいた。

「テメエ、ここが『死威流怒組《シールド》』の一年総長、マモール様が率いるナワバリだと知ってのことかぁ！」

剣士には妙なネーミングセンスがあるのだが、それはさておき、死威流怒組《シールド》はその名のとおりみな立派な盾を持っている。手下たちの盾は置楯《おきだて》かと思うほどの大きさで、リーダーのマモールにいたってはもはや鉄壁と呼べるものだった。

剣士と魔術師の戦いは得意とする武器の性質上、『距離がすべて』といっていい。剣士側は剣が届く距離まで近づかなければならず、逆に魔術師側はいかに近寄らせないようにして魔術を撃ち込むかが勝負の分かれ目となる。

純粋な火力は魔術のほうが上だが、魔術には『詠唱《リード》』の時間が必要となる。魔術師側は詠唱《リード》の時間を稼ぐためにも、できるだけ距離を取る必要があるんだ。

剣士側はその対策として、より速く近づくために軽装にしたり、逆に魔術を少々受けても平気なように重装になる。今回の場合、盾を持っている時点で剣士側が有利なのは明白だが、剣士側はさらに魔術師側の一〇〇倍の人数だ。もはや戦う前から勝敗がわかりきっているような状況だったが、丘の頂上にいる魔術師はヒザを折ることすらしていない。

大胆不敵な表情で両腕を組み、覇王のような仁王立ちでマモールを見下ろしていた。

「俺様の絶対的に貴重な時間を割いて待ってやったというのに、集まったのはたったのこれだけか！」

自分のことを『俺様』と呼び、この絶望的な状況でも不遜な態度を崩さない魔術師なんてアイツくらいだろう。

『ザガロ・トゥルス・ドラゴン』。竜炎魔術《ドラフレイム》の名門である、ドラゴン家の息子だ。ザガロはなぜか俺のことを目の敵にしていて、この学院の入学式での決闘《ボコス》から始まって、俺は幾度となくヤツとやりあってきた。先日の儀式で戦ったときは顔にアザが残るくらい殴ってやったから、少しは大人しくなっていると思ったのだが……むしろ尊大さに磨きがかかっているようだった。

「不足、不足、不足っ！　絶対的に足りておらん！　剣士という名のゴミどもの数が不足している！　燃やし尽くしたところで、生ぬるい風が吹くだけではないか！」

ザガロは詰め襟の制服の上に羽織っている深紅のマントを翻しながら挑発、しかしマモールは豪快に笑い飛ばしていた。

「がはははは！　派手なツバを吐き散らかすガキじゃのう！　この数に囲まれて、頭がおかしくなったか！」

「俺様は、ツバなど脆弱《ぜいじゃく》なるものは吐かん！　赤竜の『正統なる血統《ファースト・ブラッド》』が吐くものは、ただひとつ！」ザガロが手をかざすと、背後のマントが炎のように逆立つ。「目にも見よ！　嫌と言っても目に焼きつけてやろう！　ドラゴンに刃向かった者がどうなるのかを！」

それが、開戦の合図となった。

「トカゲみてぇなツラしてなにがドラゴンだっ！　やっちまぇぇぇぇぇぇ――――っ‼」

マモールの野太い掛け声と同時に、丘を取り囲んでいた手下たちが頂上めがけて侵攻を開始する。俺の隣でその様子を眺めていたクリンがぼそりとつぶやいた。

「ザガロくんの竜炎魔術《ドラフレイム》は強力だけど、全方位からいちどに攻められたらひとたまりもないわ」

クリンの言うとおりだ。俺が知るかぎりではあるが、ザガロの竜炎魔術《ドラフレイム》は最大級のもので前方一八〇度を火の海で埋め尽くす。初弾で前の敵半分は殲滅《せんめつ》できても、直後には後ろ半分の敵に接近されてしまうはずだ。

この戦い、どう見てもザガロに勝ち目は……！　そう確信しかけた直後、ザガロが詠唱《リード》の最初の一説を吠《ほ》えた。

「ドラゴンの血において命じる！　古《いにしえ》の竜よ、我が身に宿れ！」

瞬間、赤色をした幾何学模様の陣が弾幕のようにザガロの周囲に浮かびあがる。これは魔術の予備段階に現れる、『幽門《サークル》』。幽門《サークル》の中には異国の文字のようなものが刻み込まれていて、そのひとつひとつが鼓動を打つように赤熱していた。

クリンは肺を焦がされたように息を呑んでいる。

「速い……⁉　詠唱《リード》の一節目で、あれほどの幽門《サークル》が出るなんて！」しかし、さらなる驚きがクリンを襲う。ザガロの半身はすでに膨れ上がり、肌は赤き鱗《うろこ》に覆われていた。「しかも、もう『幽星憑依《アストラ・エフェクト》』まで……!?」

魔術の発動準備のひとつとして、術者は幽門《サークル》によって異界から呼び寄せた幽星《アストラ》を身体に憑依《ひょうい》させる必要がある。憑依した幽星《アストラ》は、術者から精神力を吸い取り、それを魔術の力へと変えるのだ。その際に術者のまわりで起こる変化を、幽星憑依《アストラ・エフェクト》という。

起こる変化は行使する魔術によってさまざまだが、ザガロの場合は『人竜《マン・ドラゴン》』と化す。

突如として現れた人ならざるものに、死威流怒組《シールド》の手下たちの足が止まりかけたが、「そんなのはハッタリだ！　一気につぶせぇぇぇ――――っ!!」マモールからの発破で、手下たちはついにザガロの目前に迫った。むくつけき男たちが盾を構えて包囲網を狭めていく。盾の表面に打ち込まれた鋲《びょう》が、獲物を追い詰めた獣の牙のごとくギラリと輝いた。

俺たちの位置からではついにザガロの姿が見えなくなり、丘の麓にいたマモールは「ミンチじゃぁ――――っ!!」と雄叫《おたけ》びをあげる。誰もが決着したと思ったその直後、大地を割るほどの一喝が鳴り渡った。

「……我が脚は、竜尾《りゅうび》っ！」丘の頂上が噴火したかのように、死威流怒組《シールド》の手下たちがまとめて吹っ飛んだ。

「うわぁぁぁぁ――――っ!?」手下たちは宙を舞い、坂道を転げ落ち、後続の仲間たちを巻き込んでいく。

ふたたび見通しのよくなった丘の上には、回し蹴りの途中のようなポーズで足を振り上げたままゆっくりと回転するザガロがいた。その足の前には、オーラのごとき赤竜のシッポが揺らいでいる。

「あ……あれは、幽星憑依《アストラ・エフェクト》……⁉　ザガロくんは幽星憑依《アストラ・エフェクト》で攻撃したっていうの……⁉」

クリンは信じられない様子だったが、俺は身に覚えがあった。俺の使う魔術の幽星憑依《アストラ・エフェクト》には、背中に翼が生えるものがある。その翼は空を飛ぶことはできないが、生えている間は身体が軽くなっていつもより素早く移動できるようになるんだ。

しかし、まさか幽星憑依《アストラ・エフェクト》を攻撃手段に使うなんて……。しかも、たったの一撃で手下の剣士たちをみんな吹き飛ばしちまうなんて……。

剣士側で立っているのはリーダーのマモールひとり。手下を全滅させられ一気に不利になってしまったが、マモールは蛮勇を振り絞っていた。

「な……なんだかよくわかんねぇけど、ちっとはやるようだな！　だがこのマモール様の盾にはそんな小細工は通用しねぇ！」自慢の盾をドスンと地面に突き立てるマモール。「なんたってこの盾は、この塔の門と同じ材質でできてるんだからな！」

この塔、日月の塔《ビギニング》にはこの世界に存在しえない数々のオーバー・テクノロジーがあふれている。それがただの門だったとしても、堅牢《けんろう》さは明らかだった。

「マモール様の一族に伝わるこの伝説の盾は、どんな攻撃も防ぐ！　戦争で砲弾の雨を防いだこともあるんだ！　テメェのチンケな魔法じゃキズひとつつかねぇよ！」

しきりに盾のすごさをアピールするマモール、しかしザガロは無言のまま。振り上げていた足を下ろすと、竜爪と化した手を首筋の前で動かし、首をかっ切るような仕草をしてみせた。

「て……てめぇ……⁉　どうしてもこのマモール様に殺されてぇようだな！　なら、望みどおりにしてやるぜっ！」マモールは盾を肩口に構えると、ショルダータックルのような姿勢で突進する。

「ぶっとべぇぇぇぇぇ――――っ‼　『悪流亭滅斗《アルティメット》・死威流怒《シールド》・茶悪痔《チャージ》ぃぃぃぃ――――っ‼‼』」

剣士はみな、独自の『剣技《ソードアーツ》』を持っている。剣技《ソードアーツ》とは、鍛え上げられた肉体から繰り出される超人的な技のこと。マモールの剣技《ソードアーツ》は至高の巨軀《きょく》から繰り出される究極の盾による体当たり。

大地を揺るがしながらザガロに迫るその姿は、暴走した魔導列車《サイクレイン》さながら。立ちはだかるザガロは嵐を前にした灯《ともしび》のごとく、風圧だけで消し飛びそうなほどに小さく見えた。

しかし竜化した彼の左目が黄金に輝いた瞬間、ふたたび降臨する。

「……我が拳は、竜爪っ！」放たれた正拳突きが幽星憑依《アストラ・エフェクト》によって膨れ上がり、巨大な赤竜の爪と化した。ぐぱぁと開かれた竜爪が、高波のように覆《おお》い被《かぶ》さりつつあった壁に突き立つ。

いや、突き立つ間すらなく、紙同然の容易さで貫き通していた。風穴の空いた盾が、糸が切れ破れた凧《たこ》のごとく空に舞い上がる。マモールはそれよりもさらに遠くまで吹っ飛び、俺たちのすぐそばまで飛んできた。

「ふ……ふぎゃぁぁぁぁぁぁぁぁ――――――――――っ⁉⁉」

絶叫と粉塵《ふんじん》を間欠泉のように舞い上げ、大の字で地面に埋まり込んだマモール。開戦してわずか数分、あれほどいた剣士たちは全滅し、丘のまわりで倒れて呻《うめ》いていた。その中心にただひとり立つ人竜《マン・ドラゴン》は剣士たちには目もくれず、みなぎる力を持て余しているように目の前で拳を握りしめている。

「日月の塔《ビギニング》の門と同じ材質の盾も、絶対的な力の前には紙クズ同然か。今年の『開塔の儀《ビギニング・オープニング》』はこれまでの記録を大幅に塗り替え、一〇分ほどで門が開いたというが……」月の裏側のような瞳が、俺を貫く。「この俺様が参加していたら、一〇秒でブチ抜いていただろうなぁ……！　下郎ともども……！」

その眼光に、背筋がゾクリとした。ザガロは俺を見据えたままゆっくりと丘を降り、俺のほうに歩いてくる。丘の麓には剣士寮のエンブレムを象《かたど》るように花が咲いていたのだが、ザガロが踏みにじった瞬間に魔術師寮のエンブレムへと変わった。

その変化の理由は俺でもわかる。この花畑はいままで剣士のナワバリだったが、仕切っているリーダーが倒されたことで魔術師のナワバリに変わったんだ。しかしいまはそんなことよりも、もっと気になることがある。ザガロと戦ったのはたった三日前のことなのに、ヤツの魔術が明らかにパワーアップしていることだ。

魔術師たちが使う魔術は、いくつかの既定の動作を経て発動する。まず構え《レディ》、つぎに詠唱《リード》。詠唱《リード》には必ず、舞踊《テップ》という身体の動きが伴う。舞踊《テップ》は魔術によってそれぞれのスタイルみたいなのがあるようで、クリンの氷撃魔術《アイスピア》の場合はバレエダンス風の動きをする。

そしてザガロの舞踊《テップ》は格闘術の演武風で、拳や蹴りを繰り出す。ザガロはその舞踊《テップ》で生まれた幽星憑依《アストラ・エフェクト》だけで、一〇〇人もの剣士を倒してしまった。今までどんな攻撃も通用しなかったという盾まで、あっさりブチ抜いて……。

しかも、そのあとに控えた魔術はけっきょく発動しなかった。もし発動していたら、もっと被害は甚大だったかもしれない。ちょっと見てみたかった気もするが、それにしてもこのたった三日の間に、ヤツにいったいなにがあったんだ……？

俺は剣士の家で育ったせいか考え方にわりと脳筋なところがあるので、ザガロは寝ずの修業でもやったのだろうという結論にたどり着きかける。しかしクリンはあっさりとドーピングの正体を見抜いていた。

「ザガロくんの触媒《ローダー》が替わってる」

三日前までザガロの触媒《ローダー》は、赤竜《せきりゅう》の顔が入った手甲《てっこう》だった。手甲は右手の甲を覆うくらいの大きさだったのだが、いまヤツがしているのは右肩まで覆うほどの籠手であった。それで俺はかねてからの疑問を思いだしたので、ついでにクリンに投げてみた。

「なぁ、お前たちの使う触媒《ローダー》ってどうやって手に入れてるんだ？　店じゃ売ってないよな？」

俺も魔術をかじっているが、俺の魔術は触媒《ローダー》を必要としない。しかし俺以外の魔術師はみな触媒《ローダー》を持っている。だからずっと気になってたんだ。

クリンは「そんなことも知らないの？」みたいな顔をしていた。

「剣士の武器と違ってお店にはないわ。わたしたちの魔術は血筋がすべてとされているから、触媒《ローダー》も専用のものになるの。家から受け継ぐか、触媒《ローダー》職人に作ってもらっているわ」

クリンが『わたしたち』みたいな持って回った言い方をしたのは、俺の使う魔術がこの世界の一般的な魔術とは違うからだろう。俺の学んでいる魔術は『外道魔法《ヴァルガー》』と呼ばれ、魔術師たちからは蛇蝎《だかつ》のごとく嫌われているそうだ。まあそんなことはさておき、ザガロのパワーアップの理由がようやくわかった。

「ようするに、あの坊ちゃんはパパに新しいオモチャを買ってもらったってことか」

剣士もより良い武器に替えれば戦闘能力は向上するので、武器を替えること自体は否定しない。しかし手品のタネがわかってしまったみたいで、俺はちょっと拍子抜けする。

俺の前まで来たザガロは、俺が怯えていると勘違いして不敵に笑っていた。

「俺様の、絶対なる真の実力を知って震えているようだな。あのとき、俺様を殺さなかったことを後悔しているな」

俺は「だったら」と口を挟もうとしたが、ヤツのかざした拳によって遮られてしまう。

「貴様を殺すのはたやすい。だがその前に、貴様が犯した絶対なる罪を償わせてやる。この俺様に恥をかかせたという大罪を。そのあとで、輪廻《りんね》の輪から外れるほどの絶対死をくれてやろう」

ザガロは自分が言いたいことだけを一方的に言ったあと、俺の返事を待たずにクリンのほうを向く。

「我が妻、アイスクリンよ。花がなぜ咲き誇るか知っているか？」

どこから突っ込んでよいのかわからないのか、クリンは答えずに極寒の半眼を返すのみであった。クリンはこの目つきで言い寄る多くの男たちを撃退しているが、ザガロ坊ちゃんには効いていないようだった。

「俺様に、こうしてほしいからだ」ザガロはそう言いながらかがみ込み、足元に咲いていた青い花をもぎ取ると、制服の胸ポケットに差す。花の香りを嗅ぐような仕草のあと、クリンにキザったらしい流し目を向けた。

「しかし八百万《やおよろず》の花ですらも、お前の馥郁《ふくいく》には及ばぬ」ザガロは当然の権利であるかのように、クリンの腰に手を伸ばした。「クリンよ、俺様のコサージュとなれ。絶対的に抱いてやろう」

クリンはずっと黙っていたが、その唇がぼそりと動く。「保守組なのね」

それは短い一言だったのだが、「……なんだと？」ザガロの顔色を一瞬にして奪っていた。

「ザガロくんは先進組に選ばれる予定だったはず。しかしこの前の儀式でデュランくんに負けたから、保守組に回されちゃったのね」

「なっ……!?」ワンツーパンチを受けたかのように顔を歪《ゆが》めるザガロ。

クリンは話は終わりだとばかりに、俺に向き直っていた。「行きましょう、デュランくん」とそそくさと歩きだす。

俺はその後を追いながら一度だけ振り返ってみたのだが、ザガロはずっと歯嚙《はが》みをしたまま俺たちを睨んでいた。

◆　◇　◆　◇　◆

花畑を抜けた先は河原だった。塔の中に川があることに、ちょっと前のデュランダルであれば仰天していたところだが、もうこのくらいの超常では驚かない。

あたりは満開の桜並木になっており、せせらぎの香りを含んだ風があたたかく心地いい。デュランダルとアイスクリンは土手を下り、春の散歩デートのように川べりの道を歩いていた。

「う～ん、気持ちいいなぁ。塔の中だってのを忘れそうになるよ」

「ここは珍しい魚介類が獲《と》れるそうよ」そうアイスクリンが言ったそばから、この世のものとは思えない極彩色の魚が川面《かわも》でぱしゃりと跳ねた。

「うまいのかな？　獲ってみようか」

「ダメよ。ここは魔術師のナワバリだから、勝手に獲ったら怒られるわ」

アイスクリンの情報を裏付けるように、川の表面にはウィザーズ寮のシンボルが浮かびあがっている。

「そうなのか？　でも、クリンがいるなら平気なんじゃないか？」

デュランダルは立ち止まり、足元に落ちていた石をいくつか拾いあげる。そのひとつを川めがけてサイドスローで投げ放つと、石は水面を切るように数回跳ね、川の真ん中あたりで沈んだ。

「えっ……。あんな魔術、初めて見たわ」クリンが呆気《あっけ》に取《と》られていたので、デュランダルはズッコケそうになった。

「いや、いまのはただの水切りだよ！」キョトン顔のアイスクリン。「水切りを知らないのか？　川で石をジャンプさせる遊びだよ」

「魔術を鍛える遊びなの？」

「いや魔術じゃねぇって、試しにやってみろよ」

デュランダルは手の中に残っていた石をアイスクリンに渡す。アイスクリンは半信半疑な表情と、道端の石など触るのも初めてのような穢《けが》れなき指で受け取っていた。

「前から思ってたんだけど、クリンの手って赤ちゃんみたいだよな」

「なにそれ」アイスクリンは真意を測るようなジト目をデュランダルに向ける。「……バカにしているの？」

「バカになんてしてねぇよ。俺は好きだぜ、お前の手」

言葉とともに向けられた微笑みが、アイスクリンの心臓を急襲する。

「……！」

アイスクリンはなにも答えない。いや、答えられなかった。

――また、あのドキドキが……！

デュランダルは知らない。自分の何気ない一言で、アイスクリンの心をかき乱していることに。

アイスクリンはデュランダルの顔を見ることができなくなり、ごまかすように髪をかき上げながら川のほうを向く。舞い散る桜の花びらとともに長い髪がふわりとなびくと、甘い香りがデュランダルの鼻腔《びこう》を急襲した。

「……！」

アイスクリンはずっと知らずにいる。自分の何気ない仕草だけで、デュランダルの心をかき回していることに。

そう、デュランダルは思っていたのだ。初めてアイスクリンと会ったときから。

――この夢のように儚《はかな》い横顔を守れるのなら、俺はなんだってする。

そして、いまはこう思っていた。

――きっとアイスクリンなら石を投げる姿も儚くて、絵画みたいに絵になるんだろうな。

しかしその淡い期待に反し、アイスクリンの投球フォームは俗に言う『女投げ』だった。

「えいっ」

しかも投げるほうの手と足を同時に前に出すうえに、手を振り切ってから石を離すという、ド素人以下の投げ方。そのため石は川に向かうどころか真下に飛んでいき、踏み出した足の甲にドスッとめり込んでいた。

「あっ⁉　大丈夫かクリン⁉」

デュランダルの夢見るようだった表情も、しゃぼん玉のごとく弾《はじ》けてしまう。

アイスクリンは答えない。しかし痛かったのだろう、プルプル震えながらしゃがみこんで足を押さえていた。しばらくしてアイスクリンは、「ウソつき」と言わんばかりの責めるような涙目をデュランダルに向ける。

「えっ、俺のせい⁉　いや、そうじゃなくて投げ方が悪いんだ。水面に向かってなるべく水平になるように、サイドスローで投げるんだよ」

涙目を瞬《まばた》かせるアイスクリン。

「さ……さいどすろー？　そんな魔術、知らない……」

その表情とすっとんきょうな一言が、普段のクールな彼女からは想像もつかないほどに愛らしかったので、デュランダルは思わず吹き出しそうになってしまった。

「いや、だから魔術じゃねぇって。投げ方を教えてやるよ」

デュランダルはアイスクリンを立たせると、背後に回り込んでぴったりと寄り添う。アイスクリンの少し汚れてしまった手を取り、耳元でささやきかける。

「こうやって、横に手を動かすんだ。あとは腰をもっと落として、そう……」ささやきは催眠術のように心地良く、アイスクリンは導かれるままに身体を動かしていた。「このあたりで石から手を離して投げるんだ」

「えいっ」

それは生まれたての子鹿が立ち上がる最中のようなフォームで、いまにも崩れ落ちそうだったがデュランダルの支えがあったので倒れることはなかった。石はちゃんと川まで飛んでいき、しかも一回だけではあるが、小さな水飛沫《みずしぶき》とともに跳ねあがっていた。

「あ……できた……」まだ実感の湧かないアイスクリンを、力強い一言が包み込む。

「うん、いいぞ。そのフォームを忘れずに、今度はひとりで力いっぱい投げてみるんだ」

「わ……わかった」

アイスクリンは魔術であれば、初めてのものでもそつなくこなせるほどに達者であったが、逆に運動はあまり得意ではない。苦手な運動でうまくいったのは珍しいこと。それが嬉しくて、生まれて初めてといえるほどやる気になっていた。アイスクリンはぎこちない動きではあるものの、しかし力いっぱい振りかぶったフォームで石を投げる。

「えいっ！」

投げ終えた瞬間に身体が大きくよろめいたが、後ろに控えていたデュランダルがすかさず抱きとめる。アイスクリンのほうは倒れそうになってもおかまいなしで、川面に負けないくらいキラキラと輝く瞳で投げた石の行方を追っていた。

石は滑るような軌道で着水すると、やんちゃな子鹿のように水面をピョンピョンと跳ねる。そしてあれよあれよという間に、向こう岸にまでたどり着いてしまった。

「え……う……うそ……？」

「おおっ⁉　新記録じゃないか、やったな！」デュランダルの手のひらが伸びてきたので、アイスクリンは振り向きざまにハイタッチを交わす。

「や……やった！」いつになくハイテンションのアイスクリンであったが、その表情は瞬間的に凍りついてしまった。

振り向いた矢先、吐息がかかるくらいの距離にデュランダルの顔があったのだ。


――ち、近っ。


アイスクリンは思わずのけぞりそうになったが、肩をしっかり抱きしめられていることに気づき、さらに慌てた。

――なんてこと、デュランくんがこんなに近くにいたなんて。石を投げるのに夢中になっててぜんぜん気づかなかった。

たくましい腕の感触が、さらにアイスクリンの脈を乱れさせる。表情だけは平静を保てていたが、耳だけは取れてどこかに飛んでいきそうなほどに真っ赤っか。胸は警鐘のように高鳴っており、この音が漏れているんじゃないかと不安になったアイスクリンは視線を落とす。そして自分の胸がデュランダルの男らしい胸板と密着しているのを発見してしまい、さらなる混乱に陥る。

——こ……このままじゃ、胸が張り裂けちゃう。どうしてデュランくんがそばにいると、こんなになっちゃうの？

まるで、わたしがわたしでなくなっていくみたい。あぁん、もう。顔が熱くなりすぎてのぼせそう、クラクラしてきた。まるでグルグル振り回されてるみたいに、目が回って……。

思考回路がショートする寸前、アイスクリンは奇跡的に自我を取り戻した。

——あっ……もしかしてこれが占いにあった、デュランくんの宿命？　無意識のうちに、女の子を振り回すという……。

アイスクリンはとうとう、ドキドキの正体を突き止める。心臓はまだ大暴れしているが、懸命に反撃の糸口を探していた。

——デュランくんは、ずっとそうだった……。今朝、塔の入り口で会ったときも、『なかよしジャンプ』をしたときも。ううん、初めて会ったときからずっと、わたしは振り回されていた気がする。

アイスクリンの脳内に走馬灯のような思い出が蘇《よみがえ》る。

デュランダルの魔術、その歌声のような詠唱《リード》に聞《き》き惚《ほ》れたこと。幽星憑依《アストラ・エフェクト》の美しさに見惚《みほ》れたこと。入学式の受付で、「クリン」と呼ばれたこと。飛行魔術《エイビシャン》の授業で、お姫様抱っこをされて空を飛んだこと。剣士の家の火事を、ふたりで力を合わせて消したこと。そして誰もいない朝の廊下で、こう言われたこと。

『お前、すっげーいい匂いだな』

その、翼のない天使のような微笑み。それとまったく変わらないものが、いま目の前にある。

「やっぱお前、いい匂いしてんな。なに食ったらこんな匂いに……って、どうしたんだクリン、ボーッとして」

アイスクリンは極限のときめき地獄の末、自分はずっとデュランダルに振り回され続けていたと結論づけた。

——わたしはこんなにもドキドキしてるのに、デュランくんはすまし顔でいるなんて……。なんだか、許せない……。デュランくんも、わたしと同じ気持ちになればいいのに……。

その心の内が、暗い情念でメラメラと燃え上がっていく。

「デュランくん……」そしてついに、アイスクリンの桜色の唇が反撃ののろしをあげた。「わたしを、抱きたい……？」

デュランダルは「へっ？」と突拍子もない声をあげる。それは明らかに引き気味の反応だったのだが、対人経験の薄いアイスクリンは勘違いして手ごたえのようなものを感じていた。

「ねぇ、答えて……。わたしを、抱きたい……？」ここぞとばかりにたたみかけるアイスクリン。

このときの言動を、今宵《こよい》の寮のベッドで死にたくなるほど後悔するとも知らずに。

しかし反撃ののろしは、太陽と呼ばれるほどの少年の前にはあっさりと消し去られてしまった。

「ああ、抱きたい」

予想もしなかった一言に、「えっ」と二の句を失うアイスクリン。驚きのあまり硬直した身体が、ひょいっと持ち上げられる。

「えっ……あっ……ちょ……」わけがわからないままお姫様抱っこをされるアイスクリンに、さんさんとした笑顔が降り注ぐ。

「俺の妹のプリンも小さい頃は、剣の練習場でへばったときにそんな感じになってたよ。『抱っこして』って素直に言えないから、『抱っこしていいよ』って言うんだよな」

「い……いや……ちが……」デュランダルの腕の中で、抱っこを嫌がる猫のようにもがくアイスクリン。

「プリンが大きくなってからは俺が抱っこされるようになっちまったけど、こうしてると昔を思いだすよ」

「いや……だから……ちが……」

「そうやって、わざと暴れるところもソックリだよ。大丈夫、ちゃんと同じようにしてやっから」

「えっ……なにを……」

「なにって、抱きしめてほしいんだろ？　プリンもギューッてすると気持ちよさそうに眠ってたよ」

「う、うそ……ちょ……やめっ……あっ」

ぎゅううっ……！　と音がしそうなほどの抱擁を受けるアイスクリン。

全身はもうバターのようにとろけており、焦点の定まらない瞳で「あああっ」と熱い吐息を漏らしていた。

◆◇◆◇◆

クリンは太陽に挑んだ妖精みたいに、燃え尽きてグッタリとなっていた。

きっとそれだけ、あの一石を投じるのに全身全霊を使ったのだろう。ただの水切り遊びにそこまで真剣になるなんて、クリンは斜に構えたような態度に反して、何事にもいっしょうけんめいな女の子なのかもしれない。ったく……このお姫様は、どれだけ俺の心を盗んでいったら気が済むんだろうか。

クリンは疲れているようだったので、今日はこのまま抱っこしてウィザーズ寮まで送ってやろうかと思ったのだが、「それだけはやめて……」と息も絶え絶えに懇願されてしまった。

しょうがないので土手の野原に寝かせ、俺もいっしょにウトウトしていたのだが、ふと長大な影が覆い被さった。

「キャハッ！　魔術師のナワバリで魔術師の女の子と昼寝なんて、イッちゃってるね〜！」

その脳天気な声は、俺の脳天を突き刺した。「し……シーザスの兄貴……!?」弛緩《しかん》しきった俺の身体がムチ打たれたように引き締まり、無意識のうちに飛び起き身構える。目の前には、常人なら

目にしただけで絶句しそうな異様な佇《たたず》まいがあった。

まともなのは、クセ毛気味の短髪のみ。顔には医療器具のような金属が這《は》い、瞼と唇が切り取られたかのように目玉と歯ぐきが剝《む》きだしになっている。身体は金属でコーティングしたような、ピッタリとした薄手の全身鎧《よろい》。全身鎧というのは多くの継ぎ目があるものだが、その鎧は継ぎ目がほとんどなく、ヒジとヒザが曲げられない構造になっている。巨大なハサミを背負っているのと相まって、ふたつの意味で血の通ってなさそうな棒人間のごとき見目であった。

俺のいたブッコロ家は俺と、俺のオフクロ以外はみな高原族《ハイランド》である。しかし太マッチョが多い高原族《ハイランド》のなかでも、シーザスは小柄な細マッチョだった。小柄といっても平地族《グランドラ》の俺よりはずっと背が高く、棒立ちだとまるで目の付いた街灯のよう。

シーザスの兄貴は人なつこい笑顔で俺とクリンを見下ろしていた。

「あのデュランダルもついに彼女持ちか、いいないいな！」

俺は「彼女じゃねぇよ」と言い返したかったが、言葉が出てこない。胃液ばかりがせり上がってくる。復活したクリンが立ち上がり「デュランくんのお知り合い？」と尋ねてくる。シーザスの兄貴を初めて見たヤツは大抵ビビるのに、クリンは初見でもまったく動じていない。俺のほうがよっぽどキョドっていて、なんとか声を絞り出してふたつ上の兄貴であることを説明した。

「キミ、あのアイスクリンちゃんだよね？　魔術師たちのアイドルっていう！」クリンは「アイドルじゃないわ」と即答。「キャハッ！　噂《うわさ》どおりのクール系美少女だね！　どもども、シーザスで～す！」

クリンに向かって右手をニュッと伸ばすシーザス。俺の全身が嫌な汗にまみれた。クリンが握手をしている姿を見たことはないので大丈夫かと思ったのだが、なぜかこのときだけは握手に応じようとしていた。それだけで俺の胃はひっくり返りそうになり、「兄貴ぃっ……！」とえづくような声が漏れ出してしまう。

するとシーザスは、「ジョーダンジョーダン！　キャハハハッ！」とクリンに触れかけた手をヒラヒラさせた。

俺が冷や汗を拭っていると、いつのまにか川の向こうに大勢の人だかりができていることに気づく。それは、整列した魔術師の生徒たちだった。リーダーらしきキッチリとした七三分けの生徒が、シーザスに向かって叫んだ。

「キミはフロアドミネーターだな⁉　なぜこんなところにいる⁉」

「なに言ってるの、キミらのボスが先にオイタしたんでしょ。だから僕がここにいるわけ」

「やはり侵略行為か！　ならば我ら『ラスト・モーメント』は容赦しない！」

ラスト・モーメントというのは、このナワバリを支配する魔術師のグループ名らしい。剣士たちとはまた違ったネーミングセンスが光っている。

「我らの詠唱《リード》は風よりも速い！　貴様など指一本触れさせずにズタズタにするぞ！」

俺の隣にいたクリンも賛同していた。

「彼らの言うことはハッタリじゃないわ。ラスト・モーメントは鋭風魔術《シュレッダー》を得意とする魔術師の集団。鋭風魔術《シュレッダー》は単発の威力こそ低いものの、詠唱《リード》の短さは魔術の中ではトップクラスよ。間合いも離れていて、間に川もある以上、お兄さんに勝ち目は……」

「キャハッ、そお？　やってみなきゃわかんないんじゃない？」

シーザスはクリンの言葉を遮ると、土手から走り下りる。ハサミを開閉しているような、ジャキンジャキンという音がする。鈍重そうなその足音に反し、川面で三段跳びをしていた。鎧なのに沈まず、ヒザが曲げられない身体のはずなのに、あっという間に魔術師たちのいる向こう岸に渡り着く。

魔術師たちはざっと数えても一〇〇人はいたのだが、その一〇〇人が同時に後ずさっていた。

「なっ、なんだ、いまのは……!?」「か……川を、渡りきったぞ……!?」「魔術か!? いや、そんなはずは……!?」

驚きおののく魔術師たちに向かって、シーザスはおどけてみせた。

「名付けて、石切りジャンプ～！ キミら魔術師が魔術を使わないとできないことも、僕ら剣士は身体ひとつでできちゃうんだよね～！ アイスクリンちゃんも見てた～？ キャハッ！」

すっかり言葉を失っているクリンに手を振るシーザス。場の空気を自分のものにしたあと、魔術師たちに向かって肩をすくめてみせた。

「それで、イッちゃってるようにやりあうのもいいけど、その前に平和的に話し合ってみるってのはどうかな？ あ、もしかしてそっちのほうがイッちゃってる？ キャハッ！」

ラスト・モーメントの手下たちはすっかり気圧《けお》されていたが、リーダーは平静を装っていた。

「……なるほど。それで手下も引きつれず、単独で来たというわけか。まずは話し合いからとは、剣士のわりになかなか聡明《そうめい》ではないか」

「んじゃ、まずは挨拶からね。フロアドミネーターのシーザスで～す！」

シーザスが右手を差し出していたので、俺は叫ぼうとした。しかしシーザスの横目を受けただけで、腹にボディブローを食らったような衝撃に襲われる。俺はヒザから崩れ落ち、とうとう胃液を吐き散らしてしまった。

クリンが「どうしたの？」と心配そうに背中をさすってくれていたが、俺はそれどころじゃない。なんとかして握手を止めさせたかったのだが、遅かった。

「ラスト・モーメントの一年リーダー、シュンだ」シュンと握手を交わすシーザスの人さし指。その指先は立てられており、銃口のようにシュンの足に向けられていた。

ズキュゥン。発砲したような音が、河原に鳴り響く。シーザスの右手の人さし指は真っ白い細身の剣と化し、シュンのヒザを貫いていた。

シュンは自分の身になにが起こったのかわかっていないようだったが、片足を失ったように崩れ落ちる。

「な……!?　なんだ、それは……!?」わなわなと震えるシュンの前で、シーザスは剣を引き抜く。

クリンも「な……なに、あれ……？」と目を剝いていた。

俺は滝のような汗を流しながら、懸命につぶやく。

「あれは、シーザスの『斬骨剣《ざんこつけん》』……！　指の骨を伸ばして剣にする剣技《ソードアーツ》……！」

向こう岸は騒然となっていた。

「こ……コイツ、抜きやがった！」「しかも話し合いと言いながら斬りつけるなんて！」

しかしシーザスはまったく悪びれる様子がない。

「あれあれ、わかんなかった？　僕はイッちゃってるんだよね、キャハッ！」

「ひ……卑怯《ひきょう》者め！　この程度の奇襲攻撃で、我らラスト・モーメントに勝てると思うなよ！」

片膝をついたまま、怒りに震えるシュン。シーザスは白い歯を輝かせ、歯ぐきよりもいっそう赤い舌をペロリと出していた。

「だったら、みんなでイキまくろうよ！　こんなふうに……ね！」

シーザスは左手をビンタするように振り上げる。パァンと弾けるような音とともに、のけぞるシュン。これは頬を打った音ではない。左手から飛びだした斬骨がシュンの首筋を切り裂き、剣圧で皮膚が破裂したんだ。それが、開戦の号砲となった。

「ゆ……許さんぞ！　シュン様の仇《かたき》だっ！」「我らの鋭風魔術《シュレッダー》で、二度と見られぬ顔にしてやれ！」「取り囲め、逃がすなっ！」

動かなくなってしまったシュンごと、包囲網を形成する魔術師たち。シーザスは両手を真横に伸ばし、ミドルキックのように足を振り上げたポーズで固まった。やおら地面に残した足を軸に一回転。その表情はおどけていたのでピエロのダンスのようだった。しかし、両手と両足が高さの違う四つの旋円を描いた瞬間、周囲は殺人サーカスと化す。魔術師たちの群れは喉笛、胸、腹、足首を同時に切り裂かれ、吹き抜ける桜吹雪を真っ赤に染めていく。その一撃で、前線にいた半数の魔術師が倒れた。

「たった一撃で、五〇人をいっぺんに……⁉　なんなの、いまの剣技《ソードアーツ》は……⁉」クリンの声は凍りついていた。

いまのは剣技《ソードアーツ》じゃない。シーザスの斬骨は両手の人さし指だけじゃなくて、両足のカカトにもあるんだ。ようは四刀流。そのひとつひとつが強大な剣圧をもっているので、ただの斬撃でも剣技《ソードアーツ》じみた破壊力となるんだ。しかもそれだけじゃない。

シーザスは先の剣撃の勢いを利用して、続けざまに背中の巨大バサミを投げ放っていた。

「鉄《てっ》・鮫《こう》・牙《が》ぁぁぁ――――っ‼」

ハサミは空を泳ぐように飛ぶ。時には刃を開閉、時にはその身を回転させ、残った魔術師たちを食らいつくしていく。もし鮫に翼が生えたなら、こんな惨劇が生まれるだろう。そんな光景であった。

血染めの桜吹雪が嵐となって舞い上がったあと、そこにはシーザス以外はもう誰も立っていない。魔術師一〇〇人を相手にしてもシーザスには返り血ひとつついておらず、息ひとつあがっていなかった。

「あ～あ、こっちはまだぜんぜんイケてないんだけど」

「帰ろっか」とぼやいたそばから、我が物顔で飛び回っていた巨大バサミがブーメランのごとく戻ってくる。それは新たな獲物を見つけたように大きく口を開いていたが、シーザスは片手で軽々といなす。その姿はまるでシャチすらも手懐けたベテラン飼育員のようだった。

俺たちの目の前で巻き起こった戦いはわずか数分で決着、虐殺のような一方的な展開にクリンは戦慄していた。シーザスの朗らかに人を殺す姿が、俺のひとつ上の兄貴であるスパチャラを彼女の脳裏に蘇らせたのだろう。紙のように真っ白になっているクリンをかばいつつ、俺は祈った。兄貴、そのまま帰ってくれ。と。

しかしその願いも虚《むな》しく、シーザスはまた例の三段ジャンプで川を渡った。川に水飛沫があがると、水面に浮かんでいたウィザーズ寮のシンボルがウォーリア寮のものへと変わる。シーザスは土手を駆け上がって俺のところに戻ってくるなり、面倒くさそうなため息をついていた。

「はぁ、ホントだったらフロアドミネーターはスパチャラがやることになってたんだよね。でも三日前に誰かに半殺しにされちゃったみたいで、いまも保健室にいるんだよね。まったく、イッちゃってるヤツもいるもんだよね」

例の儀式で俺とクリンが力を合わせてスパチャラを倒したことを、シーザスは知らないらしい。もしかしたら儀式で起こったことは、剣士と魔術師の上層部だけの秘密になっているのかもしれない。

「そうだアイスクリンちゃん、キミはいいとこのお嬢様なんだよね？　スパチャラをヤッたヤツのこと知らない？」

俺の陰で震えているクリンに、人さし指を向けるシーザス。俺が止めるより早く斬骨が伸び、クリンのそばで飛んでいた蜂を串刺しにしていた。

「ねえねえ、なんか知ってるのなら教えてよ。でないと……」

「俺だ」「……え？」

「俺がスパチャラをやった」

「へぇ、そうだったんだぁ」俺に向けられたシーザスの瞳孔が膨らんでいく。

実家にいた頃の俺にとって、シーザスは殺人鬼も同じだった。俺は狙われた婦人さながらに、ヤツに何度も八つ裂きにされたことがある。俺の血がついた斬骨を舐《な》めしゃぶり、手負いの子鹿を弄ぶライオンのように追いかけてくるシーザスは、俺にとっての生けるトラウマのひとつだ。

昔から変わらないクレーターのようにひび割れた眼光を向けられ、俺はまたしても吐きそうになっていた。クリンを守りたいという一心が無ければ、とっくの昔に気を失っていただろう。

俺の精神が限界を迎えかけたところで、シーザスは弾けるように笑った。

「キャハッ、そんなわけないでしょ！　一族最弱のデュランダルがスパチャラをヤッちゃうなんて！　あ、わかった、イッちゃってるんだね！　キャハハハッ！」シーザスはケラケラと笑い、ヒラヒラと手を振りながら俺たちに背を向ける。「ヤボ用も済んだし、僕はもう行くね！　このルームは剣士のナワバリになっちゃうけど、イキ過ぎてアイスクリンちゃんに手を出さないように僕から言っとくよ！　んじゃ、お幸せに～」

血の匂いを残し、ゾッとするような金属音を振りまきながら、遠ざかっていく背中。俺はへなへなと崩れ落ちていた。

それでようやく気づく。全身の感覚が無くなるほどに、身体が冷たくなっていることに。この河原はぽかぽか陽気なのだが、血の気を失いすぎたあまり冬山にいるように寒い。それにずっと立っていただけなのに、服が滝に打たれたみたいに汗でぐしょ濡《ぬ》れだ。

クリンは青みの残る顔で、俺に寄り添ってくれていた。

「ありがとうクリン。でも俺は大丈夫だから、救護隊を呼んでくれ、もう手遅れかもしれねぇけど……」

俺はラスト・モーメントのヤツらのことが気がかりでしょうがなかった。なにせ喉をかっ切られたのだから。でもクリンは気にも留めていないようだった。

「それなら心配いらないわ、この塔で攻略済みのフロアは学院の敷地《しきち》と同じ扱いになるの。学院全体に掛けられている魔術の効果が及ぶから、生徒どうしの争いで大ケガをすることはあっても、滅多なことでは死には至らないわ」クリンは説明しながら、川向こうの土手に視線を移す。「それに攻略済みのフロアの様子は、魔導伝映装置《サイクビジョン》の技術を通じて常時監視されているから、すぐに助けが来るの」

クリンの視線の先にあった土手の向こうから、ヘルメットの赤いランプを点滅させた救護隊がわらわらと現れた。この学院は剣と魔術を教えているだけあってケガ人が絶えないので、保健室は大病院並みだという。救護隊は慣れた様子で川べりに倒れた魔術師たちをタンカに乗せると、あざやかといえる速さで去っていった。

クリンは俺の頬に手を当て、心配そうに覗《のぞ》き込《こ》んでいる。クリンの手は普段は冷たいのだが、いまは温かく感じた。

「顔が真っ青よ……。デュランくんをここまで怯えさせるなんて、あのお兄さんはいったい何者なの？」

「見てのとおり、やべぇ剣士さ」

「指の骨を武器にする剣士なんて、初めて見たわ」

この世界の人間には先天的な能力を与えられる者がいる。いちど見たものは忘れない、俺の『絶対記憶』のように。

シーザスの斬骨剣《ざんこつけん》もそう。最初は折れて鋭くなった骨みたいなのが飛びだす体質だったのだが、訓練で剣の形をした骨を出せるようになったんだ。

「いまでは制御できるようになってるけど、ガキの頃は手をかざしただけで所構わず指から骨が伸びまくってたよ。ジャンケンのついでに目とか喉をよく突かれたもんだ」

「喉を？　よくそれで生きていられたわね……」

「おかげで打撃だけじゃなく、斬撃にも強くなれたけどな。しかも、急所への斬撃に」

「あの鎧みたいなのはなんなの？」クリンの疑問は止まらない。そりゃそうか、もしクリンにあんな姉がいたら、俺だって質問攻めにしていただろう。

「これは俺のオフクロから聞いたんだが、シーザスは早産児で、そのせいで生まれつき肌が弱いらしい。あの鎧は『ウテルス』といって、完全被甲衣《フルメタル・ジャケット》の一種なんだ。隙間と継ぎ目が少ない全身鎧なんだが、あれで肌を守っているんだと思う」

「お兄さんも大変なのね……でも、弟をイジメていいことにはならないけど……」

ふとゆるやかな風が吹き、クリンの髪がふわりとなびいた。血の匂いを忘れさせてくれるような香りが、あたりを浄化していく。血染めの桜はもうどこにもない。クリンの唇と同じ、ピンクの桜吹雪がひらひらと舞っていた。

「苦手なお兄さんなんだったら、早く言ってくれればよかったのに」彼女の口調は責めるというよりも、俺を気づかっているようだった。「そしたらいっしょに逃げられたのに、どうして強がったりしたの？」

血色の戻ったその唇こそが、俺がそうした理由だ。なんて、いつもなら言えないけど、なぜかいまなら言えるような気がする。

俺は彼女をまっすぐ見つめると、吹き荒れはじめたざわめく風に負けないくらいの声で、ハッキリと口に出した。

「……好きな子の前だったから、いい格好をしたかったんだよ……」

◆◇◆◇◆

それはデュランダルが口にしてきた数多くの軽口のなかで、もっとも告白に近い告白だった。ひときわ強い風が起こり、アイスクリンの長い髪がブリザードのごとくなびく。その顔は、氷の女王を思わせるほどに冷たかった。

「……なにを言っているの?」アイスクリンは眉根を寄せ、いぶかしげな表情を隠そうともしない。

「えっ」デュランダルはアイスクリンの真意を測りかねていた。このしょっぱい反応は風のせいでよく聞き取れなかったのか、それとも「キモい」と思われてしまったのか。

前者はともかく、もし後者であったら立ち直れなくなるかもとデュランダルは思っていた。そのせいで、言い直すことができずにいる。

「あ……いや、なんでもない」頭をかいてごまかすデュランダルは、まだ理解が足りていない。目の前にいる少女が、どれだけバッド・コミュニケーションの達人であるのかを。

アイスクリンの内心は、ハテナマークでいっぱいになっていた。

――スキナコの前だったから、いい格好をしたかった……?『スキナコ』ってなんだろう?『スナネコ』の一種かしら? スナネコはたしかにかわいいけど、動物の前でいい格好をしたいなんて、デュランくんって本当に変わってるのね……。

男女の恋愛の駆け引きにおいては、こと婉曲的な表現が多用されがちである。この場合デュランダルは『アイスクリン』を『好きな子』と言い換えている。そしてこの程度の表現であれば、幼稚園児でも理解できる平易なものであるが、恋愛レベルが赤子並みのアイスクリンには通用しない。

なにせ、恋のドキドキを暗殺だと勘違いするくらいなのだから。

そう、アイスクリンは気づいていなかった。

誰よりも待ち望んでいた人物からの、一世一代の告白を拒絶してしまったことを……！

第2章　はじめてのナワバリ

仮にあの河原でシーザスの兄貴と戦うことになった場合、俺はどれだけぶちのめされても立ち上がるだけのタフさはあるつもりだった。しかしクリンの「……なにを言っているの？」は、だいぶ心の足腰にきた気がする。

しばらく休んでようやく立てるようになったので、そろそろ帰ろうかということになったのだが、せっかくだから来たときとは違うルートで帰ろうということになった。

そしてたどり着いた先は、やはりこの世のものとは思えぬ部屋《ルーム》だった。

床も天井も壁もすべてが黄金色の金属。最初に噴水の広場が迎えてくれたのだが、噴水から流れているのも粘度の高そうな黄金色の液体だった。周囲には巨大なタンクが据えられ、そのまわりをパイプが走っており、まるで巨人の内臓の中に迷い込んだかのような空間。

空の金属瓶がびっしり詰められた棚が一定時間ごとに動き、中に噴水の液体が注がれていく。中身の詰まった瓶を、おそらくコモンナー寮と思われる生徒たちが取り外して木箱に詰めている。彼らはいっしょうけんめいに働いているようだったが、火花のように逆立てたツンツン髪に上半身裸の男たちから怒鳴られていた。

「トロいんだよぉ、もっともっと働けぇ！」「そんなんじゃぁ、新しいノルマの一〇〇〇ケース出荷ができねぇだろうがぁ！」「こうなったら、アレをやるしかねぇなぁ！」

ツンツン男たちは腰に差していた剣を抜くと、コモンナー寮の生徒たちの足元に叩《たた》きつける。火

花が起こり、コモンナー寮の生徒たちはムチ打たれた奴隷のように「ひいっ！」と飛びあがってい
た。
「おらおら、働け働けぇ！」ツンツン男たちは床に剣をガンガン打ち付け、コモンナー寮の生徒た
ちを追い立てる。
　そこに、小柄な身体《からだ》にバンダナを被《かぶ》り、ビタミンカラーのベストと緑のショートパンツという男
児のようないでたちの生徒が剣の束を運んでくる。その生徒はイジメの現場に出くわすなり、血相
を変えて割って入った。
「ちょ、やめて！　これ以上、出荷を早くするなんてムチャだよ！　それにみんなずっと働いてる
んだ、休まないと死んじゃうよ！」
「うるせぇヒマーリン！　こっちは先輩に怒られてムシャクシャしてんだ！　邪魔するとタダじゃ
おかねぇぞ！」
　ツンツン男が乱暴に払いのけると、ヒマーリンと呼ばれた小柄な生徒は「キャッ⁉」と倒れ、剣
が床にぶちまけられた。帽子が落ち、髪がはらりとこぼれた。その弱々しい声と仕草に、男たちは
反応する。
「ヒマーリン、そういえばお前は女だったなぁ。ここにいるのは野郎ばっかだから、すっかり忘れ
てたぜぇ」
「なんだ、そうだったのか。クソガキみてぇにキャンキャン吠《ほ》えるから、俺はずっとチビ野郎だと
思ってたぜ」
「へへへ、じゃあこうしようか。お前が俺たちを楽しませてくれたなら、その間はみんなを休ませ

てやるよ」

下卑た笑みを浮かべながら、倒れたヒマーリンを取り囲むツンツン野郎ども。

「びっくりするくらいゲスいな」俺が思わず突っ込むと、ツンツン野郎どもは「なんだとぉ⁉」と一斉に振り返った。

「あっ、テメェは……⁉　バッド寮の落ちこぼれ、デュランダルじゃねぇか！」

「なにしに来やがった⁉　ここが『苦零G組《クレイジー》』のナワバリだって、知らねぇわけじゃねぇだろうなぁ⁉」

「もうビビってんのかぁ⁉　関係ねぇやつはすっこんでな！」

しかし俺は引き下がらない。

「似た者どうしのやりあいなんだったら、なにも言わねぇ。でも、お前らがやってるのは弱い者イジメだろ。俺はそういうのは許せねぇんだ」

「ハァ？　なんだテメェ、正義の味方ヅラしやがって！」

「俺には正義なんてねぇよ。お前らとは力の使い方が違うだけだ。俺の力は、抗《あらが》うためにある」俺は、足元に散らばっていた剣の一本を蹴り上げキャッチする。「チンピラのイジメに抗う、みたいにな。場合によっちゃ、手加減ナシで」

「なんだとぉ⁉　テメェ、吐いたツバ飲まんとけよぉ⁉」

言動が完全にチンピラだ。俺は呆《あき》れを通り越して感心しそうになりながら、傍らにいるクリンに告げる。

「ちょっとここで待っててくれ、すぐ済ませるから」

こくりと頷《うなず》くクリン。チンピラに絡まれるのは慣れているのか、表情ひとつ変えずに。それがチンピラたちのシャクにさわったようだった。

「ふざけやがってぇ！　苦零《クレイジー》Ｇ組をナメてんじゃねぇぞぉ！」「野郎も女も、ちょっとツラがいいからってスカしやがって！」「こうなりゃ、ションベンちびるほどにボコボコにしてやらぁ！」

俺はチンピラどもの輪に入り、ヒマーリンを助け起こす。

「大丈夫か、ヒマリン。あとは俺に任せろ」

ヒマーリンって言いにくいからヒマリンと呼ぶ。しかしヒマリンはそれについてはなにも言わない。それどころかこんなときだというのに「か……かっこいい……」と、ポケーッとしていた。

「なに言ってんだ？　とにかく、後は俺がなんとかするよ。他のヤツらを連れて、安全なところでサル山見物でもしててくれ」

「わ……わかった！」ヒマリンが輪の外に逃げ、コモンナー寮の仲間たちと部屋の隅に避難する。チンピラどももはや俺しか眼中にないようで、まさにサル山のサルのごとく俺のまわりで騒いでいた。

「ひゃっはーっ！　そんじゃ、いっちょブチかますぜぇーっ！　ブンブン、ブブブン！」

そしてへんな掛け声とともに剣で床をこすりながら、俺のまわりをグルグルと回り出す。

「いえーいっ！　ブンブーン！」「ブンブンブーン！　バリバリだぜぇ！」「おらおらおらぁ、ビビってんじゃねぇぞぉ！」床からは激しい火花が迸《ほとばし》っている。

「なんだその技？」その問いの答えは、すぐに返ってきた。俺の周囲を旋回していたチンピラどもが一斉に方向転換、俺めがけて走り込みながら、剣で床を削り取るようなアッパースイングをかま

す。

波飛沫《なみしぶき》のような火花が四方八方から降りかかってきて、俺はとっさに顔をかばう。チンピラどもは続けざまに床を蹴って跳躍していた。

「ひゃっはーっ！　もらったぁぁぁぁぁ――――っ！」俺は腕ごしに、上段斬りで飛びかかってくるチンピラどもの姿を目にする。「コイツが、苦零《クレイジー》Ｇ・凄破悪苦《スパーク》だぁ――――っ‼」

なるほど、砂かけみたいに剣で火花をぶっかけて、怯《ひる》んだスキに斬りかかる。それがコイツらの剣技《ソードアーツ》か。俺は姿勢を低くすると、まだ空中にいるチンピラどもの足元から輪の外に向かって転がり出た。

それだけで、ヤツらの必殺技はあっさりと破れる。火花で視界が塞がれていたのは俺だけじゃなく、チンピラどもも同じだったようだ。ヤツらは俺がまだ輪の中心にいると勘違いし、目の前にいる味方をこれでもかと斬りつけていた。

「うぎゃぁぁぁぁぁぁ――――っ⁉⁉」コントみたいな同士討ちを果たしたチンピラどもは、花開くようにバターンと倒れる。あっさり決着したかに思えたが、騒ぎを聞きつけた苦零《クレイジー》Ｇ組の残党が次々とやってきた。

「あっ、仲間がやられてるぞ⁉」「なんだ、殴り込みかっ⁉」「やっちまぇぇぇぇ――――っ‼」

列をなして襲いくる苦零《クレイジー》Ｇ組。その剣術はやっぱり独特だった。剣を床や壁に押しつけて、火花を起こしながらの走り斬り。

おかげで剣の軌跡がとてもわかりやすい。俺は火花のあとに来る剣撃を余裕を持ってかわし、カウンター斬りを叩《たた》き込《こ》む。峰打ちにしようかと思ったが、クリンによるとちょっとやそっとでは死ないらしいので、普通に斬り捨てた。

火花に混じる血風《けっぷう》。ふと俺の身体に、ヒヤリとした感覚がまとわりつく。小規模なダイヤモンドダストが俺を中心として渦巻きはじめた。風になびく薄布のようなそれはどこかに繋《つな》がっているようだったので、目で追っていくと物陰のクリンと目が合う。

どうやら、クリンが魔術で援護してくれたようだ。俺はチンピラどもの間を斬り抜けていき、クリンに「なんだこれ？」と尋ねる。

「『瑣々たる稍寒の衣《ラ・ソティレ・カシュネ》』。まとっている間は、炎系のダメージを減少させる効果があるわ」

炎？　炎なんてどこにもねぇけど。まさか火花を炎と勘違いしてんのか？　まぁ、どっちも似たようなもんか。それにせっかく掛けてくれたものに突っ込むのもヤボかと思ったので、「ありがとな、クリン」と素直に礼を言っておく。

「どういたしまして、命知らずもほどほどにね」

「命知らずなんて大げさだな。それと次からはいらねぇから。ちょっと寒いよコレ」

俺が援護の打ち切りを依頼しても、クリンは別に残念そうでもなかった。

「そう、わかったわ。あと、後ろ」

俺はクリンの視線を頼りに、背後から切り込んできたチンピラの一撃をノールックでかわす。チンピラの身体が泳いでスキだらけになっていたので、蹴たぐってやるとタンクにゴンと頭をぶつけてブッ倒れていた。

それから小一時間ほど軽く身体を動かすと、床は倒れた苦零《クレイジー》G組のヤツらでいっぱいになる。ヤツらはみな上半身裸だったので、素肌に刀傷のあるやられ様は実に痛々しかった。

「い……痛ぇ……痛ぇよぉぉぉ……！」「く……クソ……！　落ちこぼれのクセして、メチャクチャ強ぇ……！」

実をいうと戦っている最中にムカついていたので、俺はいつもより念入りに痛めつけていた。そのことを、ヤツらにもハッキリ伝える。

「お前らが弱すぎるんだよ。っていうか、その剣術はいますぐ止めろ。剣をこすりつけて火花を起こすなんて、もってのほかだ」

しかし、その思いは伝わらなかった。

「ハァ、なに言ってんだテメェ？　いてて……！」「クソが！　人間だけじゃなくて、剣もイジメるなって言いたいのかよ！」「そういやお前は受け太刀もしてなかったなぁ！　正義の味方サマは剣にもおやさしいんだな！」

俺が受け太刀をしなかったのは、する必要がなかったから。チンピラどもの太刀筋は見え見えで、かわすのは簡単だった。

俺は家を出てからというもの受け太刀をやめるようになり、逆に家では禁止されていた回避で防御をするようになった。もう家の教えには従う必要はないし、受け太刀をすると剣が刃こぼれして斬れ味が鈍ってしまうからな。タイマンならまだしも、相手が複数の戦いにおいては斬れ味の維持は重要だ。

「ようは、いたずらに剣を粗末にするなってことだよ」俺は、床に転がっていたチンピラの剣を蹴りあげてキャッチする。そして俺がヒマリンから借りた剣と並べてみせた。「見ろ、俺の剣はお前ら全員斬ってても刃こぼれひとつしてねぇ。それに比べてお前らの剣は誰も斬ってねぇのにボロボロだ。これじゃ、当たったところでたいして斬れねぇだろ」

チンピラどもは「うっ……！」と言葉に詰まっていた。

「自分から剣を斬れなくするのは、その剣で自分を斬ってるようなもんだ。剣を大事にしねぇのは、命を大事にしねぇのと同じなんだよ」

その言葉が少しは効いたのか、チンピラどもは押し黙ってしまう。俺はヒマリンに向かってウインクした。

「それに、せっかく作った剣を鉄の棒にされちまうほうの身にもなってみろってんだ、なっ」

しかしヒマリンは、また夢見る乙女みたいにポケーッとしている。ふと、頬を打たれたように我に返って叫んでいた。

「あっ……!? デュランダルくん、後ろっ！」

反射的に俺が真横に向かってダイブしたのと、火炎放射が吹き抜けていったのはタッチの差。俺は床を転がり体勢を立て直しつつ、背後を見やる。そこには噴火するような真っ赤なツンツン頭、上半身裸でテカテカの筋肉を見せつける高原族《ハイランド》の大男が立っていた。俺が尋ねる前に、チンピラどもが叫ぶ。

「あっ……!? あ……ヤスゾウのお頭！」

どうやら、ボスのご登場らしい。ヤスゾウと呼ばれたボスは、そばで倒れていたチンピラを蹴り飛ばしながら俺に近づいてくる。

「テメェら、なんてザマだ！ こんなモヤシみてぇな野郎にやられちまうなんて！ 燃やすぞゴルァ！」

「ひぃぃっ⁉　そ、それだけはお許しを！」

「奴隷ともども、あとでたっぷりお仕置きしてやっからあっちへ行ってろぉ！」

ヤスゾウに追い立てられるようにして、チンピラたちはヒマリンたちコモンナー寮の生徒たちがいる隅のほうへと退散。噴水のある広場には、俺とヤスゾウだけになる。ヤスゾウは俺より五〇センチ以上は背が高い、なので対峙《たいじ》すると大人と子供が向かいあっているようだった。

「テメェ……！　苦零《クレイジー》Ｇ組の一年総長、ヤスゾウ様のナワバリを攻めてくるたぁ、いい度胸してるじゃねぇか……！」

「俺はナワバリには興味はねぇ。コモンナー寮のヤツらをイジメるなって言いに来ただけだ」

「ハァ？　なに言ってんだテメェ？　奴隷をどうしようが勝手だろうが！」

剣士たちの判断基準は『強さ』のみ。強い自分たちこそがもっとも優秀で、自分たち以外の弱い人間は虐げてもよいと本気で思っている。ちなみに魔術師たちは魔術が使える者こそが選ばれし者で、魔術が使えない者は虐げてもよいとこれまた本気で思っている。コモンナー寮の生徒たちは剣士ほど強くもなく、また魔術も使えないので両者から奴隷扱いされている。

「俺はその間違った考えをブチ壊したくてここにいるんだ。ヤスゾウ、お前の手下は少しはわかってくれたようだぜ？」

「抜かしやがれ！　テメェも奴隷のひとりに加えてやるよ！　骨まで燃やしたあとでなぁ！」

交渉は当然のように決裂、ヤスゾウは背中に担いでいた丸太のごとき大剣を引き抜く。高原族《ハイランド》の剣士は大剣を好んで使う。俺の妹もそうだ。このヤスゾウも、鉄のカタマリのような剣を力任せにブン回す戦闘スタイルかと思っていたのだが……。

ヤスゾウは腰のベルトに付けていた金属瓶を外し、一気にあおったあと、ブーッ！　と剣に吹きかけていた。

「なんだそれ？」しかしすぐにわかった。ヤスゾウが剣で床をひと叩きすると、刀身が炎に包まれる。「油か。そうかなるほど、さっきの火吹きに炎の剣。お前は大道芸人だったんだな」

「どこまでもしゃらくせぇ野郎だ！　燃やすぞゴルァ！」

力任せに振り下ろされた剣は炎をまとっていることもあって、まるで落雷で燃え落ちた大木が倒れてくるような恐ろしさだった。しかも太刀筋も鋭かったので、普通の剣士《ヤツ》ならなすすべもなく潰されていただろう。

「しかし俺の妹のほうが、ずっと疾《はや》い」

ひらりとサイドステップでかわす。余裕でかわしたつもりだったが、俺の頰は灼熱《しゃくねつ》で焦がされていた。ヤツが空振りしたので脇腹でも突いてやろうかと思ったのだが、返す刀がすぐに襲いくる。床に叩きつけられた剣が持ち上がり、斬り上げ気味の一撃となって顔面を狙ってきたのでのけぞってかわす。刀身はかすめただけだったが、炎が髪の毛に燃え移ってしまった。「うわっ⁉　あちちち！」慌てて叩いて消すと、チンピラどもからどっと笑いが起こる。

「ぎゃはははは！　見ろよ！　あのザマ！　俺らもお仕置きのとき、ああやってよく燃やされるんだ！　ざまぁみろ！」

「あの落ちこぼれ、ちょっとはやるようだが、やっぱりヤスゾウのお頭の前じゃ形無しだな！」

「ああ！　防戦一方だ！　ヤスゾウのお頭はああやって、相手をジリジリと焼いていくんだ！」

チンピラどもの言うとおり、リーチ差があるうえに熱さがあるからなかなか近づけねぇ。このまま手をこまねいてたんじゃ、マジでローストチキンになっちまうかもな。

あっ、そうだ。俺はふとあることを思いだし、隅っこのクリンに目配せする。『さっきの氷のヤツを頼む』俺は目でそう語ったのだが、クリンは小首を傾《かし》げるばかりだった。

……察しが悪ぃな！

しょうがねぇなぁ。んじゃ、もういっこのプランだ。俺は炎の大剣をまたしてもスレスレでかわしつつ、ヤスゾウに言った。

「なかなかの剣技《ソードアーツ》じゃねぇか！　それに、なんか楽しそうだ！　俺もマネしていいか？」

「減らず口を！　できるもんならやってみやがれっ！」

許可が出た。なら、さっそくやらせてもらおう。俺はバックステップでヤスゾウから大きく距離を取ると、剣をかざす。そして、新たなるプランを口にした。

†, s Ɪ Ⅱddεn ∀βy§§ ……我、深淵《しんえん》を覗《のぞ》く者なり

俺にとってのプランB、それは『原初魔法《オリジン》』……！

三千世界《ヴォイド》0x軻遇突《かぐつち》5h5　〔灼爛《しゃくらん》〕虚空《アカシック》　〔紅緋《べにひ》〕界層《レコード》　〝喝道の〟抄《アブストラクト》

俺の使う原初魔法《オリジン》は他の魔術師が使う魔術とは異なり、独自の文法となっている。まず『世界定理《ワールズオーダー》』を宣言。これは、これから呼び出す幽星《アストラ》の世界を指定している。

この世界の魔術は幽星界《アストラ・ルクス》という異世界から、幽星《アストラ》という存在を呼び出すことにより効果が発揮されるんだ。だからどの世界の幽星《アストラ》を呼び出したいのか最初に言っておく必要がある。いまは炎系の世界を宣言した。ちなみにこの世界定理《ワールズオーダー》は人間の声帯では発声が難しいものとされており、甲高い雑音みたいな声を出さないといけない。

俺が急にへんな声を出したので、その場にいるクリン以外の全員が気味悪がっていた。

「なんだぁ？　頭がおかしくなっちまったのかぁ？」いぶかしがるヤスゾウをよそに、俺は術式《ミュラ》の詠唱《リード》に入る。術式《ミュラ》というのは言霊《ワーズ》と呼ばれる命令の集まりのことで、幽星《アストラ》はこの術式《ミュラ》に従って効果をもたらしてくれるんだ。

――〈楽園《ドヴァ》を焦《ギザマ》がし烙炎《ブレイムドヴェンサー》よ

原初魔法《オリジン》の詠唱《リード》のコツは、リズム感。そして炎系の原初魔法《オリジン》場合は、力強く詠唱《リード》しなくてはならない。俺は軍歌とともに行軍する尖兵《せんぺい》のごとく、剣を振り上げながら叫んだ。

花《ゼ》を《ク》抱《ス》くことも《ギザマ》かなわぬ《グアン》腕で《タム》

緋色《ブライ》の翼《ギザマ》を夢《ハヴァ》みし者《ハヴァ》よ

すると俺のまわりに火の玉のような幽門《サークル》が現れ、ホタルのように浮遊しはじめた。

幽門《サークル》とは魔術の詠唱《リード》中に現れるもので、幾何学模様の陣の形をしている。陣の中には異国の文字っぽいのが浮かんでいるのだが、それは俺が詠唱《リード》している内容と同じもの。俺たちの世界の言葉が、幽星界《アストラ・ルクス》の言語に翻訳されているんだ。この幽門《サークル》が出るということは詠唱《リード》がうまくいっているという証拠でもあるので、俺はさらに意気込んだ。

我《ゼ》が《ク》手《ス》で《イ》咲《ギ》き《ザ》乱《デ》れ《ィ》よ《オ》
灰《ド》こ《ヴ》そ《ァ》が《イ》其《ギ》の《ド》花《ヴ》吹《ァ》雪《ア》な《ッ》り《ズ》《ゼ》《ク》《ス》

すると次の変化としてロウソクのような小さな炎が複数現れ、俺のまわりをグルグル回りだす。これは幽星憑依《アストラ・エフェクト》。しかしザガロの『竜炎魔術《ドラフレイム》』みたいに、身体が竜になったりはしない。俺がいま唱えている魔術はこぢんまりした規模のものなので、変化も控えめだ。しかしそれでも苦零《クレイジー》G組の剣士たちにとっては、とんでもない出来事のようだった。

そういや、プリンとスパチャラ以外の剣士の前で魔術を披露するのはこれが初めてだったかな？

「えっ？　なんだ、コイツ……？　わけわかんねぇことをブッ抜かしてると思ったら……」

「まさかこれ、魔法か……？　うそだろ……？　剣士が魔法を使うなんて……？」

「剣士が魔法を唱えるなんざ、天使が立ちションするようなもんだろ……？」

魔法というのは正しい表現ではない。魔法というのは魔術と法術の総称で……って、いまはそんなことはどうでもいいか。

俺の詠唱《リード》もいよいよクライマックスにさしかかり、いっそう声を大にする。

咲い《ブレス》て塵《ドヴァ》狂《ゲド》いて《ジンド》燎乱《ブライ》∨¡──

「キャンドル・ペタルっ！」

最後の宣言とともに天高く剣をかざすと、後ずさる苦零《クレイジー》G組の面々。俺は天焦がす剣を想像し、ドヤ顔になっていたのだが……。

剣の先っちょには、ロウソクのようなちっこい火が灯《とも》っただけ。しかもその火は、わずか数秒で風に煽《あお》られるように消え去ってしまった。まさしく風前《ふうぜん》の灯《ともしび》。「あ……あれ？」と焦る俺。

「ぎゃははは！　なんだそりゃ⁉」と嘲笑が降り注ぐ。

「ひゃははは！　まさか、結果までショボいとはな！　剣士どころか魔法でも落ちこぼれじゃねえか！」

「がははは！　笑いすぎて腹が痛ぇ！　そのションベンみてぇな炎で、このヤスゾウ様と張り合うつもりだったのかよ‼」

雑音をよそに、俺は思考をフル回転させて頭のなかの術式《ミュラ》を見直す。いままでさんざん頭の中で術式《ミュラ》を組み立ててきたので、不発の原因はすぐにわかった。

まず、剣に灯った火がロウソクサイズだったのは、単純に呼びだした幽星《アストラ》の数量の問題。

我が手《ゼクス》で咲き《イギ》乱れよ《ザディオ》

術式《ミュラ》のこのくだりで、呼び出す炎の幽星《アストラ》の数を『三〇《ザディオ》』と指定しているのだが、それじゃ少なすぎたんだ。

なんで少なめの数にしたのかというと、ちょっと前に学院の授業で原初魔法《オリジン》を使って空を飛んだことが影響している。そのときは、靴の裏から風の幽星《アストラ》を放出させるというやり方をしたのだが、そのときに呼び出した幽星《アストラ》の数は『二〇〇《フィーフーン》』だった。今回はそのときの原理を応用、剣から炎の幽星《アストラ》を放出させることでヤスゾウの剣技《ソードアーツ》を再現しようとしているんだけど、放出する幽星《アストラ》の数が多すぎると自分が焼け死んじまうと思ったんだ。

これは大げさな話ではなくて、原初魔法《オリジン》は呼び出す幽星《アストラ》の数によって威力が大きく変化する。以前、クリンの氷撃魔術《アイスピア》を再現した際、氷の柱で街をメチャクチャにしたことがある。壊したのが廃屋だったから、ケガ人も出ずにすんだけど……。って、そんなことよりいまは術式《ミュラ》の修正だ。とりあえず放出量を『五〇〇《ヴァイハンラ》』あたりにしてみよう。

そして次に、炎がすぐ消えちまった理由についてだが、これは放出の回数の指定をしていなかったから。ようは『三〇《ザディオ》の規模の炎を、剣から一回出す』という術式《ミュラ》になっていた。


咲《ブレス》いて塵《ドゥヴァ》狂《ゲド》いて《ジンド》繚乱《ブライ》＞！――


この最後の術式《ミュラ》がそうなんだが、ここを『繰り返し』の言霊《ワーズ》を使うように直してやることにより、炎はずっと放出されるようになる。

俺は、腹を抱えて笑っているヤツらに向かって剣を構えなおすと、修正した術式《ミュラ》を一気にまくしたてた。

――〈其《ドヴァ》が《ギザマ》眼《ブレイム》は煤《ドヴェンサー》
黒煙《ゼクス》の先《ギザマ》にありし《グァンタム》
爛れ《ブライ》に其の《ギザマ》身を《ハヴァ》委ねよ《ハヴァ》
黒は忌《ゼクス》白は《イギ》葬灰《ヴァイ》は煉獄《ハンラ》
輪廻《ドヴァ》の《イギ》叫喚《ドヴァ》は翳《アッズ》らず《ゼクス》
真理《ボオウ》は理《ドラノズラ》の外《ブレス》にあり《ドヴァゲド》
其は《ジンド》真綿《ブライ》か《ボオウ》鉄環か《ドラティラ》〉¡――

詠唱《リード》の途中、俺のまわりでプロミネンスのような激しい炎が渦巻く。幽星憑依《アストラ・エフェクト》の迫力も、先ほどとは段違い。しかしそれを見ても、剣士たちは油断しきったままだった。

「おい、落ちこぼれ野郎がまたなんかやってやがるぞ！」

「見ろよ！　こんなに離れてるのに剣を構えやがった！　やべぇ、笑いすぎて腹が痛ぇ！」

「こんな離れたところから斬りつけてくるなんて、剣豪クラスじゃねぇか！　おぉ、怖ぇ怖ぇ！　ぎゃはははは……！」

剣が勢い良く燃え上がったところで、ヤツらのバカ笑いは消し飛んだ。しかし時すでに遅し。俺は脇に構えた剣を振り上げつつ、薙《な》ぐように斬り払った。

「……燃えよ剣……！　バーニング・ブレイドっ！」

刀身ごと伸びるように吹き上げた炎が、風を焼く音とともに紅蓮《ぐれん》の御旗となって空に翻る。振り切った先には、肌が焦げてツンツン頭やズボンが燃えている苦零《クレイジー》G組の面々が。

「あっちぃぃぃぃぃぃぃぃ――――――――――っ!?!?」

まさしく尻に火の付いたウサギのように暴れ、床を転がり回っている。リーダーのヤスゾウですら俺の炎の熱さには耐えきれず、尻に火の付いたゾウのように誰よりも大暴れしていた。

俺は構えを解き、振り切った炎の剣を見る。剣は燃えるというより噴火しているようで、持っているだけで肌がヒリつくほどに熱かった。

「……油で燃える炎より、魔力の炎のほうが温度が高かったりするのか？」

この世界の魔術は幽星《アストラ》を呼び出し、その力を借りて人ならざる力を発揮するが、その代償として術者は魔力を幽星《アストラ》に捧げる。そのためこの炎は、俺の魔力が尽きるまで燃え続ける。魔力の消費は精神疲労に近く、限界まで魔力を消費すると廃人のようになってしまうという。そうなるのは嫌なので、俺は魔術の繰り返しを中断させる言霊《ワーズ》である『遏止《タミネス》』を宣言。すると、炎は霧散するように消え去った。

その頃には苦零《クレイジー》G組のヤツらもすっかり燃え尽きる。先の戦闘を再現するかのようにあちこちで倒れ、黒コゲになった身体からプスプスと白煙をあげて動かなくなっていた。

隅っこにいたクリンやヒマリンたちは、驚きのあまり石のように動かなくなっている。

「す……すごい……こんなところで炎を振り回すなんて……すごすぎる……」

「デュランくんはメチャクチャだってわかってたけど、メチャクチャすぎるわ……」

俺は「おいおい」とクリンに突っ込む。

「俺の魔術を初めて見るヒマリンがビックリするのはわかるけど、クリンは見慣れてるだろ」

すると、思いも寄らぬ答えが返ってきた。

「別に魔術にはビックリしてないわ。いや、剣に炎をまとわせる魔術なんて初めて見たから、それには少しビックリしたけど」

「え？　じゃあ、なににビックリしてたんだよ？」

「あと少しで噴水に引火するところだったのよ？　もしそうなったらこの部屋《ルーム》全体が火の海だったでしょうね」

「なに……？」俺は広場の中央にある噴水まで歩いていくと、チョコレートファウンテンのような粘度の液体を指にとって舐《な》めてみる。それは高濃度のせいかかなりマズかったのだが、俺は別の意味で顔をしかめてしまった。「こ……これ、油じゃねぇか⁉」

それで俺は、これまで感じていた些細《ささい》な疑問の答えを知った。苦零《クレイジー》G組のヤツらは剣を床にこすりつけ、火花を起こしてヒマリンたちを脅して働かせていた。ただの火花なのに、ヒマリンたちはなんでムチで打たれたみたいにビクビクしてるんだろうと思っていたのだが……その理由が、いまならハッキリとわかる。それと戦いの最中、クリンが俺に掛けてくれた魔術、瑣々たる稍寒の衣《ラ・ソティレ・カシュネ》。炎のダメージを軽減する効果があるそうだが……。

「って、クリンは最初っから知ってたのかよ⁉　ここが製油工場だって！」

クリンは「当然でしょう」みたいな顔をしていた。「デュランくんも知っているものだと思っていたわ」

「知ってたら炎の防御魔術を『次からはいらねぇ』なんて言うかよ⁉　むしろ重ね掛けしてもらうわ！」

「ただ知らなかっただけだったのね。てっきり、苦零《クレイジー》G組の人たちのマネをしてるのかと思ったわ。しかも炎の剣を振り回すところまでマネするなんて、なんてクレイジーなんでしょうって思っちゃった」

「口に出さないのは別にいいけど、もうちょっと顔に出してくれよ！　あのときのお前は、『ひと口食べる？』を断られたときくらいのリアクションだったぞ！」

「誰かと食べ物を分けあったことなんて、わたしにはないわ。……ところで、どうするの？」

クリンの『ところで』の意味はすぐにわかった。製油工場の広場のまわりには金属製のタンクがあるのだが、その表面に描かれていた剣のマークが、コウモリマークに変わっていたのだ。

「まさか、これって……」

「そうよ、この部屋《ルーム》がバッド寮、つまりデュランくんのものになったの」

話の流れでクリンが、この『日月の塔《ビギニング》』で行われている寮どうしのナワバリ争いについて教えてくれた。塔の各部屋からはこれまで見てきたとおり、さまざまな産物が得られる。ウォーリア寮とウィザーズ寮はその部屋を巡って、学院の創立当初からナワバリ争いを繰り広げているという。

各部屋にはリーダーが任命されており、それを『ルームドミネーター』という。そのルームドミネーターを倒すことによりフロアの所有権を奪える。もちろん倒すといっても殺すまでやる必要はなく、戦闘不能状態にするか「まいった」と言わせればいい。なおルームドミネーターは部屋ごとにいるが、それぞれの寮で彼らを統率しているのが『フロアドミネーター』の存在。

「ようはわたしたち一年生、『保守組』の代表みたいなものね。ウィザーズ寮のフロアドミネーターはザガロくんで、ウォーリア寮のフロアドミネーターはデュランくんのお兄さんの……」

「シーザスってわけか。ルームドミネーターを倒せば部屋が手に入るってことは、フロアドミネーターを倒せば部屋がぜんぶ手に入るんだろ？　ザガロの性格からすりゃ、真っ先にシーザスにタイマンを挑むと思うんだが」

「上級生から止められているんだと思うわ。その上級生は先生方の指示を受けて、先生方は外部の賢者や剣聖からの指示を受けているんでしょうね」

「ようは、大人の都合ってヤツかよ。ガキのケンカに口出すなんざ、ずいぶんヒマなんだなぁ」

「当然でしょう、この塔の産物は世界の発展に大きな影響を及ぼしているのだから。それに産物による売り上げは寮の活動原資になるし、成績としても加算されるのよ。この学院の創立以来、バッド寮はずっと売り上げゼロなのが通例だったわ」

俺は「まぁ、そうだろうな」と気のない相槌《あいづち》を打つ。

「それだけじゃない。この塔でのナワバリ争いは、魔導装置《サイクギア》によって世界中に中継されているの。いざ戦いともなれば、ウィザーズ寮とウォーリア寮のどちらが勝つかに世界中の人たちがこぞって賭けるわ。ようは、大衆の娯楽になってるってこと」

「そこまで大々的にやってるってことは、完全に学院公認ってことか。まさにケンカ上等だな」

もっと言やぁ、剣士や魔術師どもはこんなところにまで対立を持ち込んでるってことか。ったく、あの儀式だけかと思ったら……。

「なんとなくわかってきたぜ、そのくだらなさが。最初っからナワバリなんて興味無かったけど、ますますどーでも良くなりそうだ」

この発言に異を唱えたのは、クリンではなくヒマリンだった。「そんな⁉︎　ここで働いているボクらはどうすればいいの⁉」ヒマリンをはじめとするコモンナー寮の生徒たちが俺のまわりに集まってきて、口々に訴えてきた。

「剣士たちがまたこのナワバリを支配したら、もっと酷《ひど》い目に遭わされる！」「それにもう、ボロボロにされるためだけに剣を作るのは嫌なんだ！」「頼む、俺たちを見捨てないでくれ！」

この学院では、剣士のウォーリア寮、魔術師のウィザーズ寮が二大勢力となっているが、そのどちらでもない職業の生徒はコモンナー寮にまとめられている。弓術師《アーチャー》、調教師《テイマー》などのちょっと特殊な戦闘職がそれに相当するが、あとは料理人や鍛冶屋などの生産職もコモンナー寮生として扱われる。職種が多岐にわたるので、剣士科や魔術師科のような専用の制服はない。

彼らは生徒数こそ最大だが、戦闘能力は高くないので日陰の存在。ナワバリを持つことができないので、剣士か魔術師のナワバリで働くことでわずかな利益を得ているという。

「だったらヒマリンにルームドミネーターを譲ってやるよ。それでいいだろ？」

「そんなムチャな⁉　ボクは商人だよ⁉　狙われたら、あっという間にやられちゃうよ⁉」

「心配すんなって。他のヤツらがイチャモンを付けてきたら、また俺が守ってやっからさ」

すると、クリンがヒマリンに加勢するようにつぶやく。

「デュランくん、ナワバリを持つことは悪いことじゃないわよ。収益や成績以外にもメリットがあるから」

「そうなのか？　でも、どーせまたくだらねぇメリットだろ？」完全にバカにしている俺の前で、『技術《スキル》ウインドウ』が開く。

技術《スキル》ウインドウ。それは空中に浮かぶ半透明の窓のような見目をしていて、身に付けている技術《スキル》などをリスト形式で確認できるというもの。これは幽星《アストラ》の力によって可視化されたものなのだが、魔術とは異なる原理らしく、魔術の使えない剣士たちもこのウインドウを利用している。

ちなみに技術《スキル》というのは魔術や法術などの魔法だけでなく、剣術などの体技までを含めた、ようするにこの世にあるすべての技の総称のこと。

俺も技術《スキル》を持っているのだが、生まれたときから長いこと絶対記憶のひとつだけだった。しかしここ最近で、呪文化《スペル》した魔術である『凍えよ剣』とか『水なき荒海』とかがリストに加わっている。そのリストの二番目、絶対記憶の下には新たなる項目があった。

詠唱継続《リードコンティニュー》　効果：原初魔法《オリジン》の詠唱《リード》を中断しても、続きの術式《ミュラ》を詠唱《リード》することにより効果を発揮できる

「マジかよ……!?」と目を見開く俺に、クリンがさらに付け加える。

「ルームドミネーターになると、貢献度に応じて能力の向上を得られることがあるそうよ。その様子だと新しい技術《スキル》を得て、少しはやる気になったみたいね」

ズバリ言い当てられるのはちょっとシャクな気もしたが、俺はすっかりやる気になっていた。

「よーし、俺はルームドミネーターをやるぞ！　やると決めたら、ガンガン稼いでやるぜ！」

するとヒマリンと仲間たちが、「おーっ！」と拳をあげて賛同してくれる。俺はさっそく、ナワバリの中になにがあるのかを確かめてみることにした。

ルームは噴水の広場を中心として、まわりに製油工場、そして鍛冶の作業場や調理場があること

がわかった。壁に炉のようなものがあって、その火を刀剣造りや調理に使っているらしい。案内役のヒマリンが教えてくれた。

「苦零《クレイジー》Ｇ組の命令で、作業場では剣だけ作ってたんだ。あの人たち、一日で剣を何本もボロボロにしてたから」

「あの使い方じゃそうだろうな。まぁ、これからは剣以外にもいろいろ作ってみろよ。武器にこだわらず、包丁とか鍋とか」

「えっ、いいの？　剣士も魔術師も、自分たちが使う武器以外は作っちゃダメって言ってたけど……」

「俺がリーダーになった以上、そんなの関係ねぇ。で、調理場ではなにを作ってたんだ？」

「肉ばっかり焼いてた。焼いた肉は苦零《クレイジー》Ｇ組の人たちが食べるか、エントランスの市場で売ってたよ」

「そうか、商売もやってるってわけか。ここじゃ瓶詰の油も作られてるようだが、それも売ってたのか？」

「ううん、ぜんぶ武器になってた。苦零《クレイジー》Ｇ組の人たちが剣にかけて火を付けたり、敵に投げつけたりしてたよ」

俺は閉口した。「噴水を舐めてわかったけど、ここの油はかなり上質の『ファイラワ油』だろ？」

ファイラワ油というのはファイラワという花から採れる植物油だ。多用途で、燃えやすい油なので武器にも使われる。

「でも武器にするなら廃油を使うべきで、新しい油を使うなんてもったいなさすぎる。もっといい使《つか》い途《みち》を……」

ふと、聞き覚えのある声が割り込んでくる。「なら、とりまあーしが使ってあげるし」「あげるのです！」

声のほうに視線を向けると、俺の妹のプリンことストームプリンがいた。プリンはピンクのツインテールに、はだけたブレザーの上着に革のビキニアーマーといういつものスタイル。視線を落としていくとチェックのミニスカートが目に入るが、ヒザ小僧の高さの位置にミカンが寄り添っている。

ミカンはバッド寮のクローゼットで見つけた魔導人形《サイクドール》で、ようは魔力で動くメイド人形だ。見た目は小学校低学年くらいで、オレンジ色のおかっぱ頭に輪切りにしたオレンジみたいならんらんとした瞳にメイド服、なのだが、今日はいでたちがかなり違う。三角のサングラスにお子様サイズの制服を着崩し、タバコのように棒キャンディを咥《くわ》え、チェーンを振り回していた。

ふたりは姉妹のチンピラのようにそっくりな仕草。大股でのっしのっしと俺のところに歩いてくると、木箱に詰めてあったファイラワ油の瓶を勝手に取って使いはじめる。

「ここの油は、お肌にいいって評判だし」プリンはビキニをつまんで限界までずり下ろすと、俺に見せつけるように胸の谷間に油を垂らしていく。

目のやり場に困って視線をそらすと、ミカンは注油していた。「ここのあぶらは、かんせつにいいとひょうばんなのです」

「なるほど。美容オイルと魔導装置《サイクギア》のメンテナンスオイルとして売るってのはいいアイデアかもな」俺も木箱から一本取って、クリンに渡す。「んじゃ、さっそく使ってみてくれよ。クリンみた

いな肌のキレイな女子が使ってくれたら評判になって売れるから」

するとなぜか、プリンがムキになって張り合いだした。

「はぁ？　とりまあーしのほうが何百倍もキレイだし！　ってかデュラン、なんで顔そらすし⁉」

「お前がへんなカッコしてるからだろ。そんなカッコしてると風邪ひくぞ」

「ふざけんなしバカデュラン！　弱っちいクセして生意気だし！　とりまあーしを見ろし！」

それでも俺は頑として振り向かなかったので、「ウガー！」と野獣のように吠えるプリン。実力行使とばかりに摑《つか》みかかってきたのでスルッと身をかわす。高原族《ハイランド》のプリンは俺を赤子扱いできるほどのパワーがあり、俺よりずっと強い。しかしスピードならこっちのほうが上だ。

簡単には捕まえられないとわかったプリンは、とっておきのようにポケットから一枚の紙切れを取りだす。

「これ、なーんだし？」と、俺の視界に入るようにヒラヒラさせた。

「なんだそれ……？　って、そりゃ原初魔法《オリジン》の本のページじゃねぇか⁉」

俺は逃げるのも忘れてプリンに向かって手を伸ばしたが、プリンはページをさっと頭上にあげてしまう。

「あははっ、やっと見たし！　取れるもんなら取ってみろし！　ほぉら、たかいたかーいっ！」

「おい、意地悪すんなよ！　っていうかそれどうしたんだよ⁉」

「ダマスカス先生が剣士科のクラスまで来て配ってたし！　この紙切れはデュランが超欲しがるから、うまく使えば言いなりにできるって！」

「いや、言いなりにはならねーよ！　でもお願いなら聞いてやっから、そいつをよこせ！」

「ダーメ！　とりま土下座するし！　そんで一生あーしのペットになるって誓えし！」

「ふざけんな！」俺は背が低いわけじゃないが、プリンは俺より三〇センチも背が高い。そのため俺が全力で背伸びをしてもページにはぜんぜん手が届かない。しかし、あきらめるわけにはいかない。たとえ一ページであっても、原初魔法《オリジン》の本は俺が喉から手が出るくらい欲しいものだからだ。だから兄としてのプライドも捨てて飛びかかる。必死になって跳ねまくる俺にプリンは大爆笑。

「あっはっはっはっはっ！　デュランってばカエルみたい！　そんなにこのページが欲しいんだ！」

「当たり前だろ！　よこせ、このっ！」俺はページを取るのに夢中になるあまり、勢い余ってプリンの胸に飛びこんでしまう。プリンは待ってましたとばかりに俺の頭を片腕でガッと抱き寄せる。油まみれの胸はカラメルまみれのプリンのようで、顔面が埋没すると息ができなくなった。

「むぐっ⁉　は……はなせっ！」

「離してほしかったら力ずくでやってみろし！　あははははっ！」

俺は両手両足を突っ張って離れようとしたが、プリンの片腕すらも引き剝がせない。プリンはゴリラよりもパワーがあり、リンゴどころかココナッツですら片手で握りつぶす。

「うりうり、あーしのおっぱい恋しかったっしょー？　デュランってば昔から、あーしのおっぱい大好きだったもんねー？」

息が詰まるあまり、俺はもう反論もできない。プリンはそれまで大はしゃぎだったが、俺を掌中に収めたとわかるや、刺すような声を誰かに向けていた。

「……これでわかったっしょ？　デュランはあーしのものだって。人のものに手ぇ出したらどーなるか、とりま教えてあげよっか？」

プリンはその人物が持っていたオイル瓶をひったくる。瓶は金属製であるにもかかわらず、手の中で紙コップのごとく軽々と握り潰されていた。明らかにケンカ腰の態度。いや言葉の威嚇だけならともかく、相手のものを破壊するのは完全に宣戦布告だろう。

プリンがここまで敵意を向ける相手って、いったい誰なんだ？　すると、まさかの人物が返事をした。

「もしかして、あなたがデュランくんの妹さんのプリンちゃん？　はじめまして、わたしはアイスクリンよ」

「あんたが誰かなんて、あーしには関係ねーし。とりまプリンなんて慣れ慣れしく呼ぶなし。ってかデュランのことをデュランって呼んでいいのはあーしだけだし」

ふたりは初対面だと思うのだが、プリンはなぜかクリンに対して無礼な態度を取っている。しかし元祖塩対応の彼女はその程度ではへこたれないようだった。

「わかったわ。じゃあ、わたしのことは『お姉ちゃん』って呼んでね」

俺はいまプリンの胸に顔を埋めさせられているので、クリンがどんな表情でその言葉を発したのかはわからない。だがその言葉を受けたプリンが、アゴが外れるほどに驚いているのだけはわかった。ガクンと外れたアゴが、俺の頭に当たっていたからだ。

「は……はぁぁっ⁉　なにが、じゃあ、だし⁉　とりまふざけんなし！　これだけ言ってわかんないなら、この瓶みたいに握り潰してやるし！」

プリンが手を伸ばす動きを察し、俺は懸命にもがいてプリンの海から顔を出す。

「やめろプリン！　俺にはなにをしてもいいが、クリンには手を出すな！　いい加減にしないと怒るぞ！」

　俺は兄として叱りつけたが、難しい年頃の妹にとっては火に油のようだった。プリンはクリンの二の腕をむんずと摑むと、吊《つ》り上《あ》げるように持ち上げる。

「弱っちいデュランの指図なんて受けねーし！　あーしを止めたければ、力ずくで止めろし！」

「あんまり……兄貴をなめるなよっ！」俺はカッと熱くなる気持ちを抑え、ふたたびプリンの海に潜る。プリンは「あんっ」とくすぐったそうに身をよじらせた。

「ちょ、デュラン、なにやってるし？　そんなとこチューチューするなんて、マジで赤ちゃんみたいだし。でも、とりまやっと素直に……」

　誤解のないように言っとくが、俺はチューチューしてたわけじゃない。俺がしていたのは詠唱《リード》で、顔を伏せて唱えていたのはプリンに悟られると妨害されると思ったからだ。ちゅぽんと音をたててふたたび顔を上げたのと、詠唱《リード》のフィニッシュは同時であった。

「セラフィム・ウイングっ……！」風鳴りの音とともに、俺とプリンの身体は打ち上げられるように空に舞い上がった。どのくらいの高さまで上昇したかはわからないが、プリンのプリンごしに心臓がドキリと跳ね上がったのを肌で感じる。やっぱり狙いどおりだった。プリンは小さい頃から雷と高いところが苦手だったんだよな。

　形勢は一気に逆転、我が妹は空中で大騒ぎしていた。

「えっ⁉　えっ⁉　えっえっえっ⁉　な、なに⁉　なんでだし⁉　なんでなんで、なんでっ⁉　いったい、なにが起こったんだし⁉　やっ⁉　高いのやっ！　やだやだっ！　やっ……だぁぁぁぁぁあぁぁぁぁぁ――――――――――っ‼」

裏返るような絶叫とともにきつく抱きしめられ、ぐえっとなる俺。見るとクリンも隣で抱きすくめられていた。クリンは高いところはもう慣れたようで、いつもの無表情のままされるがままになっている。

あたりを見下ろしてみると、製油工場の配管が回路のように広がっているのが見渡せた。眼下のヒマリンたちは口をあんぐりさせて見上げている。みな言葉も無いほどに驚いていたが、倒れていた苦零《クレイジー》G組のヤツらが意識を取り戻したようで、みなの分まで喚《わめ》いていた。

「な……なんだありゃ⁉　人が浮いてるぞ⁉」

「しかもあれってストームプリン様じゃないか⁉　我らの憧れのストームプリン様が、なんであんなところに⁉」

「しかもよく見てみろよ！　ストームプリン様は男に抱きついてるぞ⁉　剣士科いちの高嶺《たかね》の花が、なんであんなことを……⁉」

この学院にはアイドル扱いされている生徒がいる。魔術師たちの間ではクリンが筆頭なのだが、剣士たちのアイドルはどうやらプリンのようだった。そういえばプリンは身内としてのひいき目を差し引いても結構かわいく、しかも剣士の名門一族の娘ときている。見た目と性格はクリンとは真逆ではあるが、人気が出るのもわからなくはない。

「やだっ、離しちゃやだし！　離したら死んじゃうし！　なんでも言うこと聞くから、離しちゃダメだし！　もういい子にするし！　ニンジンも残さないし！　おねがい、お願いだからぁ！　うわぁぁぁぁぁ――――――んっ‼」

とうとうプリンは泣き出してしまったが、それだけで足元は蜂の巣を突いたように大騒ぎ。

「す……すげぇ……！　離したら死んじゃうとまで言ってる……！　ストームプリン様は、よっぽどあの野郎のことが……！」

「しかも、なんでも言うこと聞くとか言ってるじゃねぇか！　くそっ！　俺たちゃ挨拶しても目も合わせてもらえねぇってのによ！」

「いったい誰なんだあの野郎は⁉　いや誰でもかまわねぇ、ブッ殺してやろうぜ！　おいテメェ、下りてきやがれーっ‼」

プリンへのお灸《きゅう》はこのくらいでじゅうぶんだろう。それに下からのリクエストもあったので、俺は高度を下げることにした。着地点は苦零《クレイジー》G組のヤツらが取り囲んでいたが、俺の顔が見えるくらいの高さになったところで、ヤツらは後ろでんぐり返しでひっくり返っていた。

「でゅ、デュランダルぅぅぅぅぅぅ――――っ⁉⁉」「な、なんなんだコイツ、なんなんだコイツはぁぁぁ――――っ⁉⁉」「魔術師科のアイドルだけじゃなく、剣士科のアイドルにまでモテモテなんてぇぇぇぇぇ――――っ⁉⁉」「こんなヤベぇヤツ、俺たちが敵《かな》う相手じゃねぇ！　にっ……逃げろぉぉぉぉ――――っ‼‼」

苦零《クレイジー》G組のヤツらは勝手に戦意を喪失し、負け犬のように四つ足で這《は》い逃げていく。プリンも小さい子供のようにわぁわぁ泣きながら走り去っていく。原初《オリジン》魔法のページがヒラヒラと舞い、ぐうぜん俺の手元におさまった。

そこには俺の知らない言霊《ワーズ》であった、『色価《トラスト》』の説明が書かれていた。

「色価《トラスト》は濃度を変えられる言霊《ワーズ》みたいだな。うん、ちょうどいいじゃないか」

「なにがちょうどいいの？」とヒマリン。

「いや、油のいい使い途を思いついたんだ。揚げ油に使おう」

「そんなの、ボクらもとっくの昔に試したよ。ここで作られてるファイラワ油は燃えやすいから調理には使えないんだ。サラダに掛けてみたこともあったけど、濃すぎてマズかったよ」

「ああ、俺も味見したからわかるよ。でも、それを踏まえてちょっと試してみたいことがあるんだ。調理場にファイラワ油と、これから言うものを用意してくれるか？」

　小一時間後、調理場のカマドの上にはファイラワ油がなみなみと注がれた鍋がセッティングされる。まわりのヤツらは火事になるのを恐れてか、遠巻きに見ている。俺は鍋の前でひとり頭をひねっていた。

「えーっと、この場合は水系の幽星《アストラ》になるのかな？　いや、とりあえず無属性でやってみるか。油と混ざった水が洪水にでもなったりしたら、大変なことになりそうだからな」

　咳払《せきばら》いをひとつしてから、詠唱《リード》を開始。

†，s　Ⅰ　Ⅱ d d ε n　∀ β y § §　……　我、深淵を覗く者なり
三千世界《ヴォイド》0x比慧駄《びえだ》p2p　〔明鏡〕虚空《アカシック》〔薄暮《はくぼ》〕界層《レコード》〝真澄《ますみ》の〟抄《アブストラクト》

　指を油に浸すと、指先からこぼれた光が小魚のように油の中を泳ぎ回りはじめた。

貪食《セレフ》淫蕩《エン》強欲《トスト》
七罪《セレフ》において《イコ》色を《フィフンラ》持つ《テス》ものよ《セレフ》

爪立てよ《リテマリ》

規模はどれくらいにしようか迷ったが、とりあえず『二〇〇』《フィフンラ》にしておく。今回の術式《ミュラ》はわずか三節なので、あっという間だった。

「ネガティブ・ベロシティ！」

鍋の底から強い光が起こり、油が逆巻くようなオーラとなる。遠巻きに見ていたヒマリンが、

「ほぇ……」と感心とも呆れともつかない声を漏らしていた。

「あれって、魔法だよね……？　油なんかに魔法使ってる人、初めて見た……」

隣にいたクリンが、褒めているとも馬鹿にしているともつかない声で言った。

「デュランくんは、だいぶへんなの」

この世界の魔術は高貴な血筋を持つ人間しか使えないらしく、そのため魔術は医術以上に尊いものとされている。油に魔術を掛けるってのは、王宮医師がゴブリンを治療するくらいありえないことなんだろう。

「王様もゴブリンも似たようなもんだと思うんだけどなぁ」

俺はひとりごちながらカマドに火を入れる。カマドは魔導装置《サイクギア》の一種らしく、ツマミみたいなのをひねるだけで火が点いた。

「おお、すげぇ。寮にもひとつ欲しいな」しかし後ろにいる観衆たちはいつ油が燃え出すか気が気でないようで、クリン以外は一斉に調理場の外に逃げ出していた。

ビクビクと覗《のぞ》き込《こ》むヤツらをよそに俺は調理を開始、といっても下ごしらえは済ませてある。油

からうっすら煙があがったところでそれらを投入、油がじゅうじゅうと音をたてて泡立つ。

「おっ、いい感じじゃないか。おい、うまくいったみたいだぞ」

ヒマリンたちに声をかけると、おそるおそる近づいてくる。

「な……なんで……燃え出さないの……？　この油はちょっとでも高温になると、火事みたいになってたのに……」

「舐めてみたときに濃い感じがしたら、試しに魔術で薄めてみたんだよ」

「ええっ……？　魔法って、そんなこともできるの……？」

「普通はできないわ」と即答するクリン。「デュランくんは、とにかくデタラメなの」

「へんでもデタラメでも、うまいものが食えればそれでいいじゃねぇか。よし、できたぞ」

箸でつまみあげたものは、どれもうまそうにカラッと揚がっていた。それをあらかじめ用意させていた紙ナプキンに包んでクリンとヒマリンに渡す。ふたりは異星人から食べ物をもらったみたいにいぶかしげだった。

「なに……この食べ物……？」「こんな揚げ物、初めて見た……」

そのリアクションは、俺にとっては予想外のものだった。

「なに？　お前ら『コロッケ』と『アメリカンドッグ』も知らないのかよ？」

ふたりは「「なにそれ」」とハモる。「コロッケなんて食べ物、聞いたことがないわ」「アメリカンドッグ？　アメリカってなに？　ドッグって犬のこと？」

コロッケもアメリカンドッグも、どちらも俺のオフクロから習った料理だ。ちなみにアメリカンドッグについては俺も同じ疑問を抱き、ガキの頃に「アメリカってなに？」とオフクロに尋ねたことがある。するとオフクロは「遠いところの名前よ」と教えてくれた。しかしアメリカなんて場所はこの世界には無いことを、俺はオフクロがいなくなってから知った。

「アメリカがなんなのかは俺も知らん。でも、そいつはうまいから食ってみろよ。できたてで熱いから気をつけてな」

ふたりはキツネにつままれたような表情のまま、キツネ色のコロッケとアメリカンドッグをそれぞれかじる。しかし注意したそばから、「「アヒュッ⁉」」と仲良くのけぞっていた。こうして見ていると、まるで小動物のようなリアクション。ふたりはそっくりの仕草で「ふーふー」と息を吹きかけてから、あらためてひと口。

……サクッ！　と香ばしい音が、あたりに響く。

「「おっ……おいしぃぃぃぃぃぃぃぃぃ――――――っ⁉⁉」」

クリンとヒマリンは、とうとう姉妹のようにシンクロ。

「なっ……なにこれなにこれなにこれ⁉　こんなおいしいもの、初めて食べた！」「こっ……これは……おいしいどころじゃない……！　おいしすぎる……！」

食べ盛りの子供に戻ったように、はぐはぐむしゃむしゃと夢中で頬張っている。まわりで見ていたコモンナー寮の男たちは、生唾を飲み込むのが止まらなくなっていた。

「たくさんあるから、お前らも試食してみてくれ」

そして、あちこちで美味なる声が巻き起こる。

「うっ……うんまぁぁぁぁぁ――――っ⁉」「なんだこれ⁉　メチャクチャうめぇ⁉」「うまいし、腹にもたまるし、最高だぁ――――っ！」「これがりょうりのかみさまといわれた、ミカンのごしゅじんさまのじつりょくなのです！」

いつのまにかミカンもちゃっかりご相伴《しょうばん》にあずかっている。ふと気づくと調理場の入り口にはプリンがいて、泣きべその顔を半分だけ出して俺を睨《にら》んでいた。

「なんだ、戻ってきてたのか。そんなところに隠れてないで、いっしょに食おうぜ」

コロッケもアメリカンドッグもプリンの大好物のひとつで、実家にいた頃はよく作ってやっていた。しかしプリンは人に懐かない野良猫のようにフーシャー唸《うな》るばかり。

「とりま、覚えてろし！　なにもかも、あーしだけのものにしてやるし！」

最後にはよくわからない捨《す》て台詞《ぜりふ》を残し、どこかに去っていった。

◆◇◆◇◆

その日の夕方、俺は長い影の落ちる通学路をひとり歩いていた。

「塔をちょっと覗いてみるつもりが、たくさん収穫があったなぁ。原初魔法《オリジン》の言霊《ワーズ》は手に入るし、油も手に入ったし。それになにより、新しい技術《スキル》も……」

俺は喜びで胸をいっぱいに、油の瓶で服をいっぱいに膨らませながら帰路についていたのだが、バッド寮のある森の入り口まで来たところでハヤテとばったり会った。ハヤテはクリンの家の庭師だったそうだが、クリンを追ってこの学院にやって来たという。いまではこの学院の庭師として働いている。

「あ、旦那、寮にお帰りですかい？　でも、ちょっと待ったほうがいいかもしれませんぜ」

俺が痛み分け《ペイシェア》の儀式でクリンを救ったことに恩義でも感じているのか、ハヤテはずっと歳下《としした》の俺を『旦那』と呼んでいる。それはいいとして、ハヤテが親指で示した先ではふたつの人影が言い争っていた。

「ライスケーキさん、なんてことをしてくれたんざます⁉　しかも寮長のザマにナイショで！」

「いえ、ナイショというわけではなかったんですけど……」

それは中年女性と若い女性。中年女性のほうは、聖女科の学年主任のタンツボネ先生。

聖女科というのはこの学院の学科のひとつだが、別格とされている。聖女科だけは校舎が異なり、学院生活でもめったに顔を合わせることが無いからだ。彼女たちは存在自体が清らかなものとされているので、滅多なことでは表舞台に出てこない。その住まいは『ホーリードール寮』と呼ばれ、同じ学院の敷地《しきち》内にあるものの、そこは森と湖に囲まれた美しく神聖なる場所だという。寮長はタンツボネ先生で、寮母はいま叱られている若い女性、ライスケーキさんだ。

タンツボネ先生は取っ手みたいな大きな耳が印象的な中年女性で、白いブラウスにネズミ色のベストとスカートを着ている。

ライスケーキさんは目が過敏ということで、いつもレースで目を覆っている。レースが好きなのか、服装もレースがあしらわれたドレスで手までレースで覆われている。それは別にいいのだが、デザインが身体にぴったりと貼り付くタイトなものでそのうえシースルー。彼女の身体はどこもかしこも豊満で柔らかそうなので、状況によってはプリン以上に目のやり場に困ることがある。要するに三角巾とエプロンを身につけていなければ、まったく寮母には見えない人なんだ。

それにしても聖女科関連の女性がふたり、なぜバッド寮の近くにいるんだろう？　……いや、と

ぼけるのはよそう。実をいうと俺には、大いに思い当たるフシがあった。

「ライスケーキさんはなぜ、あの落ちこぼれに食べ物を恵んでやっていたんざます⁉　しかも庭師まで使って大量に運ばせせるなんて！」

「あらあら、恵んであげるなんて、そんな……。デュランダルちゃんはこの学院の生徒さんなんですよ？　この学院の生徒さんなら、お腹《なか》いっぱいごはんを食べる権利が……」

するとタンツボネ先生は両手をバッと挙げ、被っているベールをトカゲの襟巻きのごとく広げる。さらにタンが絡んだような唸り声で、爬虫類《はちゅうるい》のごとくライスケーキさんを威嚇した。

「カァーッ、ペッ！　下女《げじょ》のくせに聖教師のザマに口答えするなんて、なんて生意気なんざましょう⁉　下女のあなたと同じで、落ちこぼれに権利なんてないざます！　それなのにホーリードール寮の食料を渡すなんて、おバカにも程があるざます！」

「いえ、でも……ホーリードール寮の子たちはたくさんごはんを作っても、どれもひと口だけ食べてあとは残すんですよ？　それだったら……」

「それは、ザマがそう指導しているからざます！　そんなことよりも、わかってるんざますか⁉　いまのホーリードール寮には、次期『聖皇女』最有力のママリア様がいるんざますよ⁉　あなたみたいな下女とは月とスライムの、それはそれは尊いお方が！」

「まあまあ、スライムちゃんは大好きです！　かわいいですよね！」

ライスケーキさんはいくらイヤミを言われても、天然のせいかあまり応えていないようだった。

いつものニコニコとした笑顔は崩れず、逆にタンツボネ先生の厚化粧にはヒビが入っている。

「とにかく、今後はバッド寮に食料を恵んでやるのは禁止！　いいざますね⁉」

「あらあら、そんな……。そんなことをしたら、デュランダルちゃんやミカンちゃんがお腹ペコペコになっちゃいます」

「飢え死にさせとけばいいざます！　落ちこぼれは死んで当然なんざます！　さぁ、わかったら帰るざますよ！」

ライスケーキさんは大人しく帰りかけたが、まるでフェイントを掛けるようにしてダッシュで俺のほうに向かってきた。どうやら俺の存在に気づいていたようだ。彼女は見た目はおっとりしているのに言動はなかなかファンキーだ。

「まぁまぁ、デュランダルちゃん。今日は新鮮なお野菜と果物をたくさんミカンちゃんにあげましたから、ふたりでおなかいっぱい食べてくださいね。あ、そうそう、デュランダルちゃんは、お金がたくさんあったら何をしたいですか？」

俺が礼を言うヒマもないほどに喋《しゃべ》りまくるライスケーキさん。しかも話に脈絡がない。しかし彼女はいつもこんな感じでマイペースなので、俺もいつものように答えた。

「金があったら？　そうだなぁ、全部ライスケーキさんにやるよ。それか、金に困ってるヤツにでもくれてやるかな」

「ウソおっしゃい！　いざお金が手に入ったら、あれも欲しいこれも欲しいとなるに決まってるざます！　そんな逆立ちをしたって叶《かな》わない夢より現実を見るざます！　さぁ、帰るざますよ！」

ズカズカとやってきたタンツボネ先生が、ライスケーキさんの腕を取る。ライスケーキさんは引っぱられながら、苦笑とともに俺に小さく手を振ってくれた。彼女は俺の数少ない味方のひとりで、入学当初から俺に食べ物を分けてくれている。そしてその食べ物を受け取るのがミカンの仕事のひとつになっていた。

「野菜がたくさんあるのなら、今日は野菜の天ぷらといくか」

俺は意気揚々とバッド寮に戻る。バッド寮は木の幹に打ち付けられたコウモリ形の看板が目印で、寮というより一軒家に近い。庭つきの二階建てで、来た当初は家はボロボロで庭は荒れ放題だったが、どちらも手入れをしたので多少はマシになっている。いつもなら門に来たあたりでミカンがとてとてと走り寄ってくるのだが、今日は出迎えはない。それどころか寮の明かりは消えていて真っ暗で、人の気配すらない。庭にはミカン愛用の車輪つきの足蹴り木馬と、ライスケーキさんからもらった食べ物を入れて牽引《けんいん》しているおもちゃ箱がぽつんとあった。空っぽのおもちゃ箱に、俺の心の中にも空虚な不安が広がっていく。

「なにか、あったのか……？」俺はいてもたってもいられなくなり、庭を飛びだす。バッド寮のある森は広大だが、草の根分けても探し出すつもりで。しかし庭のすぐ近くにある池から、ノンキながらも力強いという奇妙な歌声が聞こえてきた。

「♪ミカンがころころどんぶりこ、おいけにとびこみサービスエース！　どじょうがでてきてコンバット！」

池の傍らにあるちいさな丘の上に、ミカンはいた。服装はいつものメイド服でも、塔で会ったときの制服でもない。スイムキャップに紺色のワンピース水着という、季節外れなうえに場違いな格好で、歌に合わせて準備体操をしていた。

「まさか、泳ぐ気か……？」「♪ぼっちゃんいっしょにアソシエーションっ！」

そのまさか、ミカンは掛け声とともに池に飛び込もうとしていたので、俺はとっさに後ろからミカンを抱きとめた。

「なにやってんだ、ミカン⁉」「わぁ、ごしゅじんさま⁉」

捕まったドロボウ猫のように、じたばたもがくミカン。

「はなしてくださいです！　ミカンはおよがなくてはいけないのです！」

「なんで泳がなくちゃいけないんだよ？」

「それは……！」イタズラがバレた猫のように、サッと視線をそらすミカン。その仕草だけで、俺は彼女のやらかしを察する。

「もしかして、もらった食いものになにかしたのか？」

ミカンの横目が、アクビの途中で口に指を入れられた猫のように丸くなる。

「ど……どうしてわかったのです……⁉　おやさいとくだものをぜんぶ、かわにながしてまったことを……！」

「川に流す？　なんでそんなことをしたんだ？」

ミカンはとうとう観念したのか、俺に抱きかかえられたまま両手の人さし指をツンツンしながら白状した。

「ライスケーキさんが、ひやしてたべるとおいしいって……」

果物はともかく野菜まで冷やすということは、トマトかキュウリでもあったのかな。

「ああ、それでこの近くにある川で冷やそうとして、間違って川に流しちゃったんだな」

「てが、すべってしまったのです……。なぜかきょうにかぎって、てがつるつるで……」

「油を塗りすぎたんだろ」するとミカンは青天《せいてん》の霹靂《へきれき》のような顔をした。

「な……なるほど！　ごしゅじんさまは、やっぱりめいたんていなのです！」

「でも、食いものを川に流したことと、ミカンが池で泳ぐのはなんの関係があるんだ？」

「ミカンはハンマーなので、れんしゅうしようとしていたのです！」

「カナヅチな。まあ、泳ごうとしていた理由はわかったよ」

「いちおう、おやさいをながしたあとに、おてがみもながしたのです！　そのおやさいはごしゅじんさまのものですから、たべちゃダメなのです、って！」

　俺としてはその対応だけでじゅうぶんだったのだが、ミカンは納得いっていないようだった。

「やっぱり、ミカンはやくたたずなのです……」涙目でしゅんと肩を落とすミカン。しかしその拍子に丘に咲いていたタンポポが目に入ると、「あ、タンポポさんなのです！」潤んでいた瞳はジャラシを見つけた猫のように鋭くなる。

　ミカンはタンポポが大好きだ。抱っこしたまま綿毛状のタンポポにミカンの顔を近づけてやると、欲張りな仔《こ》リスのように頬をいっぱいに膨らませて、ふぅ〜！　と吹いていた。すると綿毛たちは嬉《うれ》しそうにスミレ色の空に舞い上がっていく。

「ミカンはやっぱり、タンポポを吹くのが上手だな。それに、今日のごはんも見つけてくれた」俺は丸坊主になったタンポポの隣に咲いていた、黄色い花を摘んだ。「タンポポの花は天ぷらにするとうまいんだぞ。それに、いまの季節は葉っぱがサラダになるんだ」

　するとミカンは、玄関の足ふきマットが実は空飛ぶ魔法のじゅうたんでした、と聞かされた子供のように目を丸くする。

「それは、ほんとうなのですか？　タンポポさんは、たべられるのですか？」

「ああ、野草は食べられるんだぞ。中でもタンポポはごちそうだ。ごちそうを見つけてくれてありがとうな、ミカン」

泣きそうだった仔カラスはどこへやら、ミカンは得意気に「えっへん！」と胸を張る。

「おたんじょうびのケーキのロウソクをふくのと、タンポポをふくのと……！　それとたべものをみつけるのは、ミカンにおまかせくださいです！」

「よーし、それじゃあ頼らせてもらおうかな！　これから、もっと野草を探すぞ！　今夜は野草パーティだ！」

「わぁい！　ミカンはごしゅじんさまとパーティがだいすきなのです！」

実家では、剣術でいちばん弱い人間が家事をすべてやる決まりになっていた。

一族最弱だった俺は、ガキの頃から家を追い出されるまでずっと家事をやらされていた。剣士の一族だけあってみな大食いで、たまに食料が尽きることがあったんだが、食事が足りないとボコボコにされる。いちど森で採った野草を調理して出したことがあったんだが、そのときの家族の顔は忘れられない。全員が修羅の形相で「タンポポなんか食えるか！」と食卓をひっくり返し、ひと口も食べてもらえずに俺は袋叩き《ふくろだた》きにあった。

しかし、いまは違う。食卓に並んだタンポポをもりもり頬張って、ヒマワリのような笑顔を見せてくれる人がいる。

「お……おいしいです！　タンポポさん、おいしすぎます！　おいしすぎて、ミカンアソシエーションいりけっていなのです！」

それだけで、俺は腹も心も満たされる気がした。

◆
◇
◆
◇
◆

塔の製油工場ルームのドミネーターになったことで、デュランダルの学院生活はにわかに忙しくなった。製油工場での作業はすべて副ドミネーターに任命したヒマーリンに任せっきりにするつもりだったのだが、そのヒマーリンからせがまれて、作業員である生徒たちの管理をすることになったからだ。

「ボク以外はみんな男子でしょ？　だから強いデュランダルくんがガツンと言ってくれると助かるな！」

そのためデュランダルは、朝はいつもより二時間ほど早く起きるハメになった。まだ寝ているミカンを抱えて塔へと向かい、今日一日の作業の確認をしつつ、そこでみんなといっしょに朝食を取る。そのあとで登校して授業を受け、放課後は遅くまで製油工場で過ごすという毎日を送る。それはなかなかに大変ではあったが、デュランダルはいつにないやりがいを感じていた。

なぜならば、いままで落ちこぼれとして周囲からのけものにされていたデュランダルにとって、アイスクリン以外の生徒との初めてのまともな交流、そして共同作業だったからだ。例えるなら、学園祭で学校に夜遅くまで残り、仲間たちと作業しているような感覚であった。そうして生み出された生産物の販売は、一瞬にして軌道に乗る。

まずファイラワ油の美容オイルは、アイスクリンをイメージキャラクターにした宣伝が功を奏し、魔術師の女子だけでなく剣士の女子もこぞって買い求めた。さらにデュランダルが作ったコロッケとアメリカンドッグが塔のエントランスで販売されると、飛ぶように売れた。そのホットスナックが、それまでエントランスで売られていた食べ物とは一線を画すものだったからだ。片手ですぐに食べられるうえに、冷めてもおいしい。間食や軽い食事にちょうどよく、揚げ物なので満足感も高い。ホットスナックが販売されているエントランスでは、男も女も剣士も魔術師も列を作って買い求めるほどになっていた。

ちなみにではあるが、これまでは剣士も魔術師も、敵対勢力の産物にはビタ一文たりとも出すことはなかった。しかし第三勢力のバッド寮については、剣士も魔術師も例外の扱いをしていた。弱小なので、少々金を落としたところで自分を傷つける武器になって返ってくる可能性はゼロだと思っていたからだ。

そして何よりも扱っている商品が魅力的だったので、多くの生徒はコウモリマークを前にサイフの紐《ひも》を緩めていた。よってバッド寮は順風満帆。デュランダルの日々も充実していたが、それでも警戒だけは怠らなかった。製油工場はかつてウォーリア寮のナワバリだったので、すぐに剣士たちからの仕返しがあるだろうと思っていたからだ。

しかしその心配は、アイスクリンの一言によって先送りとなる。

「支配勢力が替わったばかりのルームは中立地帯と同じ扱いになるの。一ヵ月のあいだは、他の勢力は攻めてはならない決まりがあるわ」

「へぇ、そうだったのか。そいつはありがてぇけど、なんでそんなルールなんだ？」

「泥仕合になると、そのルームの生産が途絶えてしまう可能性があるからよ。そうなると、世界の損失となってしまうでしょう」

「へぇ、剣聖とか賢者ってロクでもねぇのの集まりかと思ったら、案外ちゃんと考えてるんだな」

「ただひとつ例外があって、その中立地帯のルームドミネーター、もしくは副ドミネーターが他のルームに攻め込んだ場合は中立地帯の扱いは解除されてしまうわ」

「なるほど、そりゃそうだろうな。まぁ俺は降りかかる火の粉を払うだけだから、しばらくはノンビリさせてもらうぜ。……んじゃ、そろそろ昼メシに行くか」

デュランダルはいつも弁当持参であったが、ルームドミネーターとなってからは弁当を作るヒマがなくなってしまったので、学院にある学生食堂を利用するようになっていた。

そこでは、空前の『ホットスナックブーム』が起こっていた。学食の調理はライスケーキが担当しているのだが、デュランダルが彼女にコロッケとアメリカンドッグのレシピを教えたことで、学食のメニューに加わる。さらに塔の攻略を担当している先進組が、未開拓フロアで『焼きそばパン』のレシピを発見。そのレシピをホーリードール寮の聖女たちが再現、数量限定で学食で売られるようになったことで、一気にブームに火が付いた。

材料不足が原因で、販売数は一日たったの一個。剣と魔術の学院だけあって、昼の学食は文字どおり戦争となっていた。学食の売り場はコロシアムのような形状となっており、壁面の棚に商品が並べられている。商品を手にしてコロシアムから出た時点で購入権が確定するのだが、コロシアム内であれば奪ってもよいというルールになっていた。

なお商品は、争奪戦による損傷を防ぐためにすべて水晶の箱に入れられている。焼きそばパンは一番人気の商品なので、さらに厳重。ホーリードール寮のシンボルであるハートマークが描かれた紙の箱で覆われ、さらにハートマークをあしらったトロフィー状の水晶ケースに入れられるという二重包装。最高級の宝石のような扱いで、コロシアムの最深部に鎮座していた。

昼休みのチャイムと同時にコロシアムへと繋がる廊下のシャッターが開き、地鳴りのような足音が押し寄せる。T字型となった廊下から、剣士と魔術師がぶつかりあうようにしてなだれこんできた。

「今日こそは、今日こそは焼きそばパンを！」「させるかっ！」「ぐわあっ⁉」「死ねぇぇ――っ‼」

基本的に剣士と魔術師は敵対関係にあるが、この焼きそばパン争奪戦においてはすべてが敵であった。なにせ一個しかないので、仲間と協力して勝ち得たところで待っているのはさらなる争いでしかないからだ。

唸る剣、ほとばしる魔術。悲鳴と怒号が交錯し、屍《しかばね》の山が築かれていく。

「も……もらったぁぁぁぁぁ――――――――っ‼」

生き馬の目を抜き、針の穴に糸を通すように戦線から抜け出したのは、鉄の翼を抱く生徒。

「ああっ、ずるいロン‼　魔導飛翔装置《サイクウィング》で空を飛ぶなんて！」

「ははははは！　スローンくん、キミこそ魔導人形《サイクドール》の軍勢を率いているではないか！」

空を飛んでいた魔術師はコロシアムの外に着地すると、「これが、天使の力だ！」とハートのトロフィーを高々と掲げる。ヤジ馬にまぎれていたひとりの女生徒の元へと駆けていくと、跪《ひざまず》いてトロフィーを差し出していた。

「この焼きそばパンを、キミに捧げよう……！」周囲から「キャーッ！」と起こる歓声。コロシアムの外周はフリースペースとなっていて、争奪戦を眺めながら飲食ができるのだが、そこに座っていた生徒たちもスタンディングオベーションだった。

「いいなぁ、私もあの焼きそばパン、食べてみたい！」「知ってる⁉　あの焼きそばパンを半分こすると、その相手と永遠に結ばれるんだって！」「あ、聞いたことある！　あの焼きそばパンを作ってるホーリードール寮の聖女が、両想《りょうおも》いになる法術を掛けてるってウワサだよね！」

観客の女生徒たちはみなウットリしていたが、四人掛けのテーブルに足を投げ出すようにして座っているストームプリンは興味なさげに吐き捨てた。

「バッカみたい」足をテーブルに乗せたまま、傍らでパシリの剣士が差し出しているランチプレートの骨つき肉を摑んでひとかじり。この大振りな骨つき肉がボーンと載った『ボーンボーン定食』は、数量限定で学食でも人気メニューのひとつである。しかし彼女の表情は冴《さ》えない。ご機嫌を窺うようなパシリ剣士を手でシッシッと追い払うと、心の中で大きなため息をついた。

――はぁ……もうずっと、デュランのゴハンを食べてないし……。とりまデュランのゴハン、食べたいなぁ……。

「ミカンもたべたいのです！」ストームプリンがふと顔をあげると、テーブルの対面の椅子にはいつのまにかミカンが座っていた。ミカンは床に届かない脚をぱたぱた、顔に「わくわく」と書いていそうな表情。目の前にあるお子様ランチを食べている最中だというのに、遠くの焼きそばパンを食い入るように見つめていた。

「……なんでこんなところにガキんちょがいるし？」

「ごしゅじんさまといっしょなのです」もみじのような手でミカンが指さした先には、デュランダルがいた。四人掛けのテーブルには他にヒマーリンとライスケーキ、そしてストームプリンが先日敵認定したアイスクリンが。両手に花どころか全面に花状態で談笑しているデュランダルを見て、ストームプリンは瞬間的に我を忘れそうになる。しかしデュランダルの何気ない一言が、彼女を正気に戻していた。

「焼きそばパンってうまそうだよな。俺もいちどでいいから食ってみてぇなぁ」

アイシャドウに彩られた目を「これだ……！」と見開くストームプリン。

——あーしが焼きそばパンを手に入れたら……デュランはあーしのものに……！

決してそんなことはないのだが、ストームプリンの妄想は止まらない。

『デュラン、あーしが手に入れたこの焼きそばパン、半分こしてほしいし？　赤ちゃんみたいに弱っちいデュランには、あーしが口移しで半分食べさせてあげるし』

ストームプリンの腕に、生まれたばかりの赤ん坊のように身を委ねるデュランダル。ストームプリンは焼きそばパンを咀嚼《そしゃく》しながら、その唇を……。

——よしっ、なんとしても焼きそばパンを手に入れてやるし……！　あーしに掛かれば争奪戦なんて楽勝っしょ。でも、とりま念には念を入れて……！

ストームプリンはルージュの引かれた唇をニタリと歪《ゆが》めると、ミカンを見やる。

「ガキんちょも、焼きそばパン食べたいし？　なら、あーしと組むし！」

それは悪魔のささやき。しかしミカンは澄んだオレンジの瞳でケチャップを差し出していた。

「そのまえに、このおこさまランチのチャーハンに、じをかいてほしいのです！」

「え？　字を？　別にいいけど……なんて書くし？」

「『オムライス』です！」

第3章　焼きそばパン争奪戦

次の日の正午も、チャイムと寸分違わぬタイミングで教室から生徒たちがあふれだしていた。人波が濁流となり、関係のない生徒まで巻き込んで大群を形成しつつ購買へと移動。

剣士科にとっても魔術師科にとっても最終コーナーとなるT字路、その合流点にはひとりの少女が立っている。前門の魔術師、後門の剣士という状況。少女はこの学院にいる誰よりも背が低いので、流れに挟まれたらひとたまりもないだろう。

しかし少女は、戦場に自ら咲いた花のように動かない。やがて手から垂らしていたロープを「むん！」と引っ張った。すると先を争っていた魔術師科の生徒たちの足元にロープが張られ、彼らは足を取られて群集なだれになっていく。少女はオレンジ色のおかっぱ頭を翻しつつ、エプロンのカンガルーポケットから取りだした油瓶を後ろに向かって投げつけた。油瓶は空中で栓が外れ、黄金色の液体を撒《ま》き散《ち》らしつつ床を転がっていく。その上に剣士科の生徒たちが踏み込んだ瞬間、誰もが足を滑らせ転倒していた。

「「えっ……ええええええええ――――っ⁉︎⁉︎」」

か細い悲鳴と野太い悲鳴が入り交じる。濁流のようだった人波は地滑りと化し、少女に向かって押し寄せた。

少女は開きはじめたシャッターの隙間に飛び込み、間一髪で事なきを得る。コロシアムに至る最後の直線をとてとて走っていると、すぐに背後からドスドスと巨影が覆《おお》い被《かぶ》さり、少女の首根っこをひょいと掴《つか》んだ。

「とりまナイスだし！　ガキんちょのおかげで、スタートダッシュはうまくいったし！」

「えっへん！　ミカンはトラップもとくいなのです！」

おかげでコロシアムへは一番乗り。誰もいない商品棚は取り放題だったが、ふたりは前しか見ていなかった。ストームプリンはミカンを肩に乗せると、「うぉぉぉぉ――――っ！」と両手を振って猛ダッシュする。焼きそばパンのある棚まで迫ると目前で急ブレーキをかけ、棚を蹴って反転。その間に肩の上のミカンが焼きそばパンのトロフィーをかっさらっていた。

それはロスタイムを無くすためのコンビネーションプレイであったが、息ピッタリ。

「このまま、ぶっちぎりだしぃぃぃぃぃ――――っ!!」

しかし行く手には、周回遅れでコロシアムに入った魔術師たちが大勢立ちはだかっていた。ストームプリンの背中からひょっこりと顔を出したミカンが「ほいっ」とトロフィーをあさっての方向に投げつける。それだけで魔術師たちはストームプリンそっちのけでトロフィーのほうへと殺到。奪い合いを始めるが、しばらくしてひとりの魔術師が気づいた。

「このトロフィーの中に入っているのは、ダミーの箱だ！」それはミカンがクレヨンで模倣した、微妙な出来の紙箱。しかし釣り餌の見目としては必要十分であった。釣られた者たちが「しまった！」と気づいたときにはもう遅く、ストームプリンはコロシアムの外へとまっしぐら。

今回の争奪戦にストームプリンが参戦しているとわかるや、剣士科の男子たちは早々に手を引いていた。しかしストームプリンの人気に嫉妬している剣士科の女生徒たちはやる気じゅうぶん、出口付近でフォーメーションを組んで待ち構えていた。

「ストームプリン！　あたしの男をよくも弄んでくれたね！」「あたしの男もパシリ扱いしやがって！　許せねぇ！」「今日があんたの命日だ！　人の男に手ぇ出したらどうなるか、たっぷり思い知らせてやんよぉ！」

それは女どうしのキャットファイトであったが、そこにいたのはみな高原族《ハイランド》だったので、ゴリラファイトと呼ぶにふさわしい迫力であった。

「はぁ？　そんなの知らねーし！　ってか男なんて興味ねーし！」ストームプリンは背負っていた愛用の大剣『ストームプリンガー』の柄を後ろ手で握りしめる。身の丈ほどもあるそれを、肩で担ぎ上げるようにして頭上まで振り上げた。

「とりま死ねっ、あげぽよプリィィ――ンっ‼」

『あげぽよプリン』とは、大上段に構えた大剣をめいっぱい振り下ろす剣技《ソードアーツ》である。大剣が力任せに床に叩《たた》きつけられると地雷が爆発したような衝撃波が起こり、女剣士たちはたまらずよろめいてしまう。

「とりま、おまけだしぃぃぃぃぃぃぃ――――――――っ‼」ストームプリンはさらに片脚を軸にしてコマのように回転、真一文字の払い切りを放つ。カスタード色の刀身がきらめき、斬りつけられた女剣士たちは尻もちをついて倒れてしまった。

ストームプリンは剣士の名門ブッコロ家の子女だけあって、男子にもひけをとらない強さを持つ。複数の女子たちを相手に大立ち回りを繰り広げていたが、やがて弱点を突かれはじめた。

「なんとかして、ストームプリンの剣技《ソードアーツ》を封じるんだ！」「絶え間なく攻撃しまくって、出すスキを与えるな！　取り囲んで、全方位から襲いかかるんだ！」「よしっ、もらったぁぁぁぁあ──────っ!!」

背後から連続で斬りかかられ、ストームプリンは「しまっ……!?」とよろめいてしまう。しかしガラ空きとなった身体《からだ》に太刀が振り下ろされる寸前、女剣士たちの顔に水鉄砲のような放水が命中。それはオレンジジュースで、まともに顔面に浴びてしまった女剣士たちは「うわっぷ!?」とのけぞる。

「ミカンのさいしゅうへいき、ミカンファイヤーなのです！」ストームプリンの背中にコアラの子供のようにしがみついているミカン、そのアヒル口からオレンジ色の液体がぴゅーっと迸《ほとばし》る。

「とりまナイスだし、ミカン！　今度はこっちの番だし！　あげぽよプリィィ──ンっ!!」

ミカンの援護射撃によって息を吹き返すストームプリン。背中をミカンにあずけたことによって無双状態へと突入、女剣士たちを次々と蹴散らしていった。

「これぞ、じんばいったいなのです！」「そうそう、これぞじんば……！　じんばって何だし？」

「ひととおうまさんのことなのです！」「人と馬？　いや、あーしは馬じゃねーし！」

「あ、ピンクのカバさんだったのです」「ピンクカバじゃねーし！」

そんな掛け合いができるほどの余裕を見せつつ、コロシアムの出口へと邁進《まいしん》していくストームプリンとミカン。しかし敵もそう簡単にはあきらめず、ゾンビのように追いすがってくる。さすがのストームプリンも疲労の色を隠しきれず、いまいましそうに舌打ちした。

「チッ、とりまマジでうぜーし！　あと少しで出口だってのに！　もう、こーなったら……！」

大剣を背中に収めるストームプリン。その肩にちょこんと乗っていたミカンはキョトンとする。

「えっ？　あきらめてしまうですか？」「ちげーし！　とりま最終兵器だし！」

「わぁ、プリンさんにもさいしゅうへいきがあるですか⁉　それはどんな……わあっ⁉」これがそうだとばかりに、ストームプリンはミカンの襟首を乱暴に摑みあげる。もう片手でミカンのエプロンのカンガルーポケットに手を突っ込み、中にあった焼きそばパンの箱を取りだしていた。

「なにをするですか⁉」「こうするんだしっ！」

ストームプリンは追撃してくる女剣士たちめがけ、ミカンを投げつける。「わぁ――――っ⁉」遺跡の秘宝を手にし、あとは脱出というところで、仲間に裏切られ亀裂に落ちていくような表情で飛んでいくミカン。小さな最終兵器が女剣士たちを巻き込んで倒れている隙に、ストームプリンはいっきにコロシアムの外へと駆け抜けた。

「やっ……やったしぃぃぃぃぃ――――――――――――っ‼‼」

同時に疲労も限界突破。ヒザを突いて滑り込み、空を仰ぐようにガッツポーズをするストームプリン。ぜいぜいと上下する胸。天高く掲げられたままの手には、勝利の証《あかし》である焼きそばパンの箱が握りしめられていた。やりきったようなその背中に、舌たらずながらも厳しい声が突き刺さる。

「プリンさん！　ミカンとはんぶんこするやくそくだったのです！　まさか……⁉」

ストームプリンは全身から湯気を立ち上らせながら立ち上がる。振り向いた先にいた、小さき者に向かって鎌首をもたげるように前屈《まえかが》みになった。

「ふふん。最初っから、ガキんちょなんかにやるつもりはなかったし」

「だ……だましたのです……？」打ちひしがれるようなミカン。ストームプリンの心はにわかにチクリとしたが、その痛みを振り払うように叫んだ。

「だ……騙《だま》されるほうが悪いんだし！　これは、デュランと半分こ……！」

それはミカンとの決別宣言にも等しかったが、最後まで告げられることはなかった。なぜならば焼きそばパンの箱の隙間から、予想だにしていなかったものが覗《のぞ》いていたからだ。

石ころっ……！

「なっ……!?」ストームプリンの手からぽろりとこぼれた箱。転がり出た石が、黒いエナメルの靴にこつんと当たる。その小さな靴の持ち主は、いつものポケットからあるものを取りだしていた。

焼きそばパンっ……！

「こんなこともあろうかと、なかみをすりかえておいたのです！　すりかえは、ミカンのとくいわざなのです！」

ストームプリンの戦士の脳に、戦史がフラッシュバック。バッド寮の二階から投げ捨てられたオムライスおにぎりの包み。それを取るために窓からダイブしたら、中身は石ころであったときのことを思いだしていた。こみあげてきた苦い想《おも》いを、怒りの炎に変えて瞳に宿すストームプリン。

「返すし……！　それは、あーしのもんだし……！」

三倍以上の体格差の相手に睨《にら》み下ろされても、ミカンは一歩も退かなかった。

「これはもう、プリンさんのものではないのです……！」

延長戦、しかも場外乱闘の気配にざわめくヤジ馬。しかしその戦いはあっさりと、思いも寄らぬ形で終着する。なんとヤジ馬の中にいた剣士の男子生徒が、ミカンを背後からひょいと抱き上げたのだ。

「す……ストームプリン様、捕まえました！　どうぞ！」それは、ストームプリンのパシリのひとりであった。ストームプリンは礼も言わず、ミカンの胸倉を摑んで引き寄せる。

「わぁ⁉　ずるいのです！　これは、いったいいちのたたかいなのです！」

ミカンは抗議のアヒル口でミカンファイヤーを放とうとするが、フーフーと息が漏れるだけで終わる。

「得意のミカンファイヤーも品切れだし。もう、ガキんちょに勝ち目はひとつもねーし。さぁ、さっさとよこすし」

「いやなのです！　ミカンはさいごまでたたかうのです！　いのちにかえても、このやきそばパンはわたさないのです！」

ミカンは我が子を守るように焼きそばパンを抱きかかえ、徹底抗戦の構え。この炭水化物のカタマリに、命を賭すというのだ。しかしまなざしは真剣そのもの。オレンジの瞳の奥には、噴水式ジュース自販機のような炎があふれていた。

「へぇ、ガキんちょのくせしていい度胸してるし。なら、お望みどおりボッコボコに……」「あ、やっぱりぜんぶあげるのです」「秒でなにがあったし⁉」

啞然《あぜん》とするストームプリンの口に、もう問答無用とばかりに焼きそばパンを突っ込むミカン。拘束から逃れて床に着地すると、ストームプリンの背後の方角に向かってとてとてと走りだした。

「ごしゅじんさま！　なにをたべているですか？」

「おお、ミカンか。ちょうど探してたんだよ、お前も食うだろ？」

「わぁ、焼きそばパンなのです！　いただきますなのです！」

「へ……？」ストームプリンは背後で繰り広げられている和やかな会話に、焼きそばパンを咥《くわ》えたまま振り返る。するとそこにはコウモリマークの紙に包まれた焼きそばパンを、デュランダル、アイスクリン、ヒマーリン、ライスケーキという面々が、歩きながらパクついていた。

「焼きそばパンを食ってみたかったから、ライスケーキさんにレシピを聞いて作ってみたんだ。どうですか、ライスケーキさん？」

「あらあら、すっごくおいしい！　購買で売ってる焼きそばパンより、ずっと美味《おい》しいです！」

「これ、エントランスで売ったら大ヒット間違いなしだよ！」

「塔で見つかった料理のレシピは極秘にして、権力者たちが利益を独占するのに……。その決まりをあっさり破って教えるライスケーキさん……そしてそれをあっさり再現しちゃうデュランくん……。本当にデタラメだわ……」

「お、プリンじゃねぇか。お前のぶんも作っておいたんだ、食うだろ？」

「え……ん……むぐっ……」ストームプリンはショックのあまり、口を焼きそばパンで塞がれているのを忘れていた。焼きそばパンを口から外して「食べるし！」と言おうとしたが遅かった。

「いえ、プリンさんはもうたべているので、ミカンがたべるのです！」

「なんだ、もう食ってるのか、ならミカンにやってもいいよな」

ミカンはデュランダルの手からプリン分の焼きそばパンを素早く受け取る。ふたつになった焼きそばパンを両手で交互に頬張りながら、「ぎゃくてんがちなのです！」といわんばかりの笑みをストームプリンに向けた。

「こ……この……！　このっ……！　ガキんちょ……！」

「そうだ、プリンが食ってる焼きそばパンは購買のヤツなんだろ？　どんな味か教えてくれよ」

ストームプリンはうつむき、肩をわななかせながら口から焼きそばパンを出す。手にしたそれを、

「そんなことよりも……」と絞り出した声とともに振りかぶる。次の瞬間には焼きそばパンを、あふれでた想いといっしょにゼロ距離のオーバースローでデュランダルの顔面に投げつけていた。

「とりま死ねっ!!　このっ……バカデュラァァァ――――――――ンッ!!!!」

◆　◇　◆　◇　◆

「ぐ……！」俺は歯を食いしばりながら、あたりを睨もうとする。しかし、それすらも覚束《おぼつか》ない。

額から垂れてくる汗が止まらず、拭うのもやっとだったからだ。「まさか、こんな手で来るとはなぁ……！」

ルームドミネーターの生活にも慣れてきたある日のこと、製油工場の噴水広場でヒマリンに頼まれた。

「デュランダルくんって剣士でしょ？　作った剣をちょっと試し斬りしてほしいんだ！」

「新製品のテストか？　この塔にいるモンスターでも斬ってくりゃいいのか？」

そのくらいならお安い御用だと引き受けると、俺は鍛冶屋の男子生徒が四人がかりでやっと持ち上げられる、剣がぎっしり詰まった竹かごを背負わされる。ヒマリンは俺に頼んでおきながら、そ

の様子をハラハラしながら見ていた。

「だ……大丈夫？　背負える？　重いだろうけどガマンして……」

「いや、このくらいならぜんぜん軽いさ。じゃ、行ってくるよ」

俺は製油工場から出発しようとすたすたと歩きはじめたのだが、ヒマリンは泡を食って俺を引き止めた。

「ちょ、なんで背負ったまま普通に歩けるの⁉　それ、二〇〇キロ以上あるんだよ⁉」

「それがどうかしたのか？　実家にいる頃はこれより重いのを背負って山道を走ってたけど」

するとその場にいたクリン以外の面々が、ポカーンとしていた。

「す……すご……！　とにかくもっと重……いや、剣をたくさん持っていってほしいから、ちょっと待ってて！」

そのあとで用意されたのは、竹かごの三倍くらいの量の剣が詰め込まれてる木箱に、背負いベルトを付けたもの。しかしそれも軽々と背負ってみせたので、最終的には鉄製の風呂釜を背負わされ、そこに剣山の山脈かっていうくらい剣を詰め込まれた。そこまでいくと、いくら俺でも立つのもツラくなる。

「さ……さすがにこれは……。ちょっと、減らしてくんねぇか……？」

「いいぜぇ、このルームと引き換えならなぁ！」そんな声が割り込んできたかと思うと、俺はチンピラじみた剣士たちに取り囲まれてしまった。

そして、いまに至る。背中の剣の重さで動けなくなった俺を、製油工場のタンクの上から小柄な男が見下ろしていた。

「いい格好だぜぇ、色男さんよぉ！　おっとぉ、下手なマネすんじゃねぇぞぉ！」
「下手なマネしたくてもできねぇのは、見りゃわかんだろ……！　テメェの差し金でやらせとい
て、何言ってんだ……！」
「猿芝居すんじゃねぇ！　テメェが剣士のクセして魔法を使うのは調べがついてんだよ！　少しで
も魔法を唱えやがったら、いっぺんで交渉決裂だかんなぁ！」
いままで戦った剣士や魔術師は、俺が落ちこぼれだからと油断していた。だがコイツは違うよう
だ。いずれにしてもこの状態じゃ袋叩《ふくろだた》きは目に見えているので、俺は活路を見出《みいだ》すためにも交渉
のテーブルに着くことにした。
「交渉って、なにを交渉するつもりだよ……⁉」
「この蛇舞竜《ダブリュー》組に……いや、このタクミ様にルームを明け渡してもらおうか！」
「そういうわけにはいくかよ……！　ってか、いまこの工場は中立地帯なんじゃ……？」
そこまで言いかけて、俺はヒマリンの不自然な言動を思いだす。身体が動かないので首をひねっ
てヒマリンのほうを見やると、帽子を取ってうなじが見えるくらい深く頭を下げていた。
「ごめん、デュランダルくん！　ボクの両親はランドファーの街で酒場をやってるんだけど、剣士
様に借金があるんだ！　ボクの身体には、借金の担保である印が付けられてて……！　言うことを
聞かないと、いますぐ取り立てるって言われたんだ！」ヒマリンのうなじには、家畜に押す焼印の
ような跡があった。「それにボクだけじゃなくて、コモンナー寮の子のほとんどの親は、剣士様か
魔術師様に借金してるんだ！　だから……！」
そういうことか。ルームの中立状態は、ルームドミネーターか副ドミネーターが他のルームを攻

めると解除される。副ドミネーターのヒマリンは脅されて、剣士たちのナワバリに攻撃を仕掛けたんだろう。たぶん形式上のことだと思うが、それで中立状態が解除されたんだ。ヒマリンだけでなく他の仲間たちも借金をカタに言いなりにさせられ、俺の動きをこうして封じたというわけか。

上空から、タクミの嫌らしい笑いが降ってくる。

「ヒヒヒヒ！　この製油工場はいまや、全ルームでもトップの稼ぎを出してるからなぁ！　一ヵ月後には他の組が押し寄せてくると思って、ちょっくら仕掛けさせてもらったんだ！」

俺はうつむく。「この重りも、テメェの差し金か……！」

「ヒヒヒヒ、そーともデュランダル！　テメェが苦零G組《クレイジー》をヤッたときのことは、ぜーんぶ耳に入ってんだぜぇ！　聞いたところじゃ、テメェは一切受け太刀をしなかったそうじゃねぇか！　だったらその素早さを封じりゃ、怖くねぇと思ってなぁ！」

俺がいま背負わされている風呂釜は、肩のベルトがギチギチに食い込んでいるうえに、チェストベルトやウエストベルトまで付いている。外そうとしてもそう簡単には外れねぇだろう。このまま後ろに倒れりゃ、風呂釜に詰まった剣が床にぶちまけられて一気に軽くなるかなと思ったが、剣のほうもギチギチに詰まっている。後ろに倒れてもし剣が出てこなかったら最後、俺はひっくり返った亀みたいになっちまうだろう。

さぁて、どうすっかなぁ……？　と悩んでいると、ヒマリンが涙ながら訴えてきた。

「お……お願いデュランダルくん……降参して！　降参したら、ケガしなくてすむから！」

俺は顔を上げ、踏ん張りつつ答える。「そしたら、お前らは奴隷生活に逆戻りだろ……！」

「そうだけど、しょうがないよ！　やっぱり……剣士様に逆らっちゃダメだったんだよ！」

「そうかよ……！　でも俺のほうは、ますます逆らいたくなってきてるんだがなぁ……！」

俺はいったん下を向くと、落ちかけていた腰を重さに逆らうようにぐぐっと持ち上げた。

「それに……！　俺はもう、決めたんだ……！　なにがあっても、お前らを守るって……！」

「ヒヒヒヒ！　マジかよ⁉　おいコイツ、自分を裏切ったメスガキを守ろうとしてるぜ！」

タクミが茶化すように言うと、まわりにいたチンピラ剣士たちが盛大に笑う。しかしその笑いはすぐに途切れた。俺が顔を下げて汗をぶるんと振り払ったあと、汗がしみた目ん玉を剝《む》いて睨み返してやったからだ。

「笑うな、どチンピラ……！　ヒマリンは裏切ったんじゃねぇ、守ろうとしたんだ……！　自分の親を、自分なりに必死になって……！　こちとら恨むどころか、羨ましいくらいだぜ……！」

守りたいほどの親がいるなんて……！　そう思った途端、俺の口から「へっ」と笑いが漏れる。

「メチャクチャ苦しいのに、おもしれぇ……！　反吐《へど》が出るほどムカついてるのに、なんだか気分がいい……！　最高にヤベェ状態だってのに、気分は最高だ……！　弱ぇヤツを前にした強ぇヤツってのは、いつもこういう気分を味わってたんだな……！」

タクミの顔は引きつっていた。「な、なんだと？　もういっぺん言ってみやがれ！」

「何度だって言ってやるよ……！　テメェは、策を弄した……！　ヒマリンを利用して中立状態を解除させただけじゃなく、くだらねぇ罠《わな》を仕掛けて俺を降参させようとした……！　ってことは、俺の強さにビビってんだろ……？　たったひとりの、この俺に……！」

「ん……んなわけあるか！　誰がテメェなんかにビビるかよ！　下手に出てりゃ調子に乗りやがって！　もう構わねぇ、この勘違い野郎をギタギタにしちまえ！」

タクミの掛け声で周囲のチンピラが一斉に抜刀。みな両手に剣や斧《おの》、棍棒《こんぼう》やハンマーなどを持っている。蛇舞竜組《ダブリュー》はその名のとおり、二刀流の使い手の集まりのようだ。

俺は自分の足元を見やる。もう立っているのもやっとなくらいに震えている足が目に入り、また笑った。

「へっ……！　実をいうと……このピンチをどうやって抜け出そうか、そしてどうやってテメェらをぶちのめすかを考えて、ずっとワクワクしてたんだ……！」

「そうかい！　じゃあ、そのまま死ねぇぇぇぇぇ――――っ‼」

双剣を太鼓のバチのように振りかざし挑みかかってきたチンピラを、俺は拳を突き上げながら迎え撃つ。「……セラフィム・ウイングっ！」風鳴りとともに身体が勢いよく半回転し、拳は抉《えぐ》りこむようなアッパーとなってチンピラの横アゴを捉えた。パッカーンと小気味よい音とともに、ブッ飛んでいくチンピラ。持ち主が手放した剣を、俺は空中でキャッチする。

「な、なんだ、いまの動きは⁉　自力じゃまっすぐ立つこともできねぇ状態のはずなのに、あんな腰の入ったアッパーが打てるなんて……⁉　……えええっ⁉」

タンクの上から身を乗り出すほどに驚愕《きょうがく》するタクミ。さっきまで石にされたみてぇに動けなかったこの俺が、床の上を滑るように動いたのだから無理もねぇか。いまの俺は、靴底から放出される風の幽星《アストラ》の力で床から数センチほど浮いていた。ようは飛行魔術《エイビシャン》なのだが、いつもみたいに天高く飛ぶよりも驚異的だったらしく、まわりの剣士たちはどよめきながら後ずさっている。

「こ……コイツ……！　ほ……ほんのちょっとだけ浮いてやがる……⁉」「あれ、魔法だろ……⁉」

あんな不気味な魔法、初めて見た……！」「なんか、幽霊みたいで気持ち悪ぃ……！」

「俺はまだ死んでねぇぞ。こんだけ重いものを背負って高く飛べるわけねぇだろうが」

「でも、いつのまに⁉　テメェはずっとタクミ様と話してたじゃねぇか⁉」

「最近、ちょっと器用になったんだよ」

詠唱《リード》というのは淀《よど》みなく行う必要があり、途切れたり間違えたりしたら最初からやりなおしになる。最初から最後まで集中する必要があるので、魔術師というのは意識を乱すような重い鎧《よろい》などは身につけられない。しかし俺の新技術《スキル》、『詠唱継続《リードコンティニュー》』があれば別のようだ。

俺はタクミとの会話中に下を向いて、飛行魔術《エイビシャン》を少しずつ詠唱《リード》していたんだ。でもまさか重いものを背負い、しかも会話を挟んでも詠唱《リード》を継続できるとは思わなかった。

「いちかばちかだったけど、うまくいったぜ！」

「くそっ！　でもこっちが圧倒的有利なのは変わらねぇんだ！　野郎ども、やっちまえっ！」

俺は襲い来るチンピラ剣士の群れからホバーダッシュで抜け出す。鉄のカタマリを背負っているので背後からの攻撃を心配しなくていいのは僥倖《ぎょうこう》だった。それに、

「なんか氷の上を滑ってるみたいで楽しいな！　武器も手に入れたし、今度はこっちの番だぜ！」

俺は敵集団を抜けつつ、チンピラから奪ったばかりの剣を構える。しかし、剣は構えただけで鍔《つば》のあたりからポッキリと折れてしまった。もしかして苦零《クレイジー》G組だけじゃなくて、コイツらもロクに剣を手入れしてねぇのかよ⁉

「ヒヒヒヒ！　そんな剣でどうしようってんだ！」しかしタクミはすぐに気づいて笑いを収める。

「や……野郎ども、油断するな！　ヤツは魔法を使うつもりだ！　いますぐ止めろ、この距離なら……！」

「いや、ムダだ！　吠《ほ》えよ剣っ、ラウドネス・ブレイドっ！」

斬り払った剣は短くてまったく届いていない。しかし刀身から轟音《ごうおん》とともに吹きあがった炎は竜の舌のごとくチンピラ剣士たちを舐《な》め、まとめて黒コゲにしていた。これは先日、苦零《クレイジー》Ｇ組に放った魔術『バーニング・ブレイド』を『呪文化《スペリスト》』で技術《スキル》にしたものだ。

技術《スキル》になった魔術は詠唱《リード》が不要となり、最後の一節を宣言するだけで効果を発動できるんだ。ただ呪文化《スペリスト》できる原初《オリジン》魔法には制限があって、『終端のない術式《ミュラ》は不可』となっている。セラフィム・ウイングもバーニング・ブレイドも『繰り返し』の言霊《ワーズ》を使っていて、放出の術式《ミュラ》をずっと繰り返させている。そのため延々と効果が続くので、呪文化《スペリスト》ができないんだ。術式《ミュラ》を見直して終端を作れば呪文化《スペリスト》できると思うのだが、いまの俺の知識ではやり方がわからない。

ちなみに先ほどの『ラウドネス・ブレイド』は繰り返しの言霊《ワーズ》は使っておらず、大量の炎を一回だけ放出させるという術式《ミュラ》になっている。だから呪文化《スペリスト》が可能で、なにかのときに使《つか》い途《みち》があるかと思って技術《スキル》化しておいたんだよな。

手下の大半を戦闘不能にされ、タクミはタンクの上から転げ落ちそうになっていた。

「う、うそだろ……!?　このタクミ様の完璧な策が破られるなんて……！」

「風の魔術と炎の魔術、そのふたつを使わせたことは褒めてやるよ。だがそのふたつを使わせた時点で、お前の勝ち目は無くなった。なんたっていまの俺は、風の機動力と炎の攻撃力を持ち合わせてるんだからな」

俺はタンクの上のタクミをビシッと指さす。カッコを付けたつもりはなかったが、ヒマリンは「かっこいい……！」と見とれていた。

そして実をいうとちょっとハッタリも入っている。ラウドネス・ブレイドを使った時点でセラフィム・ウイングの効果は切れてしまっている。なぜならば、魔術というのはふたつ同時には使えないからだ。魔術を使っている最中に新しい魔術を発動させると、古いほうの魔術の効果は切れてしまう。なのでいまの俺の身体は石に逆戻りしていて、それを悟らせないようにするために必死だった。敵の数が減ったとはいえ、この状態で襲われたらジ・エンドだ。

俺は心の中で「このまま撤退しろ！」と祈っていたのだが、タクミはしぶとい性質《タチ》のようだった。

「ひ……ヒヒヒっ！　ふたつの魔術で勝ち目が無くなったっていうなら、ひとつ消しちまえばいいんだろぉ!?　このタクミ様の、もうひとつの策でなぁ！　……やれっ！」

タクミの合図で残党たちが動き出す。いつのまにか用意されていたタルを俺の足元めがけて蹴り倒すと、中の油がぶちまけられる。あたり一面の床は、あっという間に油だまりとなった。

「ヒヒヒヒ！　さぁ、炎の剣を使ってみろよぉ！　もし使ったら、みーんなまとめて黒コゲになっちまうぞぉ！　このタクミ様以外はなぁ！　ヒッヒッヒッヒッ！」

やべぇ、セラフィム・ウイングどころかラウドネス・ブレイドまで使えなくなっちまった。それに間違って引火したりしたら、俺だけじゃなくてみんなまで巻き込まれちまうじゃねぇか。

「おいクリン、みんなに『瑣々たる稍寒の衣《ラ・ソティレ・カシュネ》』を頼む！」ヒマリンたちといっしょにいるクリンのほうを見やると、すでに彼らのいる一帯は吹雪に包まれていた。「もうかけてある」と当たり前のように答えるクリン。さすが成績優秀な優等生だけある。

「ナイス、クリン！　って、俺にはねぇのかよ!?」「次からはいらないって言った」「……お前、もしかして根に持ってる？」

　クリンは表情を与えられなかった氷像みたいな冷徹な顔で答える。

「デュランくんには必要ないでしょう？　デュランくんは氷撃魔術《アイスピア》が使えるのだから。それ以前に、なぜ炎の魔術を使ったの？　知らなかった前回ならともかく、いまはまわりが油だらけって知っているのに……」

「いや、それはそうなんだけど、相手が剣士の場合はこっちもなるべく剣を使って攻撃しようかと思って。ラウドネス・ブレイドなら、まだ剣攻撃の範疇《はんちゅう》だろ？」

「なにそのへんなこだわり」「へんって言うなよ！　っていうかお前、怒ってねぇか？」

「怒ってない。この期に及んで氷撃魔術《アイスピア》を使わないことを疑問に思ってるだけ。命を危険に晒《さら》してでも、わたしと同じ魔術は使いたくないのね」「ええっ、お前、なにを言って……？」

「おいっ！　ふたりでなにをゴチャゴチャ言ってやがる！　美男美女だからって見せつけてんじゃねぇぞ！　かまわねぇから、ふたりともやっちまえ――――っ!!」

　俺は襲い来る残党たちに向かってノールックで手をかざす。

「凍えよ剣、アブソリュート・ゼロ・ブレイド！」手のひらから複数の光の帯が放たれ、うねりあうようにして残党たちの身体を通り過ぎていった。残党たちは倒れ、俺の足元まで滑り込んできて動かなくなった。タクミは驚きのあまりとうとうタンクから転げ落ちてしまい、なんとかフチにしがみついていた。

「な、なんだ……!?　なんだいまの魔術は!?　お前はまさか、氷の魔術まで……!?」

「氷撃魔術《アイスピア》はとっておきにしたかったから、あんまり使いたくなかったんだけどなぁ」

俺は頭を掻《か》きつつクリンに横目をやる。「俺にとっちゃ特別なんだ。お前と同じでな」

「え……？」冷たい表情が一転、虚を突かれたような声を出すクリン。敵の脅威も去り、いい雰囲気に……と思っていたのだが、

「ヒーッヒッヒッヒーッ！　それで勝ったと思うなよぉ――――っ！　こうなりゃ、こっちもとっておきを出してやるよぉ――――っ!!」

タクミがヒステリックに喚《わめ》くと、高所のパイプやタンクの上から人影が現れる。彼らはコモンナー寮の弓術師《アーチャー》で、火の点いた弓を俺に向かってつがえていた。

「ヒィーッ！　ヒィーッ！　ヒィーッ！　この製油工場はオシマイだぁ！　だが、構うもんかぁ！ヒィーッ！　ヒィーッ！　ヒィーッ！」

タクミは呼吸困難に陥ったような引きつり笑い。目をグルグル回し、口角には泡が浮かんでいる。自慢の策が破られすぎておかしくなり、とうとうやぶれかぶれになったようだ。俺のまわりで倒れていたタクミの手下たちは、油まみれでもがいていた。この場から逃げだそうとしているようだが、油でツルツル滑ってぜんぜん前に進んでいない。

「た、助けてぇ！　た、タクミ様、助けてくださぃぃぃ――――っ！　俺たちはずっと、あなた様についてきたのに……！」

「そんなの知ったことかぁ！　このタクミ様に黒星が付くことに比べたら、テメェらの命なんてこれっぽっちも惜しくねぇんだよぉ！　ヒィーッ！　ヒィーッ！　ヒィーッ！」

俺のなかで、怒りの炎が渦巻く。「この、外道が……！　仲間を見捨てるなんて、テメェは人間じゃねぇ……！」

「いまごろ気づいたのか！　そうさ、俺様は人間じゃねぇ！　神だ！　筋肉バカだらけの剣士の世界を冴《さ》えた頭脳でのしあがり、ゆくゆくは剣神となるんだぁ！　ヒィーッ！　ヒィーッ！　ヒィーッ！」

この世界をすでに掌中に収めたかのように、身体をよじって哄笑《こうしょう》するタクミ。その瞬間、ヤツは俺の中で「ぶちのめしてやりてぇヤツ」ランキングの上位に躍り出たが、どうしたって手が届かねぇ。それにまずは上にいる弓術師《アーチャー》どもをなんとかしねぇと。誘導性能の高いアブソリュート・ゼロ・ブレイドを使えば何人かは止められるだろう。しかし至るところにいるので、全員いっぺんに倒すのは無理だ。もしひとりでも討ち漏らせば、ここは大惨事に……！

「くそ……！　今度こそ、八方塞がりか……!?　仲間を巻き込まないためには、俺が降参するしかねぇのか……!?」

「その必要はないわ」頬を、ひやりとした風が撫《な》でていく。傍らには、クリンが立っていた。彼女がいるだけで、足元に広がるオイルだまりも厳冬で凍った湖のように見える。

「クリン!?　どうしてここに!?　ヒマリンたちを連れて逃げるんだ！」

「その必要はないと言ったでしょう。……グラッセの血において命じる！　止まり！　囚《とら》われ！背け！」

クリンが上空に向かって突きつけていたのは、彼女が愛用する触媒《ローダー》の氷樹《ひょうじゅ》の枝。しかし俺が知っている形とは異なり、氷樹のまわりには人間の毛細血管のような細い枯れ枝が生えていた。

「すべての生命《いのち》絶えし地、すべての生命《いのち》絶えし空よ！　四肢は咎《とが》となりて一生、五道をさまよう！」

俺の原初魔法《オリジン》とは違い、クリンが使うのは現代魔法《ブレイン》と呼ばれる体系のもの。吹きすさぶような詠唱《リード》、舞踊《テップ》と呼ばれる身体の動きは氷上を舞う妖精のよう。周囲に浮かびあがった幽門《サークル》は、雪月花を思わせる。その絶世ともいえる美しさはますます磨きが掛かっており、俺は初めて見たときみたいに息をするのも忘れて見入ってしまう。

　しかし彼女めがけて降り注ぐ火矢が目に入り、俺は血も凍るような思いで叫んでいた。

「あ……あぶないクリ……ン……!?」俺の言葉まで凍りついていく。いや、凍りついたのは言葉ばかりではない。クリンの上空にあった火矢は水のなかに着弾したように火が消え去り、動きまで水中にあるようにゆっくりになっている。

　それどころか矢は氷に覆われていき、完全に凍りついてしまった。

「こ……これは……!?　幽星憑依《アストラ・エフェクト》……!?　しかも、詠唱《リード》の最中なのに効果があるなんて……!?まさかこれは、ザガロと同じ……!?」

　火矢の雨は雹《ひょう》のごとき氷塊に変わり、空中で静止している。それはまるで、氷の女王が時間までをも凍りつかせたような圧倒的な光景であった。

「わたし夢みし、明日の空……！　逆薔薇の凩《ラ・ローザ・トライゾーネ》っ！」

　新しい秩序を告げる女王の激声。氷塊は時間を巻き戻すように空へと戻っていき、弓術師《アーチャー》たちに襲いかかる。弓術師《アーチャー》たちは目の前で起こったことが理解できていないのか、無言のまま雹撃《ひょうげき》を受け崩れ落ちていった。俺が同じ立場だったとしても、たぶん為《な》す術《すべ》もなくやられていただろう。そう思えるほどに、クリンの魔術は圧巻だった。

　そしてクリンは周囲の度肝を抜くほどのことをしたというのに、すました表情のまま。口から本格的に泡を吹きはじめたタクミに告げていた。

「わたしには、飛び道具は効かないの。常識的な範囲でだけどね」

俺は突っ込まざるを得ない。「い……いや……！　もうじゅうぶん、非常識だろ……！」

「デュランくんほどじゃないと思うけど」

「しっかし知らなかったぜ！　氷撃魔術《アイスピア》って、あんなすげぇこともできるんだな！」

「氷撃魔術《アイスピア》はね、人の心を操る魔術から派生したものなの。だから、氷結させた物体を操ることもできるの。氷撃魔術《アイスピア》が他の魔術に比べて誘導性が高いのもそのためよ」

「なるほど、そういうことだったのか……！」わかりやすいアイスクリンの説明に、俺は大いに頷《うなず》く。魔術の新たな一面が見られたこともあって、俺は背中の重みも忘れて興奮していた。

「やっぱクリンはすげぇや！　俺の憧れだ！」その肩を掴もうとして、俺は一歩たりとも動けないことを思いだす。「ぐぬぬ……！」と手を伸ばしていたら、クリンのほうから近づいてきて、「これでいいの？」と俺の手に収まってくれた。クリンは華奢《きゃしゃ》で柔らかい。そして近くにいると花みたいにいい匂いがする。しつこかった敵の脅威もようやく去り、ついにいい雰囲気に……。

「ふぎゃぁぁぁぁぁ――――――――――っ!?!?」

と思ったら、ヤボな悲鳴とけたたましい騒音が割り込んできやがった。

今度はなんなんだと思って見てみたら、タクミが乗っていたタンクごと吹っ飛ばされているところだった。噴水からはみ出るほどの巨影が近づいてくる。巨人じみた足音が一歩ごとにあたりを揺るがし、そのあとにゾウの骨を引きずっているような音が続く。

やがて現れたのは、坊主頭に剣士の制服にはおさまりきれないほどの出っ腹。岩みてぇな鉄球をアクセサリーのようにぶら下げた、山のような大男だった。間違いなく高原族《ハイランド》のガタイだが、ひときわデカい。並の高原族《ハイランド》三人を横に並べたくらいの幅がある。まるで壁がいるみたいだ。

「ったく……！　無傷で製油工場が手に入るっていうから、任せたんだどぉ……！　やっぱりひ弱なヤツはダメなんだどぉ……！」

大男は面倒臭そうに言いながら、足元でもがいていたタクミをズシンと踏み潰す。プチッと音がして、タクミは動かなくなった。

「お前が蛇舞竜組《ダブリュー》のボスか。てっきり、タクミがボスとばかり思ってたぜ」

「こんなチビが剣士組の総長になれるわけないんだどぉ……！　副総長がいいところだどぉ……！　そんなことより……忘れねぇうちに、とっととおっぱじめるんだどぉ……！」

頭脳派のサブリーダーとは違い、このリーダーは完全に肉体派のようだ。

「そう慌てんなって。せっかくだから、名前くらい教えてくれよ」

「名前だとぉ……？　ええっとぉ、なんだったんだどぉ……？」

「て……テツロー様だよ！」とヒマリンが教えてくれた。

「自分の名前も思いだせねぇなんて重度の脳筋だな。まあいいや、俺はデュランダルだ」

「おでには名乗りなんて意味ねぇどぉ、この鉄球でみんなぶちのめしちまうからなぁ……！」

テツローは両手首に巻き付けた鎖鉄球を、頭上でブンブン振り回しはじめる。

「蛇舞竜組《ダブリュー》は二刀流の集まりみたいだが、ボスはまさかのダブル鉄球とはな……！」

俺の隣で氷樹の枝を構えていたクリンが鋭くささやいた。

「デュランくん、気をつけて。テツローくんは魔術に合わせて鉄球をぶつけてくるわ」

「力任せのカウンター殺法ってわけか。魔術に合わせてってことは、もしかして詠唱《リード》を邪魔しねえってことか？」

「そう、魔術を撃った直後に鉄球攻撃がくるわ。あの鉄球は魔術を貫通するから、術者は魔術ごと押しつぶされてしまうというわけ」

「さすがクリン、剣士のことにも詳しいんだな」

「彼の家は有名な剣士一族だからね。でもデュランくんも剣士なら知ってるはずでしょう」

「俺はそういうの疎いんだよ」テツローが魔術へのカウンターを得意としているのは事実のようで、俺とクリンがくっちゃべっていてもヤツは攻撃してこなかった。それならこっちも、それ相応の敬意を払わなきゃな。

「ありがとな、クリン。あとは俺に任せて、ヒマリンといっしょに見ててくれよ」

するとクリンは「えっ？」と眉根を寄せ、よりいっそう声をひそめた。

「わたしの話を聞いてた？　魔術のカウンターをしてくるということは、ふたり同時に攻撃すれば勝てるということなのよ？　デュランくんは頑丈だから、あの鉄球でも一発くらいなら……」

「俺がオトリ役なのかよ。まあそれは別にいいとして、ヤツとはタイマンを張りたいんだよ」

「そんなのムチャよ」とますます眉間のシワを深くするクリンに、俺はウインクを返す。

「いいからいいから、ちょっと試してみたいことがあるんだよ」

「試すって、そんな……あらら っ？」俺が軽く押してやるとクリンは油の上をツーッと滑っていき、ヒマリンたちと合流した。ムッとしたような表情のクリンを横目に、俺はテツローに向かう。

「待たせたな！　やろうぜ、テツロー！」するとテツローは「ぐふふ……！」と邪悪なお月様みたいに笑い返してきた。

「まさか、タイマンとは……！　おでとタイマンを張りたがるヤツなんて、初めてだど……！　なら特別に、ふたつの鉄球でノシイカみたいにしてやるど……！　さぁ……魔法を唱えてみるがいいどぉ……！」

　そのお言葉に甘えて、俺は居合い斬りの剣士のように腰に手を当てる構えを取った。

†,sIⅡddεn　∀βy§§……我、深淵《しんえん》を覗く者なり
三千世界《ヴォイド》0x綿津見105　〔滅却〕虚空《アカシック》　〔紺碧《こんぺき》〕界層《レコード》　〝月冴《つきさえ》の〟抄《アブストラクト》

　頭のなかで言霊《ワーズ》を組み替えながら、即興で紡ぎ出した術式《ミュラ》を口ずさむ。

――∧霞凍る空よ《ファーイムクラララセテ》
夢枯れし千の落花よ《イムンテセテコーラサハントラ》
極月来たりて我に《ファーコーラファーアト》
寂寞の翼を与えよ《セテティアファーハル》
しんしんと進み《ローリファータリ》
終の棲処をめざし賜え《フユーファータリリシュ》∨¡――

　雪の結晶のような幽門《サークル》がまわりで巡り、ゆらめく七色の極光が俺を包み込む。急ごしらえの術式《ミュラ》だが、うまくいってるようだ。

ここがフィニッシュだと伝える意味も込めて、俺は腰から抜き放った手をテッローに向かってかざした。

「ネヴァー・ウインター・ムーンっ！」「ペチャンコだどぉぉぉぉぉぉ――――っ!!」

燃えるような風切り音とともに放たれた鉄球は隕石《いんせき》さながら。ヒマリンや仲間たちは直後の俺の姿を想像し、「キャッ！」と目を閉じ耳を塞いでいる。

「う……うそ……？」クリンだけが、その決定的瞬間を目撃していた。

鉄球は俺の目前で静止。ピシピシと音をたてて霜で覆われていき、冬の満月のようになっていく。それらはやがて、来たときの勢いとは真逆のゆったりとした軌道で空に浮かぶ。

「な……なんだ……!?　なんなんだど!?　いったい、なにがどうなっているんだど!?」

終末世界を目の当たりにしているような表情のテッロー。凍ったふたつの鉄球は、主《あるじ》のまわりを双月のごとく巡ったあと、終焉《しゅうえん》をもたらす。鉄球たちは高速回転して鎖でテッローをがんじがらめにしたあと、顔面と土手っ腹に直撃。吹っ飛ばされたテッローはタンクに背中をぶつけ、鉄球に押しつぶされるような体勢で動かなくなった。

「登場はやかましかったけど、やられ様は静かだな」

そう冗談めかして言っても、まわりは静かなまま。ヒマリンたちがおそるおそる目と耳を開けてようやく、あたりはやかましくなった。

「えっ……!?　えええっ!?　な……なんで、デュランダルくんが立ってるの!?　たしかに鉄球にペチャンコにされたと思ったのに……!?」「み……見ろ！　テッロー様がやられてるぞ!?　しかも、ペチャンコになってる！」

「う……うそだろ……⁉　いままで多くの魔術師をペチャンコにしてきたテツロー様が、ペチャンコになるなんて……！」「ボクらは、夢でも見ているの……？」

立ち尽くすヒマリンたち。クリンだけは一部始終を見ていたはずなのに、納得いっていないようだった。

「デュランくん、ウソをついてたのね」「え？　ウソなんてついてねぇよ」

「ウソ。物体を氷結させて操る氷撃魔術《アイスピア》なんて初めて見たって言ったクセに」ぷい、とそっぽを向くクリン。「少し、嬉《うれ》しかったのに……」

後半の言葉はよく聞き取れなかったが、俺は弁解した。

「いや、違うよ。俺が物体を氷結させて操る氷撃魔術《アイスピア》を知らなかったのはマジだって。クリンのを見てマネさせてもらったんだ」

これはまぎれもない事実だ。まず俺には絶対記憶の技術《スキル》があるので、いちど見たものは鮮明に思いだせる。さらに俺は幽門《サークル》に浮かんでいる文字を解析して、原初魔法《オリジン》の術式《ミュラ》に組み込むことができる。このふたつの力を使えば、他人の魔術をいちど見ただけで再現できるんだ。

先ほどのクリンの『逆薔薇の凩《ラ・ローザ・トライゾーネ》』を解析して、『アブソリュート・ゼロ・ブレイド』の術式《ミュラ》をベースに再現。アブソリュート・ゼロ・ブレイドは、幽星界《アストラ・ルクス》から呼び出した氷の幽星《アストラ》を術者のまわりで回転させ、結合させることにより氷塊に変えて撃ち出す魔術だ。その結合させるところの術式《ミュラ》を、氷の幽星《アストラ》どうしを結合させるのではなく、テツローの鉄球と結合するように変えてみた。結果として凍りついた鉄球は操られ、持ち主であるテツローを攻撃した。

しかしそれを説明してもクリンは信じてくれない。

「やっぱりウソよ。あんな大きな鉄球をふたつも、しかもあんなすごい勢いで飛んでくるのを凍りつかせるなんて、氷撃魔術《アイスピア》の賢者でも不可能な芸当だもの」

「まあ、なんでもいいじゃねぇか。お前がいてくれたから勝てたのは間違いないんだから。ありがとうな、クリン」

頭を撫でてやると、クリンはまたあさってのほうを向いてしまった。

「もう、いいわ。どっちにしてもデュランくんがデタラメなことには変わりはないもの」

それから俺は、ようやく背負っていた風呂釜を下ろせた。実家にいたときの特訓でもこんなにハードなのは久しぶりだったので、俺はへたり込んでしばらくの間立てなくなってしまう。ヒマリンたちは裏切ったことを謝罪して土下座までしてきたが、俺は気にしなかった。

「いいさ。お前らは脅されて仕方なくやったんだろ？　それに、あっちは一大勢力だからしょうがねぇさ」

「許してくれるの……？　あ……ありがとう、デュランダルくん！　うわぁぁぁぁんっ！」

泣きながら胸に飛び込んできたヒマリンの頭を、俺はよしよしと撫でる。

「泣くなって、お前に涙は似合わないぜ」

ヒマリンは小さい身体でちょこまか動き回る働き者だ。それにいつも元気だから、みんなのムードメーカーでもある。俺はえぐえぐしているヒマリンのアゴを持ち上げてウインクした。

「涙の宝石《ジュエル》なんて捨てちまえ。俺は好きなんだ、笑顔のヒマリンが」

すると彼女の涙はピタリと止まる。直後、顔全体が燃え上がるような赤さになった。

あ、そうそう。これは余談になるんだが、蛇舞竜《ダブリュー》組からナワバリを守ったご褒美なのか、俺に新しい技術《スキル》が覚醒したんだ。
二重魔法《デュアルマジック》　効果：ふたつの魔法を同時に使うことができる

◆◇◆◇◆

昼休みのチャイム。購買への道を争うあまり廊下に詰まってしまった剣士たちを横目に、ストームプリンは廊下を歩いていた。

——バッカみたい。あーしがその気になれば、なんだって手に入るし。幻の焼きそばパンだって簡単に手に入ったし。あーしに手に入らないものなんて、なーんにもないし。

ふとブーツをカツンと鳴らして足を止める。胸が焼けるような怒りが蘇《よみがえ》ってきて、高く振り下ろしたブーツで床をガツンと踏みしめた。
「でも、なんでデュランだけは手に入らないし!?　あーしがこんなに欲しがってるのに！　あーしのほうがずっと強くてかわいいのに、なんであんな枝みたいな女といっしょにいるし!?　あぁん、もぉ————っ!!」
ストームプリンは牛のように喚くと、やり場のない怒りをぶつけるように地団駄を踏みまくった。衝撃のあまり床にヒビが入り、振動のあまり窓ガラスがパリンと割れる。

「おい、マジかよ⁉　あの落ちこぼれの名前が出てるぞ！　しかも二位だってよ！」「デュランダルの野郎、マギア・ブレイドっていうのか！　名前までスカしやがって！」

「デュランダルくんといえば聞いた⁉　この前、テツローくんとタイマン張って勝ったんだって！」「俺も聞いたけど、ウソに決まってるだろ！　あのテツロー様があんなモヤシに負けるわけがねぇって！」

「そうそう！　あのコウモリ野郎は相当なホラ吹きだって、ダマスカスの先公も言ってただろ！」

「でもデュランダルくんってカッコいいよね……！　剣士なのにむさ苦しい感じがしなくて、なによりイケメンだし！　あっ⁉」

『デュランダル』という単語を耳にした瞬間、ストームプリンは血の匂いをかぎつけた獣がヤブに分け入るように人混みを押しのけていた。血の気が多い者だらけの剣士科において、このような割り込み行為は一触即発である。しかし相手がストームプリンだとわかるや、生徒たちはむしろすすんで道を開けていた。

最前列に出たストームプリンは掲示板の真ん前に立ち、目で食らうように想い人の名前を探していた。

「……『武器獲得数ランキング』……『二位　デュランダル・マギア・ブレイド』……？」

それは独り言のつもりだったが、すぐさま後ろの生徒たちが反応する。

「す……ストームプリン様！　この掲示板にあるのは『天剣《てんけん》』でのランキングです！」

天剣とは、日月の塔《ビギニング》の剣士たちの間での通称。ちなみに魔術師たちの通称は『おみ脚』である。

ストームプリンが聞いてもいないのに、生徒たちはこぞって教えてくれた。

「その武器獲得数ランキングというのは、天剣の中で得た武器の数のランキングなんです！」

「あ、でも、ウワサによると、デュランダルは探索とかで見つけたわけじゃないみたいですよ！」

「そうそう、デュランダルくんは製油工場ルームの作業場で作られた剣を一気にゲットしたみたいです！」「きっと他のランキングじゃ手も足も出ないから、鍛冶屋どもに大量に作らせたんでしょうね！」

ストームプリンは相槌《あいづち》も打たずにランキングの一位を確認すると、さっさと掲示板を離れる。はやる気持ちで早足に校舎の外へと向かいはじめた。

アイシャドウに彩られた目は「これしかない……！」とらんらんに輝いている。


――あーしが一位になれば……デュランはあーしのものに……！


決してそんなことはないのだが、ストームプリンの妄想は止まらない。

『デュラン、あーしが手に入れたこの剣、あげてもいいし？　その棒っきれみたいに弱っちい身体と交換だし』

ストームプリンの腕に、摘まれたばかりの生花のごとく身を委ねるデュランダル。ストームプリンはその身体を折れんばかりに抱擁しながら、唇を重ね……。キス顔でムチュムチュしていたストームプリンだったが、急に現実に引き戻される。目の前に現れた剣士の男子生徒が、例の焼きそばパンの箱を結婚指輪のように差し出しながら、うやうやしく跪《ひざまず》いたのだ。

「す……ストームプリンさん！　どうか、この焼きそばパンを受け取ってください！」

男子生徒の制服はズタボロに破れてアザだらけで、全身で争奪戦の壮絶さを物語っていた。しかし男子生徒の表情はドヤ顔そのもので、これぞ剣士の勲章といわんばかりの態度。それとは真逆にストームプリンの目は汚物を見るようであった。

「うわぁ。パンごときであーしがなびくと思ってるなんて、マジでうざいしキモい。ってか死んでほしいし。とりまあっち行け」

自分のことは棚に上げ、罵詈《ばり》雑言を浴びせかけるストームプリン。男子生徒はガーン！　とショックを受け、とぼとぼと肩を落として去っていこうとしたが、ストームプリンはあることを思いだして呼び止めた。

「あ、そうそう。あんた、ベインKってどこにいるか知ってるし？」

男子生徒は血の混じった涙を拭いながら「ベインK？」と振り返る。

「それって、『剣山《けんざん》のベインK』のことですよね？　それなら、いつも天剣の『ヘイアンルーム』にいるみたいですけど……まさか、アイツに会いに行くつもりですか？」

「あんたに言う必要ねーし。ってか、聞いてるのはあーしなんだけど？」

「し、失礼しました！　でも、聞いてください！　アイツに用があるなら天剣の外で会ったほうがいいです！　天剣の中でのアイツは、通行料がわりに剣を奪うんです！　剣を一万本集めて、俺にプレゼントしようとしてるみたいで……！　アイツ、俺のことが好きみたいなんです！　でも俺はあんなスケバンよりも、ギャルのほうが好きで……！　正直迷惑してるんです！」

「うわぁ、剣で男をモノにしようとするなんて、マジで頭沸いてるし。そんなのに狙われるなんてあんたも災難だし。でも、あーしには関係ねーし」

ストームプリンは自分のことはすっかり棚に上げていた。というか自分が同じ棚に並んでいるとはこれっぽっちも思っておらず、意気揚々と日月の塔《ビギニング》へと向かう。塔に着く頃には昼休み終了のチャイムが鳴っていたが、塔の中には大勢の生徒たちがいた。この学院では塔での活動を推奨しているので、テストの成績さえ維持できていれば授業中に塔にいても出席として扱われるのだ。

ストームプリンはずんずんと塔内を進み、ヘイアンルームへと到着。塔の中にある建物の様式はさまざまであるが、このヘイアンルーム内の建物は特に変わっていた。木造なのに釘《くぎ》を一本も使っていない家々、五重に傘が重なっているようなデザインの塔など、特に異国情緒にあふれている。それらは学院の生徒たちにとっての観光名所にもなっているのだが、ルームの中心部へと繋《つな》がる橋の上に彼女はいた。

横たわる堀の上に掛けられた巨大な朱色の橋、その中央に門番のように立つ高原族《ハイランド》の女生徒。橋の入り口には『通行料：剣一本』と掲げられた看板。それを見た誰もが回り道をし、現金払いの別の橋のほうへと向かっている。

ストームプリンだけがひとり橋の上を進むと、まわりにいた生徒たちがざわめいた。

「あっ……!?　おい見ろよ、橋を渡ろうとしてるヤツがいるぞ！」「あああっ!?　あのお方は、ストームプリン様!?」「まさか……ベインK様とやりあうつもりか!?」

ベインKと呼ばれた女生徒はストームプリンよりも背が高く、しかも高下駄《たかげた》を履いているので頭ひとつぶん以上の身長差がある。風貌にはさらに差があった。ストームプリンはメイクで彩られた顔に、引き締まっているが豊満な身体で足も長い。道を歩けば誰もが振り返るほどのナイスバディな美少女で、時代が時代ならトップモデルとして活躍していただろう。

かたやベインＫは凹凸《おうとつ》のない寸胴に短足のマッチョ。女子の制服でなければ男子と勘違いされてもおかしくない風貌であった。腕には手甲《てっこう》、足にはぶ厚いすねあて、背には背負子《しょいこ》を担いでおり、そこに無造作に詰め込まれた剣は剣山さながら。少しでも近づく者がいればいかつい形相で威圧してくるその様は、針山を背にした地獄の鬼さながら。並の剣士であれば目も合わせられずに引き返すほどの恐ろしさであったが、ストームプリンは不敵な笑みでベインＫを見上げていた。

「あんたが剣を集めてるっていう悪趣味女だし？」

ベインＫは返事のかわりに、手にしていた柱のような槍《やり》の底で橋板をゴオンと打った。

「凄剣卍組《スケバン》一年総長、ベインＫとはわしのことじゃあ！」野太い声と鐘の音のような残響が、あたりに轟《とどろ》く。「この橋、渡るべからず！　それでも渡りたければ、背中の剣を置いていくんじゃあ！」

さらにベインＫは節くれだった指で、川のほうを示しながら続ける。

「それだけじゃねぇ！　おめぇの場合は、川で化粧を落とすんじゃあ！」

ストームプリンは「ハァ？」と整った眉を吊《つ》り上《あ》げる。剣を要求されるのは想像の範疇だったが、メイク落としは想定外だったからだ。

「なんでそんなことしなきゃいけねーし？」

「わしゃあ、おめぇみてぇな女が大っ嫌いなんじゃあ！　毒の蝶《ちょう》みたいな化粧して、ぶよぶよの身体で男を惑わすギャルが！」

「あんたもしかして……とりまもしかしなくても男だし？」「女じゃ、わしゃぁ――――っ!!」

ストームプリンの一言が逆鱗《げきりん》に触れたのか、ベインＫは槍を頭上で振り回しはじめる。

「もう許さんぞぉ！　そのぶよぶよの身体をナマスにして、サメのエサにしちゃる！」

「へへん、ゴチャゴチャ言ってるヒマがあったら、とりま最初からそうするし！　ってかあーしが勝ったら、あんたの剣ぜーんぶもらうし！」

　ストームプリンも待ってましたとばかりに背中の愛剣を抜刀。両手で摑んだ柄を腰のあたりまで引き、剣先を敵に向けるという一刀流の構えを取った。剣士どうしの諍《いさか》いというのはこの学院では珍しくなく、ごくごくありふれた光景である。しかしこのふたりの場合は別で、橋の外はあっという間にヤジ馬であふれんばかりになった。

「おおっ⁉　ストームプリン様とベインK様がやりあうみたいだぞ！」

「『歩く災害《ストーム》』と呼ばれたストームプリン様と、『歩く厄災《ベイン》』と呼ばれたベインK様！　まさか災害と厄災がぶつかりあうなんて……！」

　このカードは周囲の生徒からすれば、大怪獣どうしがぶつかりあうようなものであった。どちらが勝っても、ただではすまない。すでに橋の上では嵐の前の静けさに加え、タタリの前ぶれのような不吉なオーラが漂っている。先に動いたのは、剣を振りあげる予備動作だけで竜巻を起こすほどの少女であった。

「とりま死ねっ、あげぽよプリィィィィ――――ンっ‼」大上段からの叩きつけ斬りが、ベインKのガラ空きの正中線を捉える。

「えっ、も、もう、決まった……⁉」観客たちからはそう見えていたが、ベインKは一歩後ろに下がって紙一重でかわしていた。ストームプリンはかわされたことがわかっていたが、かまわずそのまま剣を橋板に叩きつける。そう、あげぽよプリンは叩き斬ることだけを狙った剣技《ソードアーツ》ではない。

もうひとつの狙いは……。

「とりまもらったしぃぃぃぃぃぃぃ────────っ!!」

ベインKは大剣の直撃こそまぬがれたものの、爆心地にいた。その大股に開かれた足元で、莫大《ばくだい》なエネルギーが爆《は》ぜる。噴炎じみたオーラが立ち上り、ふたりの少女剣士を紅《くれない》に包んでいた。

「……とりま決まったし……！」ストームプリンは確信していた。いままでこのあげぽよプリンを爆心地で受けて立っていた人間などいなかったからだ。しかし暗雲のような影が残っていることに気づき、柳眉をひそめる。そこには巨軀《きょく》が依然として屹立《きつりつ》。しかも、そよ風を浴びているような顔で。

「ま……マジ……!?　あーしのあげぽよプリンを受けても、立ってられるなんて……!?」

「この学院には、嵐を起こす女剣士がいると聞いておったが……。嵐というのもずいぶん、涼しくなったもんじゃのう……！　嵐っていうのは、こういうのを言うんじゃあ！」

ベインKはゴオンとゲタを踏みならすと、大山鳴動するように動く。頭上に静止させていた槍を回転させつつ振り下ろした。

「大《だい》・旋《せん》・風《ぷう》ぅぅぅぅぅ────────っ!!」

ストームプリンの鼻先で、巨大扇風機のような回転が起こる。突風で変顔になっても踏ん張ろうとしたが、その数秒後には後ろに大きく吹っ飛んでいた。倒れたところに間髪容れず、大樹が倒れてくるような振り下ろし攻撃。ストームプリンは間一髪、横に転がってかわす。槍が叩きつけられた衝撃で橋は吊《つ》り橋《ばし》のごとく揺れたが、ストームプリンは欄干にしがみついてなんとか立ち上がる。しかし次の瞬間には、暴風のごとき薙《な》ぎ払《はら》いを受けて橋の外に吹っ飛んでいた。ストームプリンは宙を舞いながら、ルージュの唇を嚙《か》みしめる。

「とりま強い……！　マジで厄災みてーだし！」

川に向かって落ちていくストームプリンにヤジ馬たちは「ああっ⁉」と悲鳴をあげていた。しかしストームプリンは欄干の隙間に愛剣を刺し、剣の柄にぶら下がった。

「ふぅ、ヤバかったし。落ちても負けにはなんないけど、とりまメイクが落ちんのだけは……」

安堵《あんど》も束《つか》の間《ま》、ヤジ馬たちから「あああっ⁉」とさらなる悲鳴が起こる。ストームプリンが視線を落とすと、川から飛びだした巨大ザメが大口を開けて迫ってきていた。

「ヤバっ⁉」ストームプリンは尻に火が付いたように飛びあがる。柄を摑んだまま鉄棒の要領で回転、刺さった剣を引っこ抜きつつ跳躍し、橋の欄干に着地。その見事な動きに周囲からは「おおーっ⁉」と拍手喝采が起こったが、ベインKはつまらなそうに鼻を鳴らしていた。

「ふん！　ケバケバでブヨブヨな女のどこがいいんじゃ！　わしのほうがよっぽど……！」

「そんなの知らねーし。でもせめて眉くらい手入れしたほうがよくない？　とりま雑草みたいにボーボーだし」

「そんな細い眉をしとるから、柳みたいに吹っ飛ぶんじゃあ！」

ベインKからの横薙《よこな》ぎの一撃を、欄干の上でジャンプしてかわすストームプリン。「それ、関係ねーしっ！」とそのまま欄干の上を走り、すれちがいざま斬りつける。その一撃にベインKは「おおっと！」とのけぞっていた。

「こしゃくな！」「へへーん、とりまこっちだし！」

ストームプリンは欄干の上を八艘《はっそう》飛びし、ベインKを翻弄する。本来ストームプリンはパワータイプの剣士なのだが、相手が自分以上のパワーがある場合、持ち前の瞬発力と身体のしなやかさを活《い》かした戦い方に切り替える。スピードで相手を攪乱《かくらん》しつつ、弱点を探すのだ。

――コイツはデカブツな上に剣をいっぱい背負ってるから、とりま動きが鈍いし！　でも、当たらない……！　あーしの攻撃をギリギリ見切って、最小限の動きでかわしてる……！　とりまあーしの剣のリーチがバレてるし！　相手の剣を見ただけで正確に長さを測れるなんて、さすが剣をいっぱい持ってるだけあるし！　でもそれがわかれば、とりまなんとかなるっしょ！

突破口を見出したストームプリンは敵の大振りをかわすと同時に猛ダッシュする。欄干から跳躍し、咆哮《ほうこう》とともにベインＫめがけて斬りかかるその姿は、木の上からクマに襲いかかる女豹《めひょう》さながらであった。

「うぉぉぉぉ――――――――っ‼　これが、あーしのとっておきだしぃぃぃぃ――――――――っ‼」

ストームプリンは空中で身体を丸めると、風車のように空中回転。ツインテールがピンクの車輪と化す。さらなる高速回転で、ピンクの車輪は火車となった。燃え上がる車が崖から飛びだしたような轟音とともに、ストームプリンはベインＫも見下ろせるほどの高みから全体重、そして全霊をも乗せた渾身《こんしん》の一撃を放つ。

「やばぽよぉぉぉぉ――――――っ！　プリィィィィ――――――――ンっ‼‼」

『やばぽよプリン』はあげぽよプリンのパワーに落下と回転のエネルギーを加えた、ストームプリンのさらなる剣技《ソードアーツ》である。その破壊力は想像を絶する。なにせずっとあげぽよプリンで事足りていたので、彼女自身もその威力を忘れているほどであった。

レッドパープルの眼光。紫炎のごとき髪をなびかせ豪剣を振り下ろす様は、地獄の夜叉《やしゃ》さながら。さすがのベインKも気圧《けお》され、腰を抜かさんばかりによろめいてしまう。剣撃が叩きつけられた瞬間、炎の柱が橋板を貫通し、天をも貫くように立ち上った。橋ごと浮き上がるほどの衝撃に、たたらを踏むベインK。

「なっ……なんちゅう剣技《ソードアーツ》じゃ……!? まともに戦《や》ってたら、いまごろは……！」

驚嘆のあまり余計なことまで口走ってしまいそうになり、とっさに口を塞ぐ。震えが止まらない肩をごまかすように笑い飛ばしていた。

「が……がっはっはっはっ！ 見かけだおしの剣技《ソードアーツ》じゃ！ わしにはカスリ傷ひとつ付いておらんぞぉ！」

ヤジ馬から「ああ……」と落胆の声。

「さすがのストームプリン様も、ベインK様にはひと太刀も浴びせられないのか……」「災害と厄災との戦い……これで勝負あったな……」

ストームプリンは剣を叩きつけたポーズのままうつむいていたが、誰かの言葉を受けてルージュを緩めていた。

「そう……！ 勝負、あったし……！」

「がっはっはっ！ とうとう負けを認めたか！ でももう遅いわ！ その剣はわしのもんじゃあ！ もちろん化粧を落とすだけではすまさず、顔ごとサメに……！」

高らかに勝利宣言をしていたベインK、その笑顔が消えたのと身体が沈み込んだのは同時であった。足元が崩落していることに気づき、青ざめた顔でフチに掴まろうとしていたが届かなかった。

「うっ……!?　うわぁぁぁぁぁぁぁぁぁぁぁぁぁぁ――――っ!?!?」

片手に槍を持ち、残った片手で虚空を掻きむしりながら、絶望の表情とともに橋に空いた大穴から消えていく。尾を引くような悲鳴だけが、その場に残った。

「勝った……し……！」ストームプリンは摑んでいた剣を手放し、尻もちをつくようにして倒れる。受けたダメージは大きくはなかったが、久々の大技で身体は疲労困憊《ひろうこんぱい》。ぜいぜいと肩で息をしながら天を仰いだ。

「これで……剣はぜんぶ、あーしのものだし……！」皮算用をするストームプリンは、最後の瞬間まで槍を手放さなかったベインKの姿を思いだして付け加えた。「でも、あのへんな槍だけは勘弁してやるし……！　一本くらいなくたって、あーしの一位は変わんないし……！　あと、這《は》い上《あ》がってきたら眉の整え方くらいは教えてやっても……！」

やりきったような表情のストームプリン。しかし視界の隅に映った巨影には、我が目を疑った。

「まっ、マッジぃぃぃぃぃぃぃ――――っ!?!?」

槍を頭上で振り回すベインKが、まるでヘリコプターのように空に飛びあがっていたのだ。

ベインKは槍以外の武装をすべて川に捨てており、サラシ一枚にふんどし一丁と極限の軽装状態。身軽になっているせいかぐんぐんと上昇、はるか上空からストームプリンを見下ろしていた。

「がっはっはっはっ！　落ちた直後に追撃しとれば勝てとったかもしれんのに、わしのことをデカブツだと思って油断しとったようじゃなあ！　とっておきがあるのは、おめぇだけじゃねぇんじゃあ！」

ストームプリンは慌てて立ち上がったが、ゾウが鼻を回転させて空を飛んでいるような光景に冷静さをすっかり失っていた。素手であることに気づき、足元の剣をわたわたと拾いあげる。

「死ぃねぇ――――――――――――――――いっ!!!!」ベインKは頭上の槍を目の前で回転させると、ストームプリンめがけてプロペラ機のように急降下。ストームプリンは回避が間に合わないと悟り、その体当たりを剣で受け止めるという選択をする。高速回転する槍を受け太刀すると、グラインダーのような激しい火花が旋円となって舞い散った。

ややや変則的であるものの、これは言うなればつばぜりあい。つばぜりあいは力がすべての剣士にとって、もうひとつの勝負と言っても過言ではない。たとえ死合いに勝っても、つばぜりあいに勝たなければ勝負に負けたも同然とされていた。そしてつばぜりあいは力の勝負だけではない。体格と腕力ではベインKのほうが上だったが、気力と根性ではストームプリンが上回っていた。

「負けて……たまるかしぃぃぃぃぃ――――っ!!」裂帛《れっぱく》の気合を見せるストームプリン。その様は火事場で倒れてくる柱を支えているかのよう。まさしく火事場の馬鹿力に、ベインKは押されていく。

「ぐぬっ、こしゃくな……！」このままで押し切られてしまうと焦ったベインKは空中から降り、槍の回転も止めて純粋な力の勝負に切り替える。……かに見えたが、ベインKがゲタをゴオンと踏みならすと、ストームプリンの太ももにチクリとした痛みが走った。ストームプリンが歯を食いしばりながら視線を落とすと、そこには髪の毛のような細い針が。

「まさかっ……!?」ストームプリンが睨み上げると、ベインKは忍び笑いをしていた。

「ぐぬふふふふ……！　ヤジ馬に、わしの手下の吹き矢使いがいるんじゃあ……！　わしがゲタを鳴らすのが、しびれ針を撃つ合図よ……！　バレんように、いつもなら激しく動きまわっている最中にしか撃たせんのだが……！」ベインKはニタニタ笑いながら歯ぎしりをする。「ゾウですら動けなくなるしびれ針を受けているというのに、しぶといヤツめ……！　だがこれだけ撃ち込めば、さすがに……！」

ストームプリンは身体のしびれこそないものの、わずかな脱力を感じる。同時に、ダムに空いた小さな穴が広がっていくように、じょじょに押されはじめた。ストームプリンはこんな卑怯《ひきょう》なやり方に屈してはなるものかと、腰を限界まで落として足をふんばる。残っていた気迫も総動員すると、顔が苦悶《くもん》に歪《ゆが》む。額に青筋が浮かび、これでもかと目を剝いて歯を食いしばっていた。

「ぐぎぎぎぎぎぎぎっ……ま……負けて……たまるか……しぃぃぃっ!!」

「ぐぬぬぬぬぬぬぬっ……！　ここまでわしと張り合ったのは……おめえが初めてだ……！」

「ふざけんなし……！　せっかく……眉の整え方くらいは……教えてやろうと……思ってたのにぃいっ……!!」

ふたりの女生徒が己の意地をかけて文字どおり火花を散らす様は、ゴリラファイトを超越したモンスターファイト。まきこまれた周辺住民のようなヤジ馬たちは手に汗握り、自分たちにとってのヒーロー、いやヒロインを応援していた。

「が……がんばれ……！　がんばって……！　ストームプリン様……！」「太陽神モデルヌよ……！　どうかストームプリン様に力を……！」

しかし彼らの想いも届かず、ストームプリンはじりじりと押されていた。橋の上であれば何ら問題はないはずだったのだが、ストームプリンの背後には自身が開けてしまった大穴があった。

「ぐぬふふふふふ……！　なんでわしが、手の内をべらべら教えたかわかるか……!?　死人に口なしだからじゃ……！」

塔の開拓済みのフロアには魔術の効果があり、またエントランスには救護隊が控えている。そのため、生徒どうしの争いがあっても大事に至ることは滅多にない。

「川に落ちたところで、普段なら大事に至ることはない……！　だがそのしびれた身体ではサメから逃げることはおろか、泳ぐこともできんじゃろうからなぁ……！」

「ぐぎぎぎぎぎっ……！　そ……そんなこと……！　さ……させねぇしぃぃぃぃ～～～っ!!」

しかしいくら全身全霊を込めても、力は身体からどんどん抜け落ちていく。ストームプリンはとうとう、片足を踏み外しそうになるまで穴に追いつめられてしまう。踏ん張りが利かなくなったストームプリンは極限まで背筋をそらし、ほとんど押しつぶされるような体勢で槍を受け止めていた。

「ぐぬふふふふふ……！　もう、後がないんじゃ……！　このまま背筋をへし折って川に叩《たた》き込《こ》んでやる……！　そしたらよりいっそう、無様な死にざまになるのは間違いないからのう……！　おめぇは最後に、世界一醜い姿になるんじゃあ……！」

軋《きし》む背骨に死の重圧が加わり、背中の感覚がなくなっていく。瓦礫《がれき》のように降り注ぐ嘲笑、倒壊する天井のように覆い被さってくるベインK。刃どうしが散らす火花が、眼前で激しく明滅を繰り返す。

少女の視界は真っ白に飛ぶ。ヒザをついたまま、天に向かって心の中で叫んでいた。

――だ……誰か……！　誰か……！　誰でもいい……！　とりま神でも悪魔でもいいから、この卑怯なヤツをやっつけてほしいしぃぃぃぃぃ────────っ!!

しかし応《いら》えはない。やはりその声は、神にも悪魔にも届かなかった。だがしかし、人ならざるものは確かに受け取っていたのだ。

「♪めいめいメイドのミカンさん〜。おまえのカシラどこにいる〜? ツノだせヤリだせタマとるぞ〜」

……ハッ⁉ とその場にいたすべての者が見やった先は、橋のド真ん中。怪獣どうしの戦いが目に入っていないかのように、幼いメイド少女がトコトコと歩いていた。それは見る者すべてをほっこりさせるような愛らしい姿だったが、この橋の番人ともいえる彼女だけは真っ先に我に返って叫んでいた。

「……この橋、渡るべからずっ!」それはカミナリオヤジのような一喝だったが、メイド少女は歩みを止めることとすらしなかった。「だから、まんなかをわたっているのです!」メイド少女は橋の中央に大穴が空いていることに気づくと、「わぁ」と駆け寄る。「これじゃ、まんなかをわたれないのです!」こわごわと穴を覗《のぞ》き込《こ》むメイド少女。ベインKはストームプリンを押さえこんだままさらに怒鳴りつけた。

「そういう問題じゃあねぇ! ここを通りたけりゃ、剣を置いていくんじゃあ!」

「ミカンはメイドなので、けんなんてもっていないのです! おぼんならもっているのです!」

ミカンはくるりと身体を翻すと、背中に付けたお盆を見せつけるようにふりふりさせる。いっしょにお尻もふりふりしていたので、ヤジ馬から「かわいいーっ!」と歓声が起こった。

「ぐっ……！　なら、それでいいから置いていくんじゃあ！　さっさと置いて、あっちへ行けぇ！」

するとミカンはお盆をかばうようにサッと後ろ手になる。

「いやなのです！　これはミカンのたいせつなおぼんなのです！　このおぼんで、ミカンはごしゅじんさまにごほうしするのです！　あと、ひとのものをとるのはいけないことなのです！　とったらおしおきなのです！」

「がっはっはっはっ！　おめぇみたいなチビになにができるっていうんじゃあ！」

ミカンはとてとてとベインKに向かって走っていく。まさしく怪獣と子供のような体格差に、ヤジ馬からは「キャーッ⁉」と悲鳴が起こる。

「ば……バカッ、逃げ……！」ストームプリンは最後の力を振り絞って叫んだが、ミカンはすでにぴょんと飛びあがっていた。

「ミカンミサイル！」こつん！　とミカンの黒いエナメル靴による飛び蹴りが、ベインKの剃きだしの向こうずねに命中。

衝撃《ヒット》の刹那、ミサイルかと思うような勢いでベインKの身体が射出される。海から飛びあがったクジラのごとく空中でわななないたあと地響きとともにブッ倒れ、スネを押さえて七転八倒《しちてんばっとう》していた。

「いだいいだい！　いっだぁぁぁぁ――――いっ！　なんで、なんで弱点がわかったぁぁぁぁぁ――――っ⁉⁉　死んじゃう！　いだすぎてしんじゃぅわぁぁぁぁぁぁ――――んっ‼」

微妙な女言葉で涙と鼻水を撒き散らすベインKにミカンはドン引き。ストームプリンも放心しかけていたが戦いの真っ最中であることを思いだし、やれやれと立ち上がる。

「スネが弱いなんて、超ウケるし。……とりま、今度こそ勝負あったし」

ストームプリンから剣を突きつけられ、ベインKは犬の服従ポーズでひっくり返ったまま、えぐえぐと泣いていた。

「うぐっ……！　ひっく……！　ぐすっ……！　ま……まいりまし……た……！」

しかし降伏宣言をしてもストームプリンはむっつりとした表情のままだったので、ベインKはすっかり畏縮。大きな身体を岩のように縮こまらせて土下座をはじめた。

「あ……あなた様にはもう逆らいません！　ギャルグループの配下になります！　で……ですからお願いします！　ど……どうか……！　どうか命だけは……！」

ベインKのこれまでの不正、そして戦いの最中のストームプリンへの殺意を考えると、ストームプリンがベインKを手に掛けたところで咎められるいわれはないだろう。現に、観客からも処刑コールが起こっている。ミカンは川のサメのほうに夢中になっていて、橋の欄干に腹ばいになってサメに手を振っていた。

ストームプリンはしばらく考えるような素振りを見せたあと、しゃがみこんでベインKと目線の高さを合わせる。そして制服のポケットから小ぶりのナイフを取り出し、笑顔で一言。「許さねぇし」

ストームプリンは「ひいっ⁉」と震えあがるベインKの首根っこを掴み、「動くなし」とドスの利いた声で眉間にナイフをあてがう。きつく目を閉じるベインK、その目の上のあたりからジョリジョリと音がする。ストームプリンはまた「許さねーし」と繰り返す。今度は慈しむような声で。

「あーしにはまだまだ及ばないけど、とりまあんたいいセンスしてるし。槍で空を飛んだときなんて、マジで超ウケたし。だから配下になんかなってるヒマがあったら、もっともっと修業するし。

とりましびれ針なんて下手な小細工も止めるし。そしたら、あんたはもっと強くなれるし。あ、といってもコッチのほうはもっと小細工したほうがいいかも」

おそるおそる瞼《まぶた》を開けるベインK。そこには手鏡とともに、最高の笑顔を向けるギャルがいた。

「ほ〜ら、眉を整えるだけでだいぶ違うっしょ？　とりまこっちのほうがずっとかわいいし」

「す……ストームプリンさまぁぁぁぁぁぁぁ――――――――っ!!!!」

感極まったベインKは両目から滝のように涙をあふれさせストームプリンに抱きつく。ストームプリンはクマに懐かれたような表情で、やれやれとベインKの頭を撫でていた。

それからベインKはストームプリンに誓う。これまでこの橋の上で行ってきた不正をすべて公《おおやけ》にし、奪った剣をすべて返すことを。そして心を入れ替えて修業に励み、次こそは正々堂々とストームプリンにリベンジすることを。

ちなみにベインKを打ち破ったことでストームプリンがこのヘイアンルームのドミネーターとなるのだが、ストームプリンは興味がないからとベインKに丸投げしていた。

――ボスの座なんかより、あーしにはデュランの座だし！　いつかデュランをペットにして、椅子みたいにして座ってやるのが夢なんだし！　そしてデュランの焼きそばパンを、おなかいっぱい……！

戦いを終えた橋の上でひとりニヨニヨしていると、サメにも飽きたミカンがとてとてと寄ってきた。

「そうそうプリンさん、プリンさんにおみせしたいものがあるのです」

ミカンがそう言いつつ、エプロンのカンガルーポケットをごそごそやって取りだしたものは、なんとコウモリマークの包み紙の焼きそばパンであった。ストームプリンは脊髄反射のようなスピードでそれをミカンの手からひったくる。大口を開けてかぶりつこうとしたら、ミカンが血相を変えて飛びかかってきた。

「あっ⁉　たべてはだめなのです！　それは、ミカンのもので……！　みるだけなのです！」

「どうせガキんちょは毎日食べてるし⁉　だったらひとつくらいケチケチすんなし！　いただきまーっす！」

食撃《イート》の刹那、ミサイルかと思うような勢いでストームプリンの身体が射出される。海から飛びあがったカバのごとく空中でわなないたあと地響きとともに着地、口を押さえて七転八倒していた。

「まっずぅぅぅぅぅぅ――――――――――――――っ⁉⁉」

「ああ……だからいったのです！　それは、ミカンがつくったやきそばパンなのです！　きせきてきにみためだけはごしゅじんさまのやきそばパンとおなじになったのですが、あじのほうはよりひどすぎて……！　ミカンはひとくちたべただけで、しろめをむいてしまったのです！」

ストームプリンは以前にも、ミカン手作りの『オムライスおにぎり』を食べたことがある。そのまずさは筆舌に尽くしがたいものであったが、今回の焼きそばパンはまずいという領域を通り越し、命が縮むレベルであった。

ストームプリンはゾウもノックダウンさせるほどのしびれ針を何発も受けても平然としていた。

しかしこの焼きそばパンには一瞬で意識を刈り取られそうになり、白目の向こうで三途《さんず》の川《かわ》を見てしまう。最後の力を振り絞って吐き出そうとしたが、橋のたもとから魔導真写装置《サイクグラフ》のシャッターの音が聞こえてきた。薄れゆく意識とともに見やるとそこには『新聞部』の腕章をした生徒たちが。

「ストームプリン様の敗北の瞬間がスクープできると思って駆けつけたけど、まさかそれ以上のスキャンダルがゲットできるなんて！　みんな、撮りまくれ！　明日の一面は、剣士科のアイドルのゲロる姿で決まりだ！」

「ぐぬぬぬっ……！　そ……そんなこと……させねぇしっ……！」

ストームプリンはベインKとつばぜりあいのとき以上の底力を発揮する。気合と根性で三途の川を引き返すと、……ごっくんっ……！　とひと息で口の中の焼きそばパンを飲み下した。

生き恥を晒すことだけは避けられたストームプリン。しかしその代償はあまりにも大きく、真っ白な抜け殻となってしまう。光を失った瞳でピクピクと痙攣《けいれん》を繰り返すストームプリンの前には、ちょこんと座り込むミカンがいた。

「ああ……かわいそうなプリンさん……ミカンのいうことをきかなかったばっかりに……やすらかにおねむりください です……」

ミカンはひとしきり拝んだあと、例のポケットからまた焼きそばパンを取り出した。

「そ……それ……は……？」ストームプリンが息も絶え絶えに尋ねると、ミカンは屈託のない笑顔で答える。

「こっちは、ごしゅじんさまのやきそばパンなのです！」

「そ……そっちが……ある……なら……！　な……なんで……そっちを……出さなかったし……⁉」

「みためがうまくできたので、プリンさんにみせたかったのです！」

「な……なら……！　そ……そっちも……よこす……し……！」

死のフチから這い上がろうとする亡者のように、ストームプリンは手を伸ばす。しかしミカンは焼きそばパンをサッと隠してしまった。

「ダメなのです！　これは、ミカンのさんかいめのおひるごはんなのです！」

「さ……三回目……!?　なら、ひとつくらい……！　あ……あーしが……こ……こうなったのは……ガキんちょの……せいだし……！」

息も絶え絶えにすがるストームプリン。この期に及んでも悩む素振りをみせるミカンに激しい苛《いら》立《だ》ちを感じながら。

「なら……はんぶんこならいいのです……。やきそばパンをはんぶんこすると、なかよくなれるのです……」

その一言でストームプリンの瞳に、にわかに光が戻る。

「……あんた、まさか……。購買の焼きそばパンのときも、同じことを考えて……？」

「はいです。がっこうのやきそばパンをはんぶんこして、プリンさんとなかよくなりたかったのです……。でも、プリンさんははんぶんこしてくれなかったのです……」

涙ぐむミカン。ストームプリンは老若男女を問わず、これまで幾多の好意を踏みにじってきた。この、野に芽生えたばかりの一輪の蕾《つぼみ》のようなちいさな想いなど、彼女にとっては踏んでも気づかないほどの取るに足らないもののはず。

だがなぜかいまは、そうする気になれなかった。

「……と……とりま、その焼きそばパンを半分よこすし……」

するとしおれていたミカンの表情が、花開くようにパァァ……！　と明るくなったので、ストームプリンは死の淵《ふち》に摑まっている状態でありながらも口を尖《とが》らせ付け加えた。

「かっ……勘違いすんなし！　とっ……とりま……そんなにお腹《なか》が空いてないだけだし……！」

ミカンはニコニコとヒザの上で焼きそばパンを半分に割ると、片割れをストームプリンに差し出してくる。

「はい、どうぞ！　これでミカンとプリンさんはなかよしこよしなのです！」

その人懐こい笑顔にくすぐったいものを感じつつも、ストームプリンが震える手を伸ばしたその瞬間。

結ばれかけたふたりの友情を引き裂くように空に亀裂が走る。ぴしゃりと打ち据えるような音がして、ミカンのオレンジ色の瞳から光が消えた。

「プリンさんとなかよしになれ……て……ミカン……うれ……し……」ミカンは凍りついた笑顔のまま、ストームプリンに向かって倒れ込んできた。

「み……ミカン⁉　ちょ……急にどうしちゃったし⁉」ストームプリンは動かない身体を振り乱すようにしてミカンを助け起こそうとしたが、床に転がった焼きそばパンがぐしゃりと踏み潰されたことで、注意を奪われる。

「お前……なんだし……⁉　ミカンになにしたし⁉」

そこには、稲妻の形をした金属の杖《つえ》を肩でトントンさせる女生徒がいた。女生徒は「あはは」と小馬鹿にしたように笑う。

「言わなきゃわかんない？　私はアンブレア。『サンダー・イン・ザ・ダーク』の一年リーダーだよ。ベインKがやられたって聞いたから来てみたんだよ。漁夫の利を狙ってあんたに当てるつもりだったんだけど、まさかチビッコのほうに当たっちゃうなんてねぇ……。あはは、魔導人形《サイクドール》の金属部品のせいかなぁ？」

「ぐっ……！　ゆ……許せない……！　とりま、ブチ殺して……！」

「はぁ、近くまで来てわかったけど、あんた動けなくなってたんだねぇ。あはは、だったら遠くから不意討ちなんかするんじゃなかったよ。詠唱《リード》を妨害するほどの力も残ってなさそうだし、私の最大級の天滅魔術《サン・ダース》で一発で決めてあげる」

アンブレアと名乗った女生徒は稲妻の杖を天高く掲げ、まるでひと足先に雷に打たれたようにブルブルと身体を痙攣させる。独特の舞踊《テップ》とともにビブラートな詠唱《リード》を始めた。

「ゴロ！　ピカ！　ドンっ！　ゴロ！　ピカ！　ドンっ！　轟《ごろ》！　光《ぴか》！　厳《どん》！」

雷雲のごとき、灰色と金色の幽門《サークル》がストームプリンの真上に現れる。ストームプリンはさせてなるものかと傍らに転がっていた愛剣の柄を摑んだが、力を込めても引きずるのが精一杯だった。

「天《てん》！　網《もう》！　恢《かい》！　壊《かい》！　天《てん》！　魔《ま》！　覆《ふく》！　滅《めつ》！　撼《かん》！　天《てん》！　動《どう》！　地《ち》！」

ストームプリンのピンクのツインテールがふわりと浮き上がり、静電気のようなピリピリとしたしびれを肌で感じる。ストームプリンは痛痒《つうよう》を振り払うように、残った力を振り絞って剣を薙いだ。地を滑るようなそれはアンブレアの足首を狙った一撃だったが、途中で欄干にぶつかってしまい、刃を取られてしまった。

「しまっ……!?」とアイシャドウを見開くストームプリンに、雷鳴のごとくゴロゴロと喉を鳴らして笑うアンブレア。

「あはははは、終わりだよ！　明日の一面は、剣士科のアイドルの黒コゲ姿で決まりだ！　……正中食らいの電気ウナギ《ナベル・タベル・イール》ぅぅぅぅ――――っ!!」

　空の幽門《サークル》がひときわ強く明滅。ストームプリンは思わずビクリと肩をすくめてきつく目を閉じてしまう。剣から手を離して両耳を塞いだその直後、耳をつんざくような音とともに豪雷が降り注ぐ。

　ストームプリンはチリチリパーマになった自分の姿を想像していたが、いつまで待ってもその時はやってこない。おそるおそる目を開いてみるとそこには、橋げたから突き出た逆さツララがあった。ツララは帯電しているかのようにビカビカと激しく点滅している。

　アンブレアはもうストームプリンそっちのけで、橋の向こうに立っている人物に恐れおののいていた。「あ……あんた……!?　い、いや……！　あなた様は……！」視線の先をストームプリンが追うと、そこには吹雪をまとったひとりの少女がいた。少女は雪風のようにつぶやく。「その人に手を出さないで」

「ぐっ……！　あっ、あははっ！　い、いくらアイスクリン様のご命令でも、こればかりは聞けません！」

　アイスクリンが戦闘態勢のままゆらりと近づいてきたので、アンブレラは慌てて言葉を並べ立てた。

「こ……このメスブタをローストポークにすれば、ヘイアンルームはウィザーズ寮のナワバリになるんですよ!?　それに、ストームプリン様が一年のトップアイドルになるんですよ!?」

「その人はメスブタなんかじゃない。それにヘイアンルームが欲しいのなら、彼女が万全のときに戦いを挑みなさい。それとわたしはアイドルじゃないわ。あとついでに言っておくけど、あなたの魔術はわたしには通じない」

「あっ……あははっ！　す……すごい自信……！　そ……そんなこと……やってみなきゃわからないでしょ⁉」

「ならやってみるといいわ。ただしそうするなら、それ相応の覚悟を持ってね」

　ストームプリンはアンブレアに究極の二択を迫るように、橋の上に激しいブリザードを吹かせる。戦闘か逃走か、アンブレアが出した答えは……⁉

「あはっ……！　実をいうとあなたのこと、嫌いでした……！　ツンと澄ましてお高くとまって、男をたぶらかして……！　私の狙ってた男まで……！　焦がした服の切れ端をプレゼントしてたのに、あなたのせいでぜんぜん振り向いてくれなくて……！」直後、腹の底に閉じ込めておいた嫉妬があふれだしたような詠唱《リード》が始まる。アイスクリンの頭上に金色の幽門《サークル》が現れた。「そうだ……！　あんたの服の切れ端なら、喜んでもらえるかも……！　正中食らいの電気ウナギ《ナベル・タベル・イール》ぅぅぅ――――っ‼」

　稲妻が電気ウナギの群れのごとくうねり、アイスクリンめがけて槍雨《やりさめ》のごとく降り注ぐ。橋の外で見ていた生徒たちは「ああっ⁉」と目を覆う。しかし電気ウナギの群れはアイスクリンの傍らに出現していた逆さツララに向かって、まるで巣に帰るかのように吸い込まれていった。

「えっ……⁉　さっきのは偶然のはずなのに、なんで今度も当たらないの⁉　正中食らいの電気ウナギ《ナベル・タベル・イール》っ！」

　三度目の正直とばかりに、アンブレアは続けざまに電気ウナギを放つ。しかしいくら撃ち込んでもアイスクリンにはカスリもせず、すべてツララに行ってしまう。それはまるで怪奇現象のような光景だったので、傍らで見ていたストームプリンも「マジ……!?」と目を見張っていた。

「わたしには、飛び道具は効かないの。常識的な範囲でだけどね」吹雪だけでなく雷まで従えているようなその姿は、非常識極まりない。アンブレアは笑うしかなかった。

「あはっ……!? また外した！　あはっ！　また当たらない！　あはははっ！　ダメ、ダメダメ！　あはっ、あははっ、あはははははっ！」

とうとう逆さツララはランプのごとくこうこうと光りだす。アイスクリンが氷樹の杖をチョイとやると、そのツララはバチバチと音を立てながら宙に浮かびあがった。

「次は直撃させる」

刹那、ツララは黄金の曳光《えいこう》を残し飛び立つ。恐怖で引きつった笑いを浮かべるアンブレアの頭上をかすめただけで、アンブレアの顔面はボンと爆発した。真っ黒になった顔、チリチリに焦げてしまった髪。燃えカスのようになってしまったアンブレアは「ひっ……ひぃぃぃぃぃ――――っ!?」と逃げ去っていった。

アイスクリンはその後ろ姿を横目にストームプリンに歩み寄ると、「大丈夫？」と手を差し出す。しかしすでに回復していたストームプリンはその手を払いのけ、自力で立ち上がった。

「あんたはさっきの女を助けに来たんっしょ？　とりまあんたがいなけりゃ、さっきの女はいまごろまっぷたつになってたし」

ストームプリンは真面目な顔で「わたしはあなたを助けたの」と答える。彼女に冗談や皮肉は通じないのだ。

「ふーん、どっちにしてもあーしが頼んだわけじゃないから、礼なんて言わねーし」

「お礼なんていらないわ。だってわたしはデュランくんに命を救われたから」

「だから妹のあなたを救うのは当然のこと」みたいな顔をしているアイスクリン。ストームプリン的にはミカン以上に調子が狂う相手だったので、アイスクリンの出方によっては連戦もいとわないつもりだった。

しかしアイスクリンはそんなことよりもと、倒れたまま動かなくなっているミカンを助け起こしていた。アイスクリンが心配そうに呼びかけると、ミカンは「むにゃ……もうたべられないのです……」とヨダレを垂らす。

「無事みたいだから、とりあえずデュランくんのところに連れて帰りましょう」

アイスクリンはミカンを抱っこしようとしていたが、細腕のせいか持ち上げるのもやっと。「うんうん」唸《うな》っていると、褐色の腕がミカンの身体をさらっていく。

ストームプリンはミカンを肩に担ぐと、アイスクリンには一瞥《いちべつ》もくれずに橋から歩きだした。

◆　◇　◆　◇　◆

塔を出たストームプリンはその足で学院の森へと向かう。森の奥にあるバッド寮では、デュランダルが屋根に上って板を打ち付けていた。庭の気配に気づき、汗を拭いながら顔をあげるデュランダル。

「おかえりミカ……って、なにかあったのか？」

ストームプリンの肩に、さらわれる村娘のように担がれたミカン。しかしミカンはデュランダルの声を聞いた瞬間、大好きな缶詰が開く音を聞いた猫のようにキッと顔をあげる。

「ただいまなのです、ごしゅじんさま！」言うが早いがミカンはキャットタワーから飛び降りる猫のようにストームプリンの肩から跳び、軽やかな着地をキメていた。「きょうは、いっぱいあそんでたのしかったのです！」

「どうやら、ふたりにたくさん遊んでもらったみたいだな」

デュランダルの「ふたり」というワードが気になって、ストームプリンは振り返る。すると少し離れた場所にアイスクリンが立っていた。ストームプリンはアイスクリンにガンを付けていたが、デュランダルは気づかない。

「よし、じゃあミカン、風呂を沸かしてくれるか？」

「おまかせくださいです！　おふろわかしなら、ミカンのとくいわざなのです！」ミカンは胸を張ったあと、ピャッと裏庭に駆けていく。デュランダルは残されたふたりにも声を掛けた。

「せっかくだから、お前らも入ってけよ！」「はぁ？　誰が弱っちいデュランの風呂なんか……」

「なに言ってんだ、実家じゃ俺が沸かした風呂に一日何回も入ってただろ。……よし、屋根はオッケーだな」

デュランダルはあしらうように言ったあと、窓から室内へと戻る。どうやら寮の補修工事をしているようで、二階からはトンカントンカンと釘を打つ音が聞こえてくる。ストームプリンは言い返すチャンスを失い、嫌々といった雰囲気をまとわせながら裏庭へと歩いていった。

裏庭には、風呂のカマドに向かうミカンがいた。竹筒を口に当てて、カマドの炎にふぅふぅと息を吹きかけている。その息があまりに小さかったので、ストームプリンは思わず顔をしかめた。

「はぁ？　なにそれ。そんな弱っちい息なんかで風呂は沸かないっしょ。とりまよこすし」

返事を待たずにミカンから竹筒を奪ったストームプリンは、すぅ～っと大きく息を吸い込む。顔を真っ赤にしながら、竹筒ごしにブーッとカマドの炎めがけて息を吹きかける。カマドからあふれんばかりに燃え上がる炎に、ミカンは「おお～っ」と歓声をあげた。

「わぁ、いっぱいもえてすごいのです！　でも、ごしゅじんさまほどではないのです！」

デュランダルのこととなると煽《あお》り耐性が極端に低くなるプリン。竹筒を口から離すのも忘れ、ムッとした表情ですぐさま言い返した。

「弱っちいデュランなんかに、あーしが負けるわけないし。いまのはウォーミングアップで、今度は最大でいくし」

くぐもった声でそう宣言したストームプリンは全身が膨れ上がるほどに大きく息を吸い込む。しかし竹筒を咥えたままだったので、カマドの煙をモロに吸い込んでしまった。

「うっげぇぇぇぇぇぇぇぇぇ――――――――っ⁉⁉」

ストームプリンは怪鳥のような絶叫とともに、もんどり打ってブッ倒れる。裏庭じゅうをのたうちまわるその姿は、まるで毒でも飲まされたみたいに凄絶だった。ミカンは「ああ……」と気の毒そう。

「ごしゅじんさまがおっしゃっていたのです……。いきをすいこむときは、かならずつつからくちをはなすように、って……そうしないと、たいへんなことになるって……」

するとお墓の下から飛びでたような勢いで、ミカンの足首がガッと掴まれる。ススと怨念にまみれたようなストームプリンの顔がぬぅと持ち上がった。

「わ、わかってたんなら、とりま教えるしっ！」その顔からは、穴という穴から煙が出ていた。

それから風呂沸かしは再開され、ミカンがカマドに向かう。ストームプリンはその傍らで所在なさげにしていたのだが、ふとなにかを思いついたようにミカンの前に立った。

「……？　どうしたのですか、プリンさん？　そこにたたれるとじゃまなので……」

ふと顔をあげたミカンの瞳に衝撃映像が飛び込んでくる。両手の親指で鼻を持ちあげてブタ鼻にし、ひとさし指で目尻を持ちあげて白目を剝くという、ストームプリンによる全力の変顔であった。ミカンは完全に不意を突かれ、「ブフォッ!?」と吹きだしたあと、おもいっきり煙を吸いこんでしまう。

「けほっ！　かはっ！　くはっ！　ぐふっ！　えふんっ！　い……いきなりなにするのですか!?」

咳き込むのにあわせ、全身の関節という関節から煙が出ていた。

「さっきのおかえしだし。ってか魔導人形《サイクドール》もむせるんだし」

「み……ミカンはせきもくしゃみも、しゃっくりもあくびもするのです！　まさにヒトモドキなのです！　それなのにこんなことをするなんて、ひどいのです！　プリンさんはヒトモドキなのです！」

「そうキャンキャン鳴くなし、とりま風呂沸かしかわってあげっから、それでチャラだし」

しかし、そこから先は戦争であった。ミカンは意趣返しとしてストームプリンに向けて渾身の変顔を披露。むせたところで交代、今度はストームプリンのターンになるという泥仕合が続く。その最中にふと、アイスクリンが背後を通り過ぎていく。彼女はバッド寮の庭を散策していたのだが、いぶかしげにふたりを見たあと、また歩きだそうとした。

「く……クリンさんも、おねがいしますです！」ミカンのその一言にストームプリンが反応、返事を待たずにアイスクリンの腕を摑んでカマドまでひっぱってくる。戸惑うアイスクリンに対し、ふたりはあうんの呼吸でまくしたてる。

「逃げようったってそうはいかねーし！」「おふろにはいるなら、おてつだいするのです！」

「わたしはべつに、お風呂なんて……。それに、お風呂を沸かしたこともないし……」

「あーしだってねーし！」「ミカンたち『ふろわかシスター』がおしえてあげるのです！」

それからアイスクリンは強引にやり方を教わり、すぐに実戦をやらされた。竹筒に口を当て、ふぅ、とひと息。そして竹筒から口を離し、息継ぎをしてまたひと息。その横顔は凜《りん》としていて、所作は美しく整っている。彼女にかかれば風呂沸かしという家事も、華道のごとき優雅な芸術に見えた。ストームプリンとミカンは思わず見とれてしまったが、すぐに本来の目的を思いだして変顔攻撃に入る。口火を切ったのはストームプリンで、撃墜率一〇〇%を誇る変顔を披露。しかしアイスクリンは「この人はなにをやってるんだろう？」みたいな横目を向けるだけで、動作ひとつ乱れない。バトンタッチしたミカンが破壊力一〇〇%の変顔をしてみせたところ、とうとう手を止めてしまった。

「ミカンちゃん、大丈夫？　お腹でも痛いの？」

これまで爆笑をかっさらってきた変顔が、まったく通用しない。それどころか心配されてしまう始末。思わぬ強敵の出現に、ふたりは戦慄した。手段を選ばなくなったふたりは、ついに禁断の同時攻撃を仕掛ける。白目に鼻を膨らませ歯ぐきを剝きだしにしたふたりの少女の変顔が、ステレオグラムのように展開、立体映像のようにアイスクリンを襲った。

しかし飛びだす変顔にも、アイスクリンの表情は仮面のように変わらない。とうとう「これはお風呂沸かしに必要な儀式なのね」みたいな顔で、変顔そっちのけで作業に没頭されてしまった。万策尽きたふたり。しかし突破口は意外なところにあった。ミカンが苦し紛れでデュランダルのモノマネをしたら、ピクリと眉が動いたのだ。そのわずかな変化を見逃さず、アイスクリンがすかさず援護する。

「こうなりゃ、やるしかねぇぜぇ」「実家にいた頃は外で寝てたぜぇ」「いちかばちかだったぜぇ」「でも、うまくいってよかったぜぇ」「ワキでオムライス作るぜぇ」

デュランダルというよりはワイルドな感じのモノマネだったが、アイスクリンはまるで自分の知らない秘孔を突かれてしまったかのように、目をぱちぱち瞬《まばた》かせはじめたのだ。いける。そう確信したふたりは顔を見合わせあって頷くと、最終合体奥義を放つ。それは変顔＋《プラス》デュランダルのモノマネであった。

両の瞼と唇を裏返し、鼻の穴と口の端を限界まで広げた変顔でふたりはハモる。

「このくらいのケガなら、週三だぜぇ……！」

「ブフォーーーーッ!?」次の瞬間、アイスクリンは腹パンを食らったように身体をくの字に折る。続けざまにこれでもかと煙を吸いこんでしまい、そのままヒザから崩れ落ちた。いつもは静かな肩を、けほっ！　けほっ！　と激しく上下させている。しばらくして顔をあげたアイスクリンはススだらけになっていた。

「い……いきなり、なにを言って……！」しかも耳からモクモクと煙が出ているうえに、戸惑い顔

がいつもの冷たい彼女の印象とは真逆のかわいらしいギャップを醸し出していた。まるで雪の女王が熱湯風呂に突き落とされたときのようなリアクションに、ストームプリンとミカンは笑う。ふたりが笑ったことでアイスクリンの顔もほころび、気づくと三人で爆笑していた。アイスクリンにとって、声を出して笑ったのは何十年ぶりだろうか。自分にこんな感情がまだ残っていたことに内心驚いていたが、いまはとにかくおかしくてたまらなかった。

カマドの上にあった風呂場の窓が開き、デュランダルが顔を出す。

「おい、なにやってんだ！　沸かしすぎだよ、風呂がカラカラになっちゃってるぞ！」

しかしカマドの前の三人は転げ回って笑うばかり。しかも顔は真っ黒で服はホコリまみれになっていたので、デュランダルは何事かと思う。

「お……おいおい、三人とも、いったいなにがあったってんだ？」

「あっはっはっはっ！　いったいなにがあったってんだ、だって！　あっはっはっはっ！」

「あははははは！　ごしゅじんさま、そのうではどうしたのですか⁉」

「これか？　修繕してるときに切っちゃったんだよ。まあこのくらいのケガなら……」

「ああっ、やめてやめて、デュランくん！　それを言われたら、わたし、わたし、おかしくて死んじゃう！　あーっはっはっはっはっ！」

ストームプリンは立ち上がると、窓越しにデュランダルを引っ張る。

「そんなことよりデュラン、デュランもこっち来て風呂沸かしするし！」

「ですです！　ミカンもごしゅじんさまのおふろわかし、みてみたいです！」

「え？　もう風呂はカラッポだから、先に水を入れないと……」

「えっ、プリンちゃんにミカンちゃん、まさか……！」

「そのまさかだし！　クリン、ちょっとこっちに来るし！」

三人はデュランダルから離れ、円陣を組んでなにやらヒソヒソやりはじめる。

「なんなんだ、いったい……？」デュランダルはわけがわからなかったが、このあとで嫌というほど思い知ることになる。彼女たちが大爆笑していた訳と、彼女たちの心がひとつになった理由を。

ちなみにではあるが、けっきょく風呂が沸くことはなかった。最終的に、デュランダルが右手から竜炎魔術《ドラフレイム》、左手から氷撃魔術《アイスピア》を放ち空中で組み合わせて浴槽にお湯をためたのだ。

そう、これは以前、アイスクリンとともに剣士の家の火事を消したのと同じ技であるが、今回はデュランダルひとりでやってのけた。体得したばかりの技術《スキル》、二重魔法《デュアルマジック》のおかげである。

「系統の違う攻撃魔術をふたつ使えるのも珍しいのに、それをふたつ同時に使っちゃうなんて……。しかもそれをお風呂のお湯をためるのに使うなんて……。本当にデタラメだわ……」

第４章　枝打《トリミング》ちの儀式

天を衝《つ》くように、いや天から降り注ぐ光のように建つ日月《ビギニング》の塔。その純白の塔は王立高等魔術学院《ウィザーズ・ハイ》の敷地《しきち》の中心、さらにはランドファーの街の中心に位置。いや存在感としては、この国の中心にあるといってもよかった。

塔のまわりには広大な芝生が広がっているのだが、野球場ほどの面積があるにもかかわらず隅々まで入念に手入れされている。なぜならばそこは祭事の際には観客席となり、国賓たちが集まってくるからであるが、今日の塔の前には巨大なテントが張られていた。

テントは船の帆がいくつも重なっているような形状をしている。風に揺れて、光とともになびく芝生の上に佇《たたず》む純白のテント。それは白い船団が大海原を進んでいるような、雄大ながらも美しき光景であった。

しかし衆目はまったく無いのでその壮麗さは誰にも伝わらない。にもかかわらずここまで凝った形状のテントを準備させたのは、他ならぬあの人物の肝いりであったからだ。その人物はいつもの聖教師の格好ではなく、聖女のローブの正装。質素な純白を宝石で飾ったその姿は、電飾のついた帆のようであった。彼女はテント内に設《しつら》えられたステージの舞台袖で、設備の最終チェックを行っている。

「ふむ、ちゃんとザマに言われたとおりのセッティングになっているざますね」彼女は満足そうであったが、ステージ下の客席に視線を落とした途端、鬼の形相になる。「あれは何ざますの⁉　なんでテーブルが三つもあるざますの⁉」

　客席にはプールのように大きな円卓が三つ設置されていたのだが、卓上に剣、もしくは杖《つえ》のマークが描かれた円卓には聖女たちが隙間なく着席している。しかしコウモリマークの円卓だけは誰も座っていなかった。

「これはどういうことなんざますの⁉　ライスケーキさん、今回はあなたがすべて手配したんざましょ⁉」

　隣に控えていたライスケーキが「あらあら」とさも意外そうな声をあげる。

「タンツボネ先生、なにかおかしかったですか？　今回は三つの寮の戦いということで、応援席も三つぶん用意したんですけど……」

「カァーッ、ペッ！　バッド寮なんかを支持する聖女なんているわけないざます！　いますぐ撤去を……！　あ、いや、やっぱりいいざます。スッカスカの席が映っていたほうが、バッド寮の惨めさがより演出できるざます」

「惨め……？　まあまあ、そんな、生徒さんたちはどの寮でも、みんな平等のはずでは……？」

「下女《げじょ》のあなたと同じで、落ちこぼれに平等なんてないざます！　そんなことよりそろそろ始めるざますよ、ザマの晴れ舞台を！」

「あらあら」と浮かない表情のライスケーキを従えて、タンツボネはステージ中央に歩み出る。すると客席の聖女たちから控えめな拍手が起こった。タンツボネはライスケーキから魔導拡声装置《サイクマイク》を受け取ると、『ふむ』と頷《うなず》きながら切り出す。

『実に聖女らしい、控えめでいい拍手だったざます。知ってのとおりザマたち聖女は、剣士様や魔術師様を陰で支える存在ざますから、その慎《つつ》ましい気持ちを忘れないようにするざます。今日は特別な儀式が行われるので、みなさんにはこうして集まってもらったざます』

ステージの背後には魔導伝映装置《サイクビジョン》の水晶スクリーンがあり、タンツボネの合図とともに映像が映し出される。それは塔の外観のイラストを中心に、シルエットの剣士と魔術師が勇猛に戦うという、凝った作りのアニメーションであった。

『この学院の創立以来、日月の塔《ビギニング》は剣士のウォーリア寮と魔術師のウィザーズ寮の生徒たちによって治められてきました。しかしここに、邪悪なる勢力が現れたんざます』

映像がバリッと破られるような演出。続けざまに、破れた穴から悪魔のように恐ろしい形相のコウモリの顔が飛びだす。それだけで客席の聖女たちは卒倒せんばかりの悲鳴をあげていた。

『そう、バッド寮……！　先日、ウィザーズ寮のエンジェル・ハイロウが敗れたのは、みなさんも知ってのとおりざます！　これはデュランダルという生徒……いや、悪魔の化身が薄汚い手を使ったんざます！　悪魔が、剣士と魔術師の平定《へいてい》を脅かし始めたんざます！』

その演説を、ステージ上で三歩下がって聞いていたライスケーキ。しかしあまりの個人攻撃に、たまらず口を挟んでいた。

「あらあら、お待ちくださいタンツボネ先生。デュランダルちゃんは悪魔なんかじゃ……」

『だまらっしゃい！　この世界には剣士たちの神である太陽神モデルヌと、魔術師たちの神である月神アンティークがいるざます！　どちらの神もいないデュランダルは、悪魔に決まっているだます！』

「まあまあ、そんな……」と食い下がろうとしたライスケーキを、タンツボネは乱暴に突き飛ばした。

『カァーッ、ペッ！　ザマの晴れ舞台を邪魔するんじゃないざます！　お前は聖女たちの給仕をするざます！』

タンツボネはそう吐き捨てたあと、客席に向かって振り返る。毒々しく輝くローブの裾を、毒蛾《どくが》が羽開くように掲げて宣言した。『新たなる儀式の、始まりざます……！』その背後には『枝打ち《トリミング》の儀式』と飾り文字が浮かびあがっていた。

タンツボネの言う、枝打ち《トリミング》の儀式のルールはこうだ。すでに塔内には、保守組である一年の生徒が全員待機しており、儀式開始の合図を待っている。これからウォーリア寮、ウィザーズ寮、バッド寮の三《み》つ巴《どもえ》の総力戦が開始。ひとつの寮のナワバリがすべて失われるまで戦いは終わらず、その最中は塔の外に出ることはできない。儀式の途中で塔の外に出てしまった生徒は、その時点で退学処分となる。

このルールからいって、儀式の意図……。いや、儀式のコミッショナーであるタンツボネの意図は明白であった。

『そう、これは言い換えれば、悪魔殲滅《せんめつ》の儀式！　剣士と魔術師は、デュランダルを総攻撃するざます！』

剣士と魔術師は、この学院どころか世界を二分しているほどの巨大勢力。争えば互いに甚大なる被害が出るだろう。そのため両陣営とも最小勢力であるデュランダルを攻撃し、儀式の早期終了を目指すのは明らか。

――そう……！　これは言うなれば、痛み分け《ペイシェア》の儀式のやりなおし……！　儀式をメチャクチャにした本人をメチャクチャにすることで、剣聖様も賢者様もニッコリ……！

『聖女であるみなさんは、このテントで悪魔が苦しむ姿をじっくり鑑賞するざます！　また、自分の仕える勢力に祈りを捧《ささ》げて応援するざます！　なんなら衛生兵として、仕える生徒の治癒に向かってもいいざますよぉ！』

聖女たちの属するホーリードール寮というのは実のところ、バッド寮以上に特異な存在であった。

この世界の魔術というのは幽星《アストラ》の力を利用したものとされているが、聖女たちの癒やしの力は神の力を借りたものとされている。剣士たちは、これは太陽神モデルヌの力だと声高に主張。魔術師たちは、これは月神アンティークの力であるとして『法術』という呼び名で定義していた。そのため聖女たちの勢力も内部で二分されている。ようは剣士派の聖女と魔術師派の聖女に分かれていることになるのだが、彼女たちは剣士と魔術師のような表層上の争いはしない。しかし、水面下ではドロドロとした女の戦いを繰り広げていたのだ。

今回の枝打ち《トリミング》の儀式においても、聖女たちの気合は十分。儀式開始の宣言前だというのに、揃《そろ》って祈りを捧げていた。

「どうか、剣士様に大いなる力をお与えください……！」「どうか、魔術師様に勝利の叡智《えいち》をお与えください……！」

彼女たちの思いはキッチリ二分されていたが、あるひとつの祈りについては示し合わせてもいないのに合唱していた。

「『デュランダルという邪悪なる悪魔に、永遠の苦しみを与えたまえ……!!』」

◆　◇　◆　◇　◆

多くの女生徒たちからのヘイトを集めているとも知らず、デュランダルは自分のナワバリである製油工場内にいた。ヒマーリンや仲間たちと手分けして、作業場の入り口に高いバリケードを築いている。やがてぶ厚い檻《おり》のようになるバリケード。作業場内には多くの仲間たちがいるが、外側にいるデュランダルはひとりぼっちだった。

「これでよし、っと。儀式が終わるまで、ここで立てこもってれば大丈夫なはずだ」

格子状に組まれた鉄パイプにしがみついていたヒマーリンは、いまにも泣きそうだった。

「だ……だったら、デュランダルくんもいっしょに……！」

「それじゃ意味ないだろ。俺がそっちにいたら、ヤツらは意地でもバリケードを崩そうとしてくるはずだ。儀式はどれかひとつの寮のナワバリがぜんぶ無くなるまでは終わらねぇ。ってことは要するに、俺かザガロかシーザスか、そのうちの誰かがやられるまでは続くってことだからな」

ヒマーリンは喉元まで「降参」の言葉が出かかっていたが、それを何度も飲み込んでいた。学院側から儀式の説明がなされた時点でデュランダルに何度も降参を訴えてきたのだが、デュランダルは聞く耳を持たなかった。

「前にも言ったろ？　何があってもお前らを守るって。これは自分で決めたことでもあるから、あきらめたくねぇんだよ。たとえ世界が敵に回ったとしても、な」

説得の際にはアイスクリンも隣にいたのだが、アイスクリンは最初からあきらめた様子だった。

「デュランくんにはなにを言ってもムダよ。本当に世界を敵に回して、何度も殺されかけたのにあきらめなかった人だから」

そのアイスクリンはいまこの場にはいない。彼女はウィザーズ寮なので、敵であるバッド寮の面々といっしょにいると気まずいのだろうとデュランダルは思っていた。

ヒマーリンは両親の借金が無ければ、いますぐにでも飛びだしていきたい気持ちでいっぱいであった。

「ご……ごめん……！　デュランダルくん……！　せめて、ボクらが戦えれば……！」

「なに言ってんだ。お前らに付いてこられても足手まといなだけだって。チャチャッと片付けてくるから、そこでじっとしてな」

ふと工房の壁にあった水晶板に、タンツボネの顔がアップで映し出される。今回の儀式のために、各ルームには状況連絡用の水晶板が設置されていた。画面の向こうのタンツボネは、涙ながらの別れを小馬鹿にするようにニヤニヤ笑っている。

『さぁーて、そろそろ始めるざますよ。これを観《み》ている生徒のみなさんには前にも言ったざますけど、今回の儀式の様子は終了後に一般公開されるざます。世界中の人が見るざますから、我が学院の模範となるような行動を心がけるざます』

直後『カァーッ！』とコブラのように大口を開くタンツボネ。

『……ペッ！　それでは枝打《トリミング》ちの儀式……スタートざますっ！』

放り投げられた魔導拡声装置《サイクマイク》がテントの上空で破裂し、くす玉のように紙吹雪を撒《ま》き散《ち》らす。それが短距離走のピストルであったかのように、デュランダルは全力で走り出した。一刻も早くこの場を離れることで、製油工場ルームでの戦いの勃発を避けるためである。

「おっと、いくら急いでるからってコイツを忘れたらダメだよな」

デュランダルは朝の忙しいときにパンを咥《くわ》えるような感覚で、途中にあった剣を二本取って背中に携える。その後に玄関を飛びだすようにして向かった先は住宅ルーム。レンガではない不思議な塀に囲まれた、異国情緒あふれる家が建ち並んでいた。いつものデュランダルであれば物珍しさに立ち止まるところであるが、誘惑を振り切って大通りを突っ走る。

——立ち止まってるヒマなんかねぇ……！　急いで、ザガロかシーザスの居場所を突き止めるんだ……！　どっちか一方をぶちのめせば、このバカげた儀式は終わるんだからな……！

ザガロとシーザス、両者とも大勢の手下を従えている。その軍勢とまともにやりあったところで勝てるわけがないので、デュランダルは一気に本陣に攻め込む覚悟であった。しかしその気持ちをあざ笑うかのような声が、天上から降り注ぐ。

『せっかくなので、ザマが実況するざます。デュランダルくんが住宅ルームに入ったざます！』

デュランダルが顔を上げると、空をスクリーンにしたかのようにタンツボネの顔が大写しになっていた。

「くそ！　こっちの居場所が筒抜けになっちまったじゃねぇか！」

間を置かずして、家々から剣士たちが飛びだしてくる。

「いたぞ、デュランダルだ！」「我ら『無畏怖組《ナイフ》』のナワバリに入ったのが運の尽き！　やっちまえ！」「ヤツをやればフロアドミネーターに昇格だ！　絶対に逃がすなよ！」

無畏怖組《ナイフ》はその名のとおり、ナイフ使いの集まりのようだった。牙のようなナイフを振りかざし追いかけてくる剣士たちは、さながらオオカミの群れのよう。デュランダルは格子状に並んだ建物の間を、右往左往して逃げまくる。この数を相手に戦えば消耗するので次のルームまで逃げ切る作戦であった。しかしルームの境目であろう場所まで来たところで地面から槍《やり》ぶすまが立ち上がり、行く手を阻んだ。

「くそっ！」と振り返ったデュランダルを、ナイフ使いたちが取り囲む。

「お前が逃げるのは計算済みだ！　だからこのルームのまわりには罠《わな》が仕掛けてある！」「五体満足でここを出られると思うなよっ！　かかれーっ！」

デュランダルは肩ごしにある剣の柄に手を掛け、舌打ちひとつ。

「ちっ！　こうなりゃ、やるしかねぇか！」抜刀しつつ、挑みかかってきたナイフ使いを断つ。その鋭いひと振りだけで、ナイフ使いたちはさっそく怯《ひる》んでいた。

「な……なんだコイツ⁉　ナイフより疾《はや》いぞ⁉」「い……いまの太刀筋は落ちこぼれどころか一流剣士……いや剣客クラスじゃねぇか⁉」「た……ただの偶然だっ！　それに、数でもこっちは圧倒的に有利なんだ！　ぐわっ⁉」

みなを鼓舞していたナイフ使いにデュランダルは急接近、構えも許さずに一瞬で斬り捨てる。戦いはすでに一方的であった。

「くそっ、当たらねぇ⁉」「素早さが自慢の俺たちのナイフが、カスリもしねぇなんて⁉」「こ……

コイツは化け物か⁉」

彼らを驚愕《きょうがく》させていたデュランダルの身のこなし。しかしそれは彼の身体的能力の高さだけではなかった。

――ナイフ使いを相手にする場合は、ナイフを持っている手の方向に向かうようにするんだ。右利きのヤツらが多い場合は、相手の右に向かって立ち回る。右手に持ったナイフは左への攻撃は内側となるためヒジが使えて、素早く変幻自在。しかし右への攻撃は外側となるのでヒジの返しが利かず、遅く制限される。

そう、相手の武器への知識と対策。さらにデュランダルは絶対記憶の技術《スキル》があるため一度見た攻撃を鮮明に覚えている。たとえ初めて戦う敵の攻撃であったとしても、これまで数多く見てきたナイフ攻撃を脳内で検索。映像ライブラリーのように参照し、最適な対応を瞬時に弾《はじ》き出《だ》す。そのベストな対応も寸分違わず再現できるので、デュランダルの戦いは殺陣《たて》かと思うほどに美しい流れを作り出していた。

バッサバッサと敵を斬り捨てまくるその姿に、テントの中の聖女たちは見入ってしまう。特にウォーリア寮のテーブルに座っている聖女たちは幾多の剣を見てきたにもかかわらず、祈りを忘れてウットリしていた。

「……す……すごい……！　こんな美しい剣さばき、初めて見ました……！」

「こ……これが、悪魔の振るう剣だというの……⁉」

「そ、そうざます！　悪魔は見た目だけの美しさで心を惑わすざます！　でも、その心はドロッドロに腐りきってるざます！　剣士側の聖女さんはもっと祈るざます！　でないと負けちゃうざますよぉ！」

無畏怖組《ナイフ》を瞬殺したデュランダルは次の森林ルームに突入。それだけで、ウィザーズ寮のテーブルの聖女たちは拍手喝采であった。

「これで、勝利は魔術師様のものですね！　なんといってもあのルームは、『ボタニカルーン』のナワバリなのですから！」「しかも今回の儀式に際し、ボタニカルーンの方々は多くの魔術の罠を仕掛けたそうです！」

「木を隠すなら森のなか！　植物系の魔術と森林の取り合わせは最強の組み合わせです！」「森にはすぐにでも悪魔の悲鳴が響き渡ることでしょう！」

聖女たちの期待どおりに悲鳴はすぐに、それも次々と起こったのだが、それはデュランダルのものではなかった。悲鳴があがるたびにそこにカメラが寄るのだが、大写しになるのはみなウィザーズ寮の生徒ばかり。肝心のデュランダルは、夜の森をはばたくコウモリのごとく、縦横無尽に森を駆け巡っていた。

「な……なぜ……？　なぜあの悪魔は、罠にぜんぜん引っかからないの……？　仕掛けたボタニカルーンの方々ですら、次々と引っかかっているのに……？」

とある聖女の疑問に、デュランダルは心の中で答える。

——どうやら、罠が大量に仕掛けられてるみてぇだな……！　前にこの森に来といてよかったぜ……！　木や草が以前と違う方向を向いていたら、罠の可能性があるから近寄らねぇようにしねぇと……！

そう、デュランダルは戦闘だけでなく、移動についても絶対記憶を駆使していた。デュランダルは歩いている最中に目にしたものは、たとえ一瞬であれ映像のごとく鮮明に記憶できる。なにせ子供の頃は、花畑に咲いているひとつひとつの花が昨日に比べてどれだけ成長したかミリ単位で言い当てていたのだから。そんな幼少を過ごした彼にとって、森に付け焼き刃的に仕掛けられた罠を見抜くなど造作もないことであった。

デュランダルが森を移動するだけで、追撃していた魔術師たちは次々と自爆していく。剣士だけでなく魔術師の負傷者も出はじめたことで、聖女のテントはにわかに騒がしくなる。自分の仕えている軍勢を救護するために何人かの聖女がテントから飛び出していった。

デュランダルが次のルームへと繋《つな》がる森の出口にさしかかったところで、絹を裂くような悲鳴が鼓膜に刺さる。明らかに魔術師とは違うその声にデュランダルは走りながらチラ見すると、逆さ吊《さかづ》りになった聖女が目に入った。意識があるならほっといても大丈夫かと思ったのだが、その聖女は気を失っていた。

「マジかよ⁉」デュランダルは方向転換しつつ、その聖女の元へと向かう。倒木をひらりと乗り越えつつ、空いてるほうの手で背中の剣を抜きつつ振り抜く。ツタが切れ、降ってきた聖女をお姫様抱っこで受け止めていた。あざやかな手際に、観戦していた聖女たちから感嘆のため息が漏れる。

「まるで、王子様みたい……！」

しかしデュランダルは背後のヤブから射出されたトゲのツル鞭《むち》に両の足首を絡め取られていた。バランスを崩して倒れそうになったが、抱いていた聖女を巻き込んではまずいと、なんとか近くにあった木にもたれさせる。しかしその気づかいのせいで反撃が遅れ、デュランダルの身体《からだ》は蛇のように這《は》い上ってきたツル鞭によってグルグル巻きにされてしまった。

ヤブを破り、ひとりの魔術師が高笑いとともに飛びだす。

「ははははは！　我こそはボタニカルーンの一年リーダー、ソウジ！　デュランダル、討ち取ったりぃ！」

これが聖女込みで仕組まれた罠だと気づくデュランダル。「くそっ！」と苛立ち紛れに腕に力を込め、締め上げてくるツル鞭に抗《あらが》っていた。

「はははは！　ムダだ！　そのツル鞭のトゲには筋肉を収縮させる効果があるんだ！　ミノタウロスでも逃れたことはないのだ！」

「ああ、そうみたいだな！　じゃあ、これならどうだ⁉　月の吐息……！　ネヴァー・ウインター・ムーンっ！」

デュランダルがそう叫ぶと同時に、デュランダルの身体からは白い冷気がたちのぼる。みるみるうちにツル鞭は凍りついていき、デュランダルが軽く力を込めるだけで脆《もろ》くなったチェーンのように弾《はじ》け飛《と》んだ。

「なっ……なにぃぃぃぃ――――っ⁉　わ、我が闇薔薇魔術《ブラックソーン》を破るとは……！　お前、何者だっ⁉」

「さぁな、こっちは急いでんだ、勝手にどうとでも呼べっ！」デュランダルは抜いていた剣でそのままソウジを斬り捨てようとする。しかし寸前で、さっきまで気を失っていた聖女が通せんぼのポーズで止めに入った。デュランダルは彼女の首筋スレスレで剣を止める。「あ……危ねぇじゃねか！」剣はかすめもしていないのだが、聖女は斬られてしまったかのように倒れてくる。デュランダルは「おっと」とその身体を抱きとめた。

「なんだよ、また気絶しちまったのかよ」デュランダルは気づいていない。聖女は気絶したフリをしているだけだということに。聖女たちのいるテント内の映像では、その証拠がハッキリと映し出されていた。

デュランダルに抱かれた聖女は、脱力したままこっそりとあいくちを構え、デュランダルのうなじを狙っていたのだ。テント内で観戦していた聖女たちは思わず叫んでいた。「ああ――――っ！うしろっ、うしろ――――っ‼」と。

その声はもちろんデュランダルに届くはずもなく、数秒後にはデュランダルの敗北が決定。

……していたはずなのだが、その命運を変えたのは思わぬ人物であった。

「わ、わかった！　俺の負けだ！　その女はくれてやるから、見逃してくれ！」

なんとデュランダルに剣を突きつけられていたソウジがギブアップ宣言、しかも聖女を売るという暴挙に出たのだ。ちなみにソウジは相方の聖女が本当に気絶していると思っており、彼女が決死の覚悟でデュランダルの首筋に突きつけているあいくちも見えていない。ソウジの提案はデュランダルの気をそらすためではなく、純粋なる命乞いであった。

さらに余談となるが、聖女はいざというときのために『聖女のあいくち』という刃物をローブの袖に隠し持っている。デュランダルはその切っ先が首の皮一枚のところまで迫っているとも知らず、ソウジをなじった。

「最低な野郎だなぁ。この聖女は、テメェのためにわざわざ危ない目に遭ったんだぞ！　それなのに……！」

「い、いや！　ソイツは俺にとっちゃ使い捨てにすぎん！　だから好きにしていいぞ！　ほら、これはサービスだ！」

ソウジは魔術の杖を振り、聖女の身体にツル鞭を這わせた。

「へへ……こうすると力が抜けて抵抗できなくなるんだ！　これで好きなだけ楽しめるぞ！」

デュランダルは「好きなだけ楽しめる、か……」と舌なめずりをすると、愛想笑いをするソウジにずいと顔を近づける。その勢いのまま、「じゃあ、そうさせてもらうぜっ！」と頭突きをかました。クシャッと卵が潰れるような音。歪《ゆが》んだ鼻を押さえてのたうちまわるソウジ。

「はっ……はにゃがっ⁉　はにゃがぁぁぁぁぁぁ――――――――っ⁉⁉」

「テメェの薔薇は、女を道具《モノ》みてぇに扱うためにあんのか？　だとしたら、クソくだらねぇな」

デュランダルは軽蔑のまなざしを緩めると、近くのヤブに咲いていた白薔薇を一輪摘む。

「薔薇ってのはなぁ、こうするためにあるんだよ」その薔薇を、気を失ったフリをしている聖女の胸にそっと挿す。そして、はにかむように笑った。「まあ、ちょっとキザだったかな」

デュランダルは知る由《よし》もない。自分の命をいままさに狙っている聖女だけでなく、多くの聖女たちのハートをわし摑《づか》みにしてしまったことを。聖女のテントの中は悲鳴が飛び交っていた。

「キャッ……キャァァァァァァァァァ――――――――ッ‼‼」

「タンツボネ先生は、あの悪魔の心はドロッドロに腐っているとおっしゃっていましたが、とんでもありません！」

「王子様……！　まさに理想の王子様ですっ！」

きゃあきゃあと大騒ぎの聖女たち。タンツボネは火消しに躍起になっていた。

「カァァァ────ッ！　違うざます！　あれがあの悪魔のやり方なんざます！　魔術師側の聖女さんはもっともっと祈るざます！　でないと心に悪魔が入ってくるざますよぉ！」

◆　◇　◆　◇　◆

その空間に足を踏み入れた瞬間、風が止まった。いや、ここは塔の中だから風が吹いてなくて当然なんだが、今までずっと吹いていたからむしろ不自然に感じる。あたりには何もない。目の前には乾いた赤土の荒野がえんえんと続いており、夕陽《ゆうひ》に照らされたそれは血の海のようだった。地平線の向こうから、白い柱のようなものが伸びている。視線をあげていくとそれは、彗星《すいせい》の尾のように俺の頭上を走っていた。

「なんだ、ありゃ……？」白い柱の正体はよくわからなかったが、なんとなく導かれているような気がして、俺は柱のある方角に向かって歩きだす。地平には、竜の紋章が沈みゆく夕陽のように浮かんでいた。まともに歩いたら何日もかかりそうなほどに遠かったが、わずか数分歩いただけで柱の正体がわかった。それは巨大な動物の背骨。地上に降りたその骨の柱の先には、山のように巨大な頭骨。その鼻先をよく見ると、竜の紋章を背にひとりの魔術師が腰掛けていた。どんな場所でも玉座に座っているかのように振る舞うヤツを、俺はひとりしか知らない。

「ザガロ、ここがお前の部屋《ルーム》か。お前のことだから大勢の手下を従えて、王様みてぇな部屋にいるのかと思ったが、ずいぶん殺風景なところにいるんだな」

ザガロとはかなり離れているので俺の声は聞こえないかなと思ったが、語りかけながら歩み寄るだけで、俺の身体は頭骨のすぐ真下まで移動した。ヤツが謁見台のような高みから俺を見下ろす形となる。

「ふん。そういう貴様は、まるで物乞いのような絶対的なみすぼらしさではないか」

「ここに来るまでにいろいろあってな。それでもわざわざ来てやったんだから、茶くらい出してくれよ」

「この俺様が貴様にくれてやるのは、絶対的な死だけ。しかし極上の死……極上絶対死だ」

ザガロは玉座のような鼻先から立ち上がると、マントを翻しつつ背後を示す。頭骨と紋章のインパクトに気を取られていて気づかなかったのだが、頭骨から先の荒野は途絶えて世界の果てのような断崖が横たわっていた。その向こうは骨と瘴気《しょうき》がどこまでも広がっている。

「ここは、王者の墓……！　つまり絶対的王者である、赤竜《レッド・ドラゴン》の墓なのだ……！」

「もしかしてお前が立ってる骨がその赤竜だったりするのか？　だとすると赤竜ってのはとんでもなくデケぇんだな」

「ここにはかつて世界を支配した赤竜と、その下僕《しもべ》たちが眠っている……！　俺様の一族も命尽きた暁には、絶対にここに埋葬される……！　デュランダルよ、いまから貴様をここに葬ってやろう……！　貴様はあの世で、我がドラゴン家の絶対的な下郎《げろう》となるのだ……！」

そういやザガロは初めて会ったときから俺のことを下郎呼ばわりしていた。どうやらそう呼ぶだけでは足りず、マジで下郎にしたくなったらしい。

「ちょうどいい、俺もアルバイトを探してたとこなんだ。お坊ちゃん直々のスカウトってことは、さぞや待遇がいいんだろうなぁ。三食昼寝つきか？」

この荒野で、初めて風が吹きぬけていった。風の先に目をやると、砂埃《すなぼこり》の向こうにザガロが立っている。その隣にはいつのまに現れたんだろうか、ひとりの聖女が寄り添っていた。聖女の女生徒というのはみな頭から純白のベールを被《かぶ》っているのだが、制服は仕える職業によって異なる。剣士に仕えているなら白いセーラー服で、魔術師なら白いブレザーだ。その聖女はザガロに仕えているのでブレザーなのだが、金の刺繍《ししゅう》が施された特別仕様のようだった。どうやら、かなりいいとこのお嬢様らしい。

「ザガロ様、お気を付けくださいまし。お怪我《けが》をなされたときは、わたくしがすぐに癒やしてさしあげますわ」

「コインコ、この俺様がこんな下郎にカスリ傷のひとつも付けられると思うか。そんなことは絶対にありえんから下がっていろ」

コインコと呼ばれた聖女はまだなにか言いたげであったが、「はい」と素直に返事をして引き下がる。彼女は頭骨の陰にササッと隠れると、呪詛《じゅそ》のような視線を俺に向けていた。

「さすが坊ちゃん、専属の聖女がいるのか。でもそれなら、心おきなくボコボコにできるな。……おっと、坊ちゃんの新しい魔術《ヤツ》を見るまでは、意識だけはトバさねぇ程度に手加減して殴ってやるから安心しな」

「……その軽口も、今日で最後だ……！　絶対にな……！」ごう、とザガロのまわりがクレーターのようにへこむ。まだ魔術の詠唱《リード》もしてねぇのに、恐ろしい重圧《プレッシャー》だった。

「ドラゴンの血において命じる！　古《いにしえ》の竜よ、この身に宿れ！」

来た……！　ヤツの新しい触媒《ローダー》による、新しい竜炎魔術《ドラフレイム》が……！

それは詠唱中《リード》の幽星憑依《アストラ・エフェクト》だけで、一〇〇人もの剣士たちを全滅させた実績がある。魔術が発動したらどんなことが起こるのか気になるが、指を咥えて見てるわけにもいかねぇ。ヤツとの距離はじゅうぶんに離れているから、どんな攻撃が来てもギリギリでかわせるはず。俺は手をかざし、ヤツの詠唱《リード》に応じた。

「凍えよ剣っ！　アブソリュート・ゼロ・ブレイド！」しかし俺は、たったの一言で砕けた。

「我が脚は竜尾《りゅうび》！」ヤツの舞踊《テップ》の一環である回し蹴りが空を切った瞬間、赤竜の尾を象《かたど》った幽星憑依《アストラ・エフェクト》が通り過ぎていく。それはバックステップでギリギリかわしたつもりだったが、シッポの先がかすめただけで暴走馬車に撥《は》ねられたみてぇに俺の身体は吹っ飛んでいた。

「ぐはっ……!?」地面に叩《たた》きつけられた俺の身体に、隕石《いんせき》のごとき拳が降り注ぐ。「我が手は竜拳っ！」大地が爆《は》ぜ、すり鉢状に陥没、その中心に俺はいた。「我が足は竜足っ！」竜の足の裏が、俺の空を覆い尽くす。間違いなく世界最大のストンピングが、巨大なすり鉢を真っ平らに均《なら》していく。それは人間がアリンコに振るうような、圧倒的な暴力。いや、神が人々に下す天罰のごとき、逃れようのない絶望的な神力であった。

「我こそが、現世《うつしよ》の滅びなり……！　天地開闢蹂躙掌《ドラゴニアン・ニュークリア・フィンガー》っ！」

巨大な竜の爪が、大河を作るように大地を抉《えぐ》りながら迫ってくる。埋まったままの俺はピクリとも動けずに、その高波のごとき掌《てのひら》に飲み込まれていた。

「うっ……うわぁぁぁぁぁぁぁ――――――っ!?!?」

身体の自由がきかない。身体をよじらせても、首から上しか動かせない。こんなのは雪崩《なだれ》に埋もれたとき以来だが、そのときと大きく違うのはギリギリと身体が押しつぶされていることだ。

「ぐふっ……！」肺腑《はいふ》から嘆息と血が漏れ出す。俺は竜の握り拳の中にいた。いや、厳密には握り固められた拳の指の間から顔を出していた。まるで、人間の手に摑《つか》まれた蚊のような有様《ありさま》で。

霞《かす》む目の前には、頭骨と同じくらい巨大な竜の頭を従えた竜王ザガロがいた。瞳孔のすぼまった黄金の瞳に唇から覗《のぞ》く人ならざる牙。全身が強靱《きょうじん》な筋肉と鎧《よろい》のように堅牢《けんろう》な赤い鱗《うろこ》で覆われている。闘気《オーラ》のような熱気を放ち、立っているだけで周囲の景色を揺るがしていた。

「どうした、下郎よ！　俺様の新しい竜炎魔術《ドラフレイム》を見るまでは、意識を飛ばさないのではなかったか⁉　それとも絶対的な力の前に、自らすすんで下僕になる気になったか！」

ヤツがかざしていた拳をいたぶるように揺らすと、巨大な拳に挟まれている俺の身体も揺れる。

「へっ……！　なかなかおもしれぇ見世物じゃねぇか……！　んじゃ、そろそろこっちの番……うがぁぁぁぁっ⁉」

ザガロが人さし指と薬指に少し力を入れるだけで、俺の身体は腐った木みてぇに砕けそうになった。潰される寸前の蚊ってのは、こんな気分なのかもしれねぇな……！

なんとかしなきゃ数秒後にはプチッてなっちまうのは目に見えていた。しかし両手が使えねぇし、痛みがヤバくて原初魔法《オリジン》の詠唱《リード》なんかできっこねぇ。以前はクリンが飛んできて助けてくれたが、クリンの姿は今回の儀式が始まったときからずっと見てねぇから、助けは望み薄だろう。

俺はただただ、身体がブチブチ、ゴリゴリと音をたてですり潰されていくのに悲鳴をあげていた。いや悲鳴どころか、肺が潰れて血の混じった吐息が唇の端からダラダラと垂れるばかり。脳は走馬灯どころじゃなく、焼き切れんばかりに熱くなっている。白く意識が飛び、赤黒い血と混ざって壁のシミとなった俺の姿だけが見えていた。いくつものヤツの顔が浮かびあがり、こぞって笑ってやがる。

「ふはははははは！　貴様は跡形もなく潰れて死ぬのだ！　どうだ、骨すらも残らず死にゆく感想は⁉　命乞いをすれば、その頭蓋だけは踏み砕かずに残してやってもいいぞ！」

「……ふざけんな……！　俺は……ぜってぇ……あきらめねぇぞ……！　頭だけでも……テメェなんかにゃ負けねぇよ……！　残った頭で……頭突きしてやらぁ……！」

「ぐぬぬっ……！　この期に及んでもなお、絶対的に命乞いせぬとは……！　ならば見せてもらおうではないか、貴様の最後の見世物を！」

ザガロはさらに指に力を込める。いよいよ俺を本気で押しつぶすつもりのようだ。俺はいちかばちか、ちぎれて飛んだ頭でヤツに食らいつくつもりで叫んだ。

「うっ……うぉぉぉぉぉぉ――――――――――――――っ‼‼」

……すぽぉぉぉぉぉぉぉぉぉぉぉ――――――――――――――んっ‼‼

そんな音が聞こえてきそうなことが、俺の身に起こった。

なんと俺の身体は竜の指の間から飛びだし、目の前にいたザガロにフライング頭突きを食らわせていたのだ。俺の頭はザガロの顔面にこれでもかとめり込んでいて、頭で卵を割ったような嫌な感触を味わっていた。

「ば……か……な……⁉」ザガロは陥没した顔のまま、ド派手に宙返り。竜王のような絶対的権力者のようだった姿はどこへやら、イキがってキツいお仕置きをされたお坊ちゃんみたいに弱々しくブッ倒れていた。「な……なにがどうなってんだ……？」俺はわけがわからず自分の身体に視線を落とす。すると上半身がどこもかしこも、血が混ざった粘つく液体まみれになっていた。

「な……なんだ、これ……？」内ポケットを探ってみると、潰れた金属の缶が出てきた。これって、まさか……。「……ファイラワ油⁉　そっか、だいぶ前に製油工場からもらった油が、入れっぱなしになってたのか！」それが押し潰されたことで破裂して中身が出て、俺の身体がヌルヌルになって……。あまりの偶然に、もはや笑うしかなかった。

「はは……まさか、油に命を助けられるとは……な」

シルクを裂くような悲鳴と、タンが絡んだような絶叫が同時に起こる。

「きゃあっ⁉　ザガロ様⁉」『カアッ⁉　ザガロくん⁉』

おつきの聖女コインコは血相を変えて駆けよっていく。空に浮かんだタンツボネ先生は頭を抱えていた。

コインコは伸びているザガロを助け起こすと、しっかりと抱き寄せる。どうやら治癒をしようとしているようだ。聖女の治癒は法術と呼ばれているのだが、俺はまだ見たことがない。なので身体の痛みも油の不快感も忘れてじっと観察していた。

「ザガロ様！　意識はないようですけど、傷は浅いですわ！　これならすぐに……！」しかしコインコは自分の言葉に自分で引っかかったかのように、祈りの手を止めて俺を見上げる。

「どうした、オバケでも見るみたいな顔して……？　治してやらねぇのか？」

「なんで……？　ザガロ様の天地開闢蹂躙掌《ドラゴニアン・ニュークリア・フィンガー》を最後までまともに受けて、なんで生きていられますの……？　っていうか、なんで普通に立ってられますの⁉　わたくしはザガロ様にお仕えして間もないですけれど、あの魔術を最後まで受けきった人間は誰ひとりおりませんでしたのよ⁉」コインコはひとりで勝手にヒートアップしていく。「唯一、ミノタウロスを相手にしたときは最後まで詠唱《リード》なさってましたが、そのミノタウロスも跡形もなく握り潰されてしまったんですのよ⁉　巨大な牛の怪物をあっさり潰すほどの魔術を受けて、なんであなたは平然としていられますの⁉」

俺は実家にいた頃に兄姉たちからサンドバッグにされていたせいで、タフさだけはひと一倍ある。だけど、平然ってわけじゃ……。それを言葉にしかけたところで足元の感覚が無くなり、奇妙な浮遊感に囚《とら》われる。てっきり臨死体験かと思ったが違った。俺とザガロは崖っぷちで戦っていたのだが、ザガロの攻撃がヤバすぎて地面が崩落しちまったようだ。

「きゃぁぁぁぁぁぁぁぁぁぁぁぁ――――――――っ⁉⁉」

そばにいたコインコとザガロも岩雪崩に巻き込まれるように落ちていく。俺はとっさに荒野に向かってダイブし、新たにできた崖っぷちに摑まる。すかさず空いている片手でザガロの襟首を摑んだ。それだけで、俺の身体には引き裂かれるような痛みが走った。「ぐあっ⁉」思わずのけぞって天を仰ぐと、空のタンツボネ先生と目が合う。このときばかりはタンツボネ先生も教育者らしい一面を見せていた。

『あ……ああっ⁉　ザガロくんとコインコさんは無事ざますの⁉』

タンツボネ先生の言葉に俺は視線を落とす。俺に襟首を摑まれたザガロは首を吊《つ》ってるみたいにグッタリしているが無事だろう。コインコは命ここにあらずといった表情になっていたが、ザガロの身体にしっかりとしがみついている。気を抜くとふたりぶんの重さと全身の痛みに負けてしまいそうだったので、俺は歯を食いしばりつつタンツボネ先生に知らせた。

「うっ……ぐうっ……！　ふっ……ふたりとも無事だぜ、タンツボネ先生！」

『ああ、良かったざます……！　魔術師の名家のご子息と、聖女の名家のご令嬢の身に何かあったらザマの首が大変なことになってしまうざます！　デュランダルくん、命にかえてもふたりを助けるざます！』

「な……なんとかしてやりてぇけど……！　ちょっと……やべぇかも……！　骨に、ヒビが入ってやがる……！」

しかも全身の骨がヒビだらけみたいで、頭から足のつま先まで電撃を食らってるみてぇだ。そして崖を掴もうとしたときに気づいたんだが、肩の関節が外れてやがる。おかげで手に力が入らず、崖に掴まっているというよりも引っかかっているような状況。普段なら人間ふたり分くらいの重さなら楽に引き上げられるのだが、全身ズタボロのいまは家二軒を持ってるみてぇだ。このままじゃ身体がちぎれちまうから、早くなんとかしねぇと。

力で引き上げるのは無理そうだから、魔術に頼るしかねぇ。ダメ元で飛行魔術《エイビシャン》を詠唱《リード》してみたんだが、痛みで集中できないせいか幽門《サークル》のサの字も出てこなかった。

崖下までの高さが低いか、高くても下が川とかだったらいちかばちか落ちてみるってのもアリだったんだが、眼下は真っ暗闇で底が見えない。しかも崖っぷちからはいろんな動物の骨が刃物のように突き出ている。落ちたら最後、骨が身体に突き刺さってジ・エンドか、運良く底まで落ちたとしても全身がナマスみてぇになるだろう。

「ぐ……ぐぞぉっ……！　どっ……どうすりゃ……いいんだっ……!?」

他に手はないか考えていると、恐怖よりも疑問が上回ったような震え声が立ち上ってきた。

「な……なんで……？　なんでそこまで必死になって……わたくしたちを助けようとしているんですの……？　ザガロ様を掴んでいる手を離せば、あなたは助かるのに……？　ザガロ様は、本気であなたを殺そうとしていたんですのよ……？」

「こっ……こいつは……男と男の戦いだ……！　だっ……だから……！　ザガロがどんな目に遭おうが知ったことじゃねぇ……！　でも……お前は違うだろうがっ……！」

「えっ……!?　ま……まさか、わたくしを助けるために……!?」コインコの黄金の瞳が金貨のように丸くなる。

「そ……その……まさかだよっ！　ぐあっ……！　も、もう……！　限界だっ！　い……いいかコインコ、しっかり摑まってろよっ！　落ちたらもう、知らねぇからなっ！」

俺は残った力をすべて振り絞る。ブチブチとちぎれるような音がする身体を歯ぐきから血を流して堪えながら、ザガロごと腕を振り上げた。

「えっ、なにを……!?　きゃぁぁぁぁぁぁぁぁ――――っ!?!?」悲鳴とともに宙を舞うコインコと、気を失ったまま宙を舞うザガロ。ふたりは崖上にどさりと着地していた。

「よ……よし……！　うまく……いった……！」しかし俺の身体にはもう一ミリの力も残っちゃいねぇ。自力で這《は》い上《あ》がるどころか、崖に引っかかっているだけで精一杯。コインコは豪奢《ごうしゃ》なローブを土埃《つちぼこり》まみれにしながらも、必死になって這いずってきて俺の手を取る。しかし女の細腕のせいか、うんうん唸《うな》るほどに力を込めてもぜんぜん引き上げられない。不意にその肩に、竜の爪が食い込む。

「あっ、ザガロ様！　気がついたんですのね⁉　どうかお願いです！　デュランダルさんを引っ張るのを手伝ってくださいまし！」

ザガロは崖の上にいるというのに、地獄の底から這い上がってきたような表情をしていた。その手にはコインコから奪ったのであろう、刀身が黄金に輝く聖女のあいくちが握られていた。

「やめろ、ザガロ！　もう勝負はついたんだ！　お前が敗れたことで、このルームは……！　いや、ウィザーズ寮のルームはすべて、俺のナワバリになった！　儀式は終わったんだ！」

俺が言葉とともに鼻先で示したのは、荒野の果てにある夕陽。先ほどまでそこに浮かんでいたのは竜の紋章であったが、いまは夜の到来を喜ぶような、翼を広げた巨大コウモリのシルエットになっていた。ザガロは地獄の亡者のように剝《む》いた目を、ギョロリギョロリと虚空にさまよわせている。

「……あっては……ならんのだ……！　この俺様が、貴様に敗れるなど……！　父上から新たな触媒《ローダー》を授かったというのに、敗れるなどということは……！　あってはならんのだぁぁぁぁぁぁぁぁ――――――――っ‼」

地獄の炎に焼かれるように身をよじらせ、天に向かって吠《ほ》えるザガロ。その掲げた両手には、人心を惑わせるような刃のきらめきがあった。

「ずえっ……たいにぃぃぃぃぃぃ――――――――っ‼‼」

それが俺の手の甲に突き立てられた瞬間、俺は奈落の底へと落ちていく。空には閻魔《えんま》がヒステリックを起こしたような、おぞましい顔が浮かんでいた。

『カァーッ、ペッ！　デュランダルくんが卑怯《ひきょう》な手でザガロくんを傷つけたざます！　よって、ルール変更ざます！　魔術師のリベンジを許可するざます！　みんなでデュランダルくんを殺すざます！　デュランダルくんを殺せば、ぜんぶ無かったことになるざますよぉ―――っ‼』

◆　◇　◆　◇　◆

危機百発。いまの俺にこれほどまでに似合う言葉はないだろう。ザガロによって崖下に突き落とされた俺は、地獄のスマートボールの気分を味わっていた。梁《はり》のように突き出た骨に身体が叩きつけられ、針のように突き出た骨が身体に刺さる。あっちへ転がり、こっちへ反発、ただでさえボロボロの身体を念入りにナイフでメッタ刺しされるように、俺は落ちていった。

骨の釘《くぎ》が無くなったところで、俺の身体はアウトレーンのような穴に吸い込まれていく。そうしてやっと地面に叩きつけられたが、真下にいたヤツがクッションになってくれたおかげで、荷馬車から放り出されたトマトみたいにペチャンコになるのだけは避けられた。

「よ……よくも、我が同胞を……⁉　この者を、取り押さえよっ！」くぐもった声のあと俺はよってたかって持ち上げられ、手足を大の字にされて磔《はりつけ》にされた。外れていた肩の関節はいつのまにか元通りになっていたが、この手荒い歓迎っぷりからして、どうやら俺の敵は崖下にまでいたらしい。

「まったく……どこもかしこも敵だらけだな」俺はひとりごちながら、レッドアウトが晴れつつある視界であたりを見回す。場所は地下だったが、先ほど落ちてきた天井の穴から光が差し込んでいるので明かりはじゅうぶん。どうやら、石を積み上げて作った三角錐《さんかくすい》の山のてっぺんにいるようだった。

　俺が縛り付けられている頂点には、他にも仮面を被った魔術師たちがいる。魔術師たちを代表するかのように、やたらとノッポな仮面男がステッキをつきながらヨロヨロと前に出た。男は学院の制服を着ているが、髪は真っ白でおじいちゃんみたいに動きはヨボヨボだ。

「ようこそ、『奴隷の墓』へ。キミが、ウワサのデュランダルくんか。まさか、生きて会えるとは思わなかったねぇ」

「あ、そういやあの坊ちゃんがなんか言ってたな。俺は死んでここに落ちてくる予定だったんだろ？　まぁ残念だったな。しかしこっちも意外だったからおあいこだろ。お前みたいな陰気なジジイが坊ちゃんの手下にいるとは」

　ザガロは魔術師だが力を重んじているので、精神的には体育会系な感じがする。取り巻きも健康的で陽気なヤツらが多いという印象。しかしいま目の前にいるコイツらはその真逆だ。

「違う、私は手下ではない。ウィザーズ寮の副フロアドミネーターだねぇ」手下と言われてムッときたようで、好々爺《こうこうや》のようだった口調がにわかに波打っていた。

「なんだ、やっぱ手下じゃねぇか」

「違う！　……私はデス・ウィッシュ一年リーダーのキガンテス。またの名を『巨人餓死《ジャイアント・スターベーション》』……！」

「『巨人殺し《ジャイアント・スレイヤー》』なら聞いたことあるけど、そんなのもあるのかよ。お前を見てると『餓死寸前の巨人』って感じだけどな。痩《や》せすぎて、ステッキがなきゃ立ってるのもやっとじゃねぇか」

「この状況に置かれてなお、軽口を叩くとは。しかしこれでもまだ、強がりを言えるかねぇ？」

キガンテスと名乗る年寄りノッポが手をかざすと、天井の穴が広がる。さらに光が差し込んで視界が開け、周囲が見渡せるようになったところで俺は息を呑《の》んでいた。なんと眼下にはゾンビのような者たちがウヨウヨと蠢《うごめ》いていたのだ。

よく見るとゾンビたちはコモンナー寮の生徒たちにムチ打たれ働かされている。どうやら、下は採掘現場になっているらしい。痩せこけたゾンビたちは土気色の顔でツルハシを振るい、土を運ばされている。奥のほうでは火薬のタルが設置され、ゾンビたちが巻き添えになり爆炎に晒《さら》されていた。

明らかに強制で、安全性もゼロの違法な労働。その光景は地獄そのものだったが、キガンテスはさも絶景のように言う。

「どうだ、素晴らしい眺めだろう？　力でねじ伏せての支配だと、こうはいかないよねぇ」

どうやらコイツらはザガロと同じく魔術で、しかしザガロとは違うやり方で人々を支配しているようだ。そしてザガロのやり方を暗に批判しているということは、ナンバー2の座に甘んじていることを快く思っていないのだろう。まぁそんなことはどうでもいいとして、俺は不思議に思う。労働者の数に比べて見張りの数が明らかに少ない。これだと、労働者がその気になれば反乱を起こせるんじゃないか？

「どうやってこの数の人間を支配しているのか不思議に思っているんだろう？　彼らの首をよーく見てみるんだねぇ」

キガンテスに言われたとおりに目を凝らしてみると、ゾンビたちの首筋には見覚えのある焼印があった。

「ヒマリンと、同じ……？　そうか、借金のカタにしてるんだな」

「そうだ、私の一族は金貸しでねぇ。コモンナー寮にいる生徒の親を専門に融資しているんだよ。生徒を担保にさせてねぇ」

「生徒を担保に借金？　そんなことが許されんのかよ？」

「金が払えなくなったらその生徒を召し抱えて働かせると言えば、向こうから進んで借りてくるよ。将来は魔術師に仕えられるものと勘違いしてねぇ」

この世界では剣士と魔術師が上流で、それ以外の職業はみな下流という風潮がある。コモンナー寮の生徒たちがナワバリでこき使われてもロクに文句を言えないのは、社会に出ても剣士と魔術師の下で働くことになるからだ。俺が瀕死《ひんし》状態のナリをしているせいか、キガンテスはこの採掘場の仕組みをべらべら教えてくれた。

「この塔は素晴らしい産物ばかりだけど、ひとつ大きな問題があってねぇ。学院の教員か生徒しか塔に入れないいんだよ」

「なるほど、そういうことか。労働力を外部から持ってこられねぇから、生徒を借金のカタにして働かせてたんだな」

「そうだけど、それだけじゃないさ。証明をしたかったんだよ。力ではなく、飢えと渇きによる支配こそが美しいということをねぇ」

キガンテスが眼下に目線をやる。採掘場にいた配下の魔術師が、反抗的な態度の労働者に向かって魔術を掛けていた。黒いオーラに包まれた労働者の肌が、みるみるうちに干からびていく。

「な……なんだ、あれは……!?」

「我らの美しき力の源、疫癘魔術《エピデミック》だよ。ありとあらゆる状態異常を操る魔術。麻痺《まひ》、毒、混乱、飢餓……それらを駆使すればあのとおり、生きた死人のできあがり。元気なときよりも労働力はだいぶ劣るけど、ゾンビと違って複雑な労働をさせられるんだよねぇ。言うなれば人間とゾンビのいいとこ取り、半ゾンビってとこかなぁ」

なんとコイツは借金のカタで連れてきた生徒を、状態異常にして逃げられないようにして働かせていた。

「あ、それだけじゃないよぉ、魔術の基礎練習は人形を相手にするのが普通だけど、状態異常系の魔術は人形だと効果の具合がわからないんだよねぇ。でも彼らを生きた人形としても使えば一石二鳥だよねぇ。あ、人形っていうかモルモットかなぁ」

いけしゃあしゃあと言うキガンテスに、俺の怒りもジャージャーとあふれてくる。

「強制労働に、モルモットだと……？　そんなことが許されるとでも思ってんのか⁉」

「キミの許しを乞う必要なんてどこにもないよぉ。っていうか、キミの下僕のヒマーリンだっけ？　その子も儀式が終わったら、ここに来ることになってるんだよねぇ。あの子はピチピチだから、私の専属モルモットにしようかなぁ……！」

じゅるりと舌なめずりする音が仮面ごしに伝わってきて、俺は臨界点に達する。

「テメェ……！　ヒマリンに手を出したら、タダじゃおかねぇ！　ブッ殺すぞ！」

「それは無理だねぇ。だってキミはもうここから逃げられないし、こっちには協力者もいるしねぇ」キガンテスが仮面の鼻先で示した先は天井の穴。見上げてみるとそこには、笑い仮面の教祖のごときニタニタ顔のタンツボネ先生が……！

『そのルームは、ザマにとっても大切な資金源なんざます……！　それに聖女科の授業では、ちょくちょくモルモットを借りてるざますからねぇ……！』

いままでは空に浮かんでいたのはタンツボネ先生の顔だけだったが、隣から青ざめた顔が割り込んでくる。

『タンツボネ先生⁉　なんということを……⁉　治癒の授業で協力していただいたのは元から病気の方ではなく、わざと魔術で病気にした方だったんですね⁉　そんなひどいことをするなんて……キャッ⁉』

それはライスケーキさんだった。ライスケーキさんは一瞬だけ空に映り込んだが、タンツボネ先生……いやタンツボネに蹴られて退場していった。俺の怒りはさらに上乗せされる。しかしやっと理解できた。俺が崖から落ちたとき、タンツボネが半狂乱になって儀式のルールを捻《ね》じ曲《ま》げていた理由が。

「なるほど、俺が生きてこのルームを見たらマズいから、口封じしようとしてたんだな」

『カーッ、ペッ！　落ちこぼれの言うことなんて誰も信じないざますけど、念には念を入れてざます。それよりもキガンテスくん、なんでそっちの方をまだ生かしているざますか⁉　さっさとゾンビにするざます！』

タンツボネが苛立《いらだ》った様子で空から示していたのは俺の隣。見やるとそこには思いも寄らぬ人物が磔にされていた。

「……ダマスカス先生⁉」ずっと無言だったからいるのに気づかなかった。ダマスカス先生は疫癘魔術《エピデミック》のモルモットになっていたのだろう、まだら色になった顔と焦点の定まらない濁りきった瞳で俺を睨《にら》んでいた。

「……ぐ……ぎぎ……！　私がこうなったのも……デュランダルくんの……せいだます……！　責任……取る……だます……！」

「なんで⁉」俺のせいでダマスカス先生がモルモットになる因果なんて想像もつかない。それにダマスカス先生から師らしきことをしてもらった覚えもないのだが、キガンテスはいいものを見つけたみたいに口を挟んできた。

「そうか、ふたりは師弟の仲だったんだねぇ。なら、こうしようか。デュランダルくんがここに落ちてくる直前まで、ダマスカス先生を毒の魔術のモルモットにして遊んでたんだよねぇ。そこでデュランダルくん、キミがダマスカス先生のかわりにモルモットになるなら、ダマスカス先生は許してあげてもいいよぉ」

そんな義理はないので許さなくてもいいのだが、ダマスカス先生は急に捨てられたチワワみたいな瞳で俺を見た。俺はウンともスンとも言っていないのに、キガンテスはさらにつけ加える。

「それともうひとつ条件があるねぇ。麻痺、毒、混乱、飢餓……つまりいまここにある状態異常魔術をすべて一度に受けるのがダマスカス先生を助ける条件だよぉ」

俺は即答する「やれよ」と。するとキガンテスとダマスカス先生は驚いた様子を隠そうともしなかった。

「なにっ⁉」「なんでだます⁉」

「どうせ断ったところで最終的にはやるんだろ？　だったらあとでも先でもひとつでも四つでも同じことだぜ。ウジウジ言ってねぇでさっさとやれよ、そんなだからいつまで経《た》ってもザガロの手下なんだよ」

俺がことさら挑発してやると、キガンテスはステッキをついたままふところから魔術の杖を抜き放つ。手の骨みたいな形をした不気味な杖だった。

「私は、ザガロの手下などではない！　いずれは『赤竜餓死《レッドドラゴン・スターベーション》』となる者なのだ……！　やれっ、皆の者！　デュランダルに疫癘魔術《エピデミック》の恐ろしさを骨の髄まで思い知らせてやるのだ！」

取り巻きの魔術師たちが一斉に構え《レディ》の姿勢を取る。舞踊《テップ》は死体が踊っているような妖しい動きだった。詠唱《リード》は小声のうえに仮面を被っているせいでぜんぜん聞き取れない。しかし魔術はしっかりと発動し、杖の先に浮かんだ紫色の幽門《サークル》から毒霧のようなモヤが出てくる。そのモヤに触れた途端、砲弾を飲まされたようなドスンとした衝撃に襲われた。

「うっ……ぐ……おおおおっ……!?」

「おやおや、さっそく苦しいようだねぇ……！　まぁ、無理もないねぇ……！　実験は、これまで二種同時が最大……！　しかも二種を同時に受けて、最後まで正気でいられた人間はいないからねぇ……！　四種を同時に掛けるのは初めてだよぉ……！　でも、いくら泣いても喚《わめ》いても、止めないよぉ……！　この私をバカにした報いだからねぇ……！」

俺は腹に風穴を空けられたような虚無感に支配されそうになり、思わず身悶《みもだ》える。拘束を引きちぎろうとしたが、びくともしなかった。

「ムダだよぉ……！　その拘束魔術は、力自慢の高原族《ハイランド》だってびくともさせられないんだからねぇ……！」

その一言に「えっ？」となる俺。大の字に伸ばした手のほうに視線をやると、手首のあたりには枷《かせ》のような幽門《サークル》があり、ゆっくりと回っていた。いまの俺はまだ疲れてるから、物理的な拘束だったらどうにもならなかったかもしれない。

「でも魔術の拘束なら、なんとか……！」俺は手首の幽門《サークル》に浮かんでいる文字を高速で解析。予想どおり、繰り返しの言霊《ワーズ》が使われているようだ。

「なら、いちかばちかだっ……！」

†，s ＩⅡddεn ∀βy§§……我、深淵《しんえん》を覗く者なり
三千世界《ヴォイド》荼枳尼《だきに》f40〔無常〕虚空《アカシック》〔暗黒〕界層《レコード》〝喝道の〟抄《アブストラクト》
「遏止《タミネス》っ……！」

術式《ミュラ》ですらないひとつの言霊《ワーズ》を叫んだ途端、俺の四肢を拘束していた幽門《サークル》は霧にまぎれるようにして消えていった。

よかった……！　繰り返しを中断させる言霊《ワーズ》は、他人の魔術に対しても有効なのか……！

「なんにしても、今度はこっちの番だぜ！」俺はひさびさに自由になった腕を振り回しながら、魔術師たちに迫る。ヤツらはもう魔術どころではなくなり、仮面ごしにも驚いているのが伝わってきた。

「な……なんだ、いまのは……!?」「拘束魔術を破るなんて……!?」「しかも、疫癘魔術《エピデミック》を受けたはずなのに……!?」

キガンテスはステッキをカツカツつきながら後ずさっている。

「ば……ばかな……⁉　四種の疫癘魔術《エピデミック》を受けて、なんで歩けるんだ……⁉　麻痺で動けなくなって、毒で苦しみ、混乱で正気を失い、餓死寸前のはずなのに……⁉」

「混乱は知らねぇけど、麻痺とか毒ならちょっとやそっとじゃ効かねぇよ。うちの家系は赤ん坊が飲むミルクの中に毒を混ぜるからな」

それだけじゃねぇ、幼少の頃からありとあらゆる毒のある生き物と戦わされる。蚊に血を吸われた回数よりも、サソリに毒を注入された回数のほうが多いくらいだ。

「ば……バケモノ……⁉　毒と麻痺を幼い頃から受けてきたようなバケモノに、混乱が効くわけがない……！　だが、私の飢餓は……！　飢餓はどうだ……⁉」

「そういやテメェは巨人すらも餓死させるんだったよな……ソイツだけは、効いてるよっ！」

派手に鳴りはじめた腹を押さえながら、俺はキガンテスの仮面をジャンピング手刀で叩《たた》き割《わ》る。

手放したステッキを空中でキャッチすると、周囲にいた三人の手下をまとめて殴り飛ばした。

「「「「うぎゃあああああぁ――――っ⁉⁉」」」」

デス・ウィッシュの幹部であろう四人組は、絶叫の四重奏を奏でながら三角錐の建物を転がり落ちていく。幹部がやられたことに気づき、配下の魔術師たちはゾンビを総動員する。

「みんな、あの男を捕まえろ！　なんなら食ってもかまわん！　あの男の心臓を食った者は、自由にしてやるぞ！」

するとゾンビたちはツルハシを投げ捨て、目の色を変えて四つ足で一斉に這い上ってこようとする。俺も相当な空腹を感じていたが、ヤツらはそれ以上らしい。俺はもう足がフラフラだったが、なんとかダマスカス先生のところまで引き返す。遏止《タミネス》を使ってダマスカス先生を解放。毒でぐったりとしつつも潤んだ瞳で俺を見つめるその姿は、顔がまだら模様だったせいもあって拾われたダルメシアンみたいだった。

「な……なんで……なんで身代わりになってくれただます……？　それに、なんで助けてくれただます……？」

「そんなことはどうでもいいでしょ！　いまは急いでここから逃げないと！」

「ど……どうでもよくないだます！　だって私は、いままでキミにさんざん嫌がらせをしてきただます！　それどころか、最後は命まで奪おうと……！」

「なんだ、そんなこと気にしてたんですか。命の危機なんて、実家にいた頃は一日五回は感じてましたから。俺のオヤジのしごきに比べたら、ダマスカス先生がしたことなんて撫《な》でるようなもんです」

俺がニッと笑うと、ダマスカス先生の瞳から涙があふれる。涙はたまりにたまった汚れを洗い流すかのように、瞳を澄み渡らせていった。

「や……やっぱり……認めざるを……得ないだます……！　デュランダルくんは才覚も人格も、最高の魔術師だと……！」

とうとう星のように瞳をきらめかせるダマスカス先生。キレイなダマスカス先生なんて愛想のいいクリンくらい不気味なものだったが、初めて先生に認められたことで俺もちょっとウルッときてしまった。「せ、先生……」

ダマスカス先生は鼻をすすりあげながら、ズボンの後ろポケットから二つ折りの薄汚れた紙を出してくる。俺はひと目見ただけでそれが原初魔法《オリジン》の本の一ページだというのがわかった。ダマスカス先生は学院の図書館に唯一あった原初魔法《オリジン》の本を、俺に嫌がらせをするためにバラバラにした。

しかしいま、ダマスカス先生自身がそのページを俺にくれようというのだ。「せ……先生っ……！」

「あ……鼻をかもうと思ったざますけど、欲しければあげるざます。デュランダルくん憎さに鼻紙がわりにしてたから、くっついちゃってるざますけど……剝がせばたぶん読めるだます。最後はお尻を拭く紙にするつもりだっただますけど……」

「せ……先生……」俺の涙も引っ込んでしまったが、周囲から這い上ってくる気配を感じてそれどころじゃないと思い、ダマスカス先生の手を取った。

「そうだ、そんなことより逃げないと！　早くしないとゾンビが来ちゃいますよ！」しかしダマスカス先生は動こうとはしなかった。ボロ布同然のタキシードの袖で汚れた顔を拭うと、真面目な顔で言った。

「落ち着くだます、デュランダルくん。ここは、私がなんとかするだます」

「えっ？　なんとかするって、どうやって……？」

「そのステッキは、キガンテスくんに取られていた私の触媒《ローダー》だます。それをこっちによこすだます。……さあ、早く！」

いつにないダマスカス先生の迫力に押され、俺はステッキを渡してしまった。そのステッキの先で、ダマスカス先生は床の一部をさして何やらブツブツとつぶやく。すると床は落とし穴のようにパカッと下に開いた。

「私は教員ざますから、塔の仕掛けの一部を作動させられるだます。あれは使いものにならなくなったモルモットを捨てるための穴だます。さぁ、あそこから逃げるだます」

「えっ、でも、先生は……？」「ここに残って穴を閉じるだます。それに、ゾンビを食い止めるだます」

とうとうゾンビが頂上まで這い上ってきて、全方位を囲まれてしまった。ダマスカス先生は俺に背を向けながら、こんなことを言った。

「この世界の多くの大人たちは、デュランダルくんを決して認めようとはしないだます。なぜならばキミという存在は、あまりにも新しい……。認めてしまったら最後、大人たちは多くのものを失ってしまうだます。私はそのことを、すべてを失ってからやっと気づいただます」

微笑《ほほえ》むダマスカス先生。それはいつもの見下すような笑みではなく、不思議な温かみがあった。

「でも、私は特にデュランダルくんに意地悪だっただますね。その理由を、いまから教えてあげるだます」

……バッ！　とステッキの両端を持ち、天に掲げる。じりじり迫ってくるゾンビたちに向かって、信じられない一言を放った。

「燃えよ天！　燃えよ地！　燃えよ人！」ダマスカス先生の右手側に紅蓮《ぐれん》の幽門《サークル》が浮かびあがり、炎龍のごとき炎が渦巻いた。

「えっ⁉　竜炎魔術《ドラフレイム》⁉」さらなる衝撃が、俺を襲う。

「震え！　凍え！　怖《おそ》れよ！」ダマスカス先生の左手側に、氷龍のごとき吹雪が渦巻く。俺の右目には炎、左目には氷が映っていた。

「あ……氷撃魔術《アイスピア》まで……⁉」

その凄《すご》さは俺以外にも伝わっていた。包囲網を狭めていたゾンビたちは驚いて後ずさり、斜面か

らドミノ倒しになって頂上からその姿を消す。ふたたび晴れる視界。ダマスカス先生は炎と氷の龍を従えたまま、首だけを捻《ひね》って俺のほうを向き、肩越しにニタリと笑った。

「他人の魔術を使えるのは、キミだけじゃないだますよ！　さぁ、ここは私に任せて、とっとと行くだます！」躊躇《ちゅうちょ》する俺に、頑とした言葉が浴びせられる。「これはデュランダルくんへの、最初で最後の指導だます！　行くだます！　剣士の一年リーダーであるシーザスくんを倒し、この塔の一階フロアを統一するだます！　フロアを統一すれば、この狂った儀式も終わるだます！」

ダマスカス先生は声をかぎりに叫んでいた。祈りにも似た、奇跡にもすがるような表情で。

「デュランダルくんがフロアを統一すれば、剣士と魔術師の支配の歴史に一石を投じることができるだます！　それは、ちっぽけな波紋かもしれないだますけど……いつしか大きな荒波となって、たくさんの人々を動かすに違いないだますっ!!」

ふたたび集まってくるゾンビたち。彼らを操る魔術師たちは、俺からすれば異常としか言いようのない命令を下していた。

「行けっ、者ども！　お前たちのように魔術を使えない人間は、我ら魔術師のために死んでこそ価値があるのだっ！」

ゾンビたちが押し寄せてきた瞬間、ダマスカス先生の絶叫に俺の背中は押されていた。

「行けっ、デュランダルっ！　この異常な世界を、ブチこわせぇぇぇぇぇぇぇぇぇぇぇぇぇ――――――っ!!!!!!!!」

◆　◇　◆　◇　◆

──私は家に代々伝わる魔術を駆使し、世界一の学院の学年主任までのし上がっただます。その魔術の正体は、秘密中の秘密。墓まで持っていくつもりだっただます。

迫り来るゾンビたちの表情は鬼気迫っていた。しかしダマスカスは彼らの顔を見ておらず、遠い目をしていた。

──偽造魔術《イミテーション》……他者の魔術を模造する魔術。見た目はソックリに再現できるだますけど、その威力は初級魔術以下だます。

「その秘密をまさか、たったひとりの落ちこぼれのためにバラすことになるなんて、思わなかっただます！」

ダマスカスは掛け声とともに右手を払うと、それに呼応するように炎龍が吠える。その迫力に、ゾンビたちは腰を抜かして倒れていた。

「ひ……ひいいっ⁉　業火がくるぞ！」

しかし炎龍の口から放たれたのは、ロウソク大のちっぽけな炎。しかもそれはゾンビたちの遥《はる》か頭上、的外れの方向に飛んでいった。

「な……なんだ……？　あのチンケな炎は……？　あっ、もしかしてハッタリか⁉」

——そう、私はハッタリだけでここまで生きてきただます。

「そうだ、そうに違いねぇ！　竜炎魔術《ドラフレイム》と氷撃魔術《アイスピア》を両方とも使える魔術師なんて、この世にいるわけがねぇんだ！」

——そう、私もそう思っていただます。入学式の校門で起こった、ザガロくんとの決闘《ボコス》。そこでデュランダルくんの氷撃魔術《アイスピア》を初めて見るまでは。衝撃だっただます。まさか、見た目だけじゃなく効果まで再現できるなんて……。驚きすぎて、ずっと忘れていた感覚まで蘇《よみがえ》ってきただます。ハッタリだけで、なんの役にも立たない自分の魔術の劣等感を……。

「でも……デュランダルくんの活躍を見ていて、ようやくわかっただます！」

晴れ晴れとした表情で、両手を広げるダマスカス。その遥か先で、採掘場の火薬置き場からまばゆい光が膨れ上がっていった。

「魔術は、創意工夫こそが命……！　そして命あるかぎり、絶対にあきらめない……！　デュランダルくんはそうやって、いくつもの奇跡を起こしてきただます……！」

超新星が誕生する瞬間のごとき爆発。ダマスカスは炎に包まれながら、「あっ」と思いだしたように床の穴を見やる。

「……生きるだます、デュランダルくん……！　私のぶんまで……！」

このときデュランダルは、深い穴をどこまでも落ちていた。上空から吹き込んできた炎に焼かれかけたが、寸前で穴のフタが閉まったことで事なきを得る。

「ダマスカス先生⁉　ダマスカスせんせーっ！」デュランダルはダマスカスの安否が気になるあまり、穴の縁を這い上がって採掘場へと戻ろうかと考えた。しかし急に視界が開け、デュランダルは地下の洞窟に投げ出されていた。

「えっ……⁉　うわぁぁぁぁぁぁ――――っ⁉」

　悲鳴を反響させながら落下。下は地面ではなく流れの速い川になっていて、そのまま激流に飲み込まれてしまう。デュランダルは必死にもがいて水中から顔を出し、息継ぎをしながら流されていった。しばらく経ったところで流れも緩やかになり、なんとか立ち泳ぎができるようになった。しかし同時に、大変なものを見つけてしまう。

「あっ⁉　ダマスカス先生からもらったページが流されてる⁉　泳いでる最中にポケットから出ちまったんだ、あぶねぇあぶねぇ！」デュランダルは全力クロールで泳ぎ、荒波にもまれるページを掴《つか》み取《と》る。「せっかくだから、今のうちに読んどくか。今日はいろいろ忙しいから、この先ゆっくり読む時間もなさそうだし」

　まるで朝の満員電車で人波に揺られながら新聞を読むサラリーマンのように、デュランダルは立ち泳ぎをしながらページに目を通す。そこに書いてあったのは『骨箱《ボンボ》』。『口《ミュラ》』を表す言霊《ワーズ》だった。

　原初《オリジン》魔法の場合、魔術は基本的に術者の手のひらから放出される。しかし術式の中で放出先を変更してやれば別の場所から出すことも可能。たとえばデュランダルオリジナルの飛行魔術《エイビシャン》であるセラフィム・ウイングは、靴底から風の幽星《アストラ》を放出することにより飛行する。

「……しっかし、腹減ったなぁ……」デュランダルにとって、新しい言霊《ワーズ》というのはサンタクロースからの贈り物に相当する。本来ならば小躍りするほどの出来事であったが、笑みも出ないほどに空腹であった。顔を沈ませて川の水を飲んでみたが、それで渇きは癒やせても、飢えばかりはどうにもならない。

「ううっ……飢餓の状態異常って、思ったよりやべぇかも……力がどんどん抜けてくぜ……」

普段はデュランダルはどんな窮地においても楽観的だったが、飢餓感は未知の体験だったので焦りを感じていた。洞窟内をごうごうと鳴る川の流れの音が、不安をよりいっそうかきたてる。不安をまぎらわせるのとスタミナの消費を抑えるため、流木に掴まった。

「腹が減りすぎて、目が回ってきた……洞窟の外に出たら、真っ先に食いものを探そう……少しでも空腹をまぎらわすために、新しい言霊《ワーズ》の使い途《つかみち》でも考えるか……」

やがて視界が開け、デュランダルは見覚えのある場所に出る。そこは、アイスクリンと水切り遊びをした河原のルームだった。その頃にはデュランダルの空腹も限界に達し、水から這い上がるのもやっとの状態になっていた。陸にあがって食べ物を探すよりも、川で移動して食べ物を探すほうが効率的だと思い、そのまま流されていく。

「くそぉ……雑草でも水草でもなんでもいい……なにか食うものは……？　……あっ⁉」

しかしデュランダルが発見してしまったのは、残酷な現実。川下のほうから、剣士の集団が水しぶきを散らしながら走ってくる姿だった。

「ひゃっはー！　見つけたぞぉ！　タンツボネ先生の情報どおりだぜぇ！」「アイツを殺《や》りゃあ、フロアはぜんぶ俺たち『魔突怒組《マッド》』のもんだぁ！」

魔突怒組《マッド》はモヒカンに鋲《びょう》のついたプロテクターといういでたちで、剣士というより世紀末における野盗のよう。デュランダルが戦ってきた剣士のなかでも、ひときわゴロツキ感の強い集団であった。普段であればこの程度の輩《やから》に臆するデュランダルではないが、いまは丸腰のうえに飢餓状態。

「や……やべっ……！」川上に向かって泳ぐ力も残っていないので、浅瀬に這い上がって逃げようとする。しかし簡単に追いつかれてしまい、背中を蹴りつけられてしまった。「ぐはあっ⁉」と、水しぶきを撒き散らしながら転がるデュランダル。

「なんだコイツ、メチャクチャ弱ぇぞ！　一年の総長が何人もぶちのめされたって聞いたから、バケモンみてぇなヤツかと思ってたのによぉ！」「ハッタリかましやがった責任、とってもらおうか！　魔突怒組名物《マッド》、人間サッカーだ！」

デュランダルは大勢のモヒカン男に囲まれ、起き上がることもできずにブーツで蹴られまくった。

「おら、パスだっ！」「ぐうっ⁉」「今度はそっちだ！」「がはあっ⁉」「そらっ、シュートっ！」

「うがぁあっ⁉」

先の尖《とが》ったブーツで腹を蹴り上げられ、身体をくの字に折って吹っ飛ぶデュランダル。河原の石に顔面をぶつけ、鼻血が吹きだした。その血と極限の空腹に、精神はとうとう限界を迎える。

「ちっ……ちく……しょぉ……！　く……食いものを、食いものを……！　うっ……！　うわぁぁあ――――――っ‼」

デュランダルは地獄に堕とされた餓鬼のように絶叫した。恥も外聞もかなぐり捨て、陽の下に出てしまったミミズのごとく激しくのたうって逃げようとする。その情けない姿を見て、空のタンツボネは大爆笑。

『ヒャーッヒャーッヒャーッ！　いい格好ざます、デュランダルくん！　いい気味ざますぅ――っ！　おっと、魔突怒《マッド》組のみなさん、ザマがいいと言うまでそのままにしておくざます！　悪魔の末路を、たっぷりと記録しておきたいざますからねぇ！』

それが鶴の一声であったかのように、ゴロツキどもの追撃の手が止《や》む。タンツボネは逃げ惑うデュランダルを満足げに鑑賞していたが、その後ろをひとりの少女があわただしく通り過ぎていった。いい匂いを嗅ぎつけたタンツボネはカメラの前から離れる。

「待つざます、ライスケーキさん！　そんな大荷物を持って、どこにいくつもりだます⁉」

テントの外に出ようとしていたライスケーキは肩をびくりとさせて立ち止まった。タンツボネは返事を待たず、ライスケーキが持っていた大きなバスケットを蹴りつける。するとバスケットの口が開き、サンドイッチや果物がぶちまけられた。

「やっぱり！　デュランダルくんへの補給なんてもってのほかざます！」

「あ……あらあら、違います。ちょっと河原でピクニックを……」

「カーッ、ペッ！　言い方を変えてもダメざます！　あなたは下女なんざますから余計なことはせず、ザマの命令だけに従っていればいいんざます！」

ライスケーキは首根っこを摑まれると聖女たちのいる客席まで引きずられ、床に乱暴に投げ倒された。まわりにいる聖女たちがしんとなる中、ライスケーキは抗議の意思表示であるかのように唇を噛《か》んでみせた。幼い子に対してメッとするように。

「なんざますか、その顔は⁉　下女のクセにザマに逆らうざますか⁉　あなたのような下女、ザマがその気になればクビどころか処刑も簡単ざますよ⁉　死にたくなかったら、ここでデュランダルの死にザマを見ているざます！」

ライスケーキは無言のまま立ち上がると、客席のなかをすたすたと歩いていく。やっと素直になったかとその姿を追っていたタンツボネの顔が、驚きでヒビ割れた。なんとライスケーキは誰もないバッド寮のテーブルに着き、祈りを捧げはじめたのだ。

「かっ……カァァァァ――――ッ！　ペッ！　ペッペッペッ！　なんてことをしてるざますか、ライスケーキさん⁉」

ライスケーキは祈りのポーズのまま、気丈な声をタンツボネに向ける。

「他の寮の生徒さんたちは、儀式の最中でもおなかいっぱい食べています。でもデュランダルちゃんは、朝からなにも食べていません……。それなのに差し入れも許されないなんて、あんまりです。しかもタンツボネ先生は、祈ることも許さないというのですか？」

するとタンツボネは、歯のない飼い犬に噛まれたような表情になる。しかしすぐに手を叩いて笑い出した。

「ヒャーッヒャーッヒャーッ！　あなたみたいな下女が祈りって！　聖女ですらないゴミ女が祈ってなんになるというざますか⁉」

「たしかに私は紙クズのように無力な人間かもしれません。でも、祈る気持ちは平等だと思っています。タンツボネ先生は誰かを助けたい気持ち、誰かを大切に思う気持ちに貴賤《きせん》があるとおっしゃるのですか？」

「カァーッ、ペッ！　そんなのあるに決まってるざます！　あなたのようなゴミ女が祈ったところで、なーんの奇跡も起こらないざますからねぇ！　ほぉら見るざます、デュランダルはもうすぐ死に……！」

タンツボネはライスケーキの頭を三角巾ごしにガッと掴み、無理やりステージ上の水晶板のほうを向かせる。そこでふたりはようやく、まわりにいる聖女たちが静まり返っていた理由を知る。

「「えっ……えええええええええ――――っ⁉⁉」」

なんとデュランダルが、川べりで野菜や果物を頬張っている……⁉　キュウリ、トマト、キャベツ、ナス、ニンジン……⁉　リンゴ、ミカン、ブドウ、バナナ、パイナップル……⁉　脇目もふらず生のまま、手づかみで丸かじり……⁉

「はぐっ！　はぐっ！　あぐっ！　あぐっ！　んぐっ……！　うんめぇ――――っ‼」

空腹は最高のスパイス。こんなにうまいものは初めて食べたとばかりに、大満足で天を仰ぐデュランダル。これにはタンツボネもライスケーキも開いた口が塞がらなくなる。かたや声もなく絶叫するように口を全開にして、かたやおちょぼ口を丸くしながらカメラの元へと走っていった。

『な……なんで、なんで、なんでそんなところに食べ物があるざますか⁉』『まああ、どうして……⁉　どうして川にお野菜や果物があるんですか⁉』

ふたりの呼びかけに気づいたデュランダルは、濡《ぬ》れた手紙を天に向かって掲げる。そこにはたどたどしい文字で、こんなことが書かれていた。

『このおやさいやくだものはごしゅじんさまのものなので、たべちゃダメなのです。かってにたべたらミカンファイヤーなのです』

「まさかバッド寮の近くにある川と、この川が繋がってるとはな……。まぁ、なんにしてもありがとうな、ミカン。それとライスケーキさん、あんたのおかげで助かったぜ」

　お礼を言われたライスケーキは頭の中がハテナマークでいっぱいだったが、デュランダルが立ち上がった姿を見て両手で口を押さえるほどに感激していた。

『まあまあ……！　奇跡です……！　奇跡が、起きました……！』

　隣のタンツボネは大激怒。空から魔突怒組《マッド》の面々を叱り付けていた。

『な……なにしてるざます⁉　なんでデュランダルくんが食べるのを黙って見てただますか⁉』

「いや、だって……タンツボネ先生が、いいって言うまでほっとけって……ぐはあっ⁉」ゴロツキ剣士は言葉の途中、デュランダルのパンチを受けて吹っ飛んでいた。

　それは見ていた者たちすべてが、「なっ⁉」と慮外の声をあげざるをえないほどの速さ。デュランダルは周囲の反応をよそに、殴りかかる前に空に投げ放っていた果物のミカンをキャッチ。それをズボンのポケットにしまいこみながら、拳闘の構えを取る。

「一週間分の野菜を食っちまって腹がパンパンなんだ、腹ごなしの運動に付き合ってくれよ」

　数分ほど前までは虫の息だったデュランダルが生まれ変わったような余裕を取り戻し、魔突怒組《マッド》の剣士たちは目を点にしていた。しかしタンツボネの『カァーッ！』という威嚇を受けて我に返ると、口汚い罵声とともにデュランダルに突進していく。

　剣撃よりも先にキックが飛んできたので、デュランダルは「ケンカ剣法か！」とその蹴りを脇でキャッチ。一番手の剣士を動けなくすると、後続の剣士たちに向かって手をかざす。

「なんでもアリならこっちも得意だぜ！　……流氷に瞑《つぶ》れ、エターナル・グレイヴロック・シュート！」

　かざした手を中心に空気が凍りついていき、デュランダルの眼前に巨大な氷塊が出現。滑り出した氷は川の流れでさらに勢いを増し、川下にいた剣士たちをまとめて撥《は》ね飛ばしていく。動きを止められていた剣士がワンパンで沈められると、魔突怒組《マッド》は壊滅。それが一瞬の出来事だったので、空に浮かんでいたタンツボネはすっかり硬直していた。

『し、信じられないざます……!? 天地開闢蹂躙掌《ドラゴニアン・ニュークリア・フィンガー》を受け、高所の崖から転落したうえに、四種の疫癘魔術《エピデミック》を受けて、濁流に流されてリンチにまで遭ったというのに……!? 野菜を食べただけで、息を吹き返すなんて……!』

タンツボネはデュランダルのタフさに、にわかに恐怖のような感情を抱きつつあった。しかし軍靴のような足音が河原に響いた途端、彼女も息を吹き返す。

『き……きたきたきたぁ――――っ！ きたざます！ きたざますぅぅぅぅ――――っ！』

現地のデュランダルはすでに気配を感じ取っており、おもむろにしゃがみこんでいた。倒れた剣士から剣を外している最中、むさ苦しい熱気を感じて顔をあげる。

「……ったく、涼しい河原が台無しじゃねぇか」

デュランダルの周囲には剣士たちの大隊。見渡すかぎりの人の波は、剣士科の一年が全員集合したような壮観さであった。それを空から見渡しているタンツボネはウッキウキだったが、ライスケーキの表情は悲痛そのもの。

『も……もう、やめてください！ もう、勝負はついています！ デュランダルちゃんは全身血まみれなんですよ!? 普通の子なら、とっくの昔に死んじゃっててもおかしくない身体なんです！ いますぐ安静にしなきゃいけないのに、こんなに大勢でイジメようとするなんて……！ 絶対にダメ、ダメですっ！』

デュランダルはその制止に応えるように両手を挙げる。誰もがその行動を、降伏の意思表示だと思った。しかし違った。デュランダルは下ろした両手を胸にあてがうと、血と泥にまみれた上にズタズタになっている、ボロ布同然の上着を引きちぎるようにして捨てる。その下にあったものこそが、彼の答えであった。

「この程度のケガなら、週三だぜ……！」肉体に刻まれた無数の古傷の前には、新しい傷など誤差も同然。その姿は、己の命を灰にして燃え上がる薪のようであった。

『まああ、どうして……？　どうしてそんなになってまで、戦うのですか……？　まわりには、一〇〇〇人以上の剣士さんがいるのに……！　どうやっても、勝てっこないのに……！』

涙をこらえるようなライスケーキの声。しかしデュランダルはこれからするのはウォーミングアップだといわんばかりに、首をコキコキ鳴らしていた。

「もう、やるって決めちまったからな。それに祈りももらったんだ、ここで引っ込んだらカッコ悪いだろ」

『えっ？』となるライスケーキに向かって微笑むデュランダル。その顔はアザだらけで目もロクに開けられない状態であったが、悲壮感の欠片《かけら》も感じさせない。

「お前はクビ覚悟で俺を祈ってくれたんだろう？　だったらこっちも首を懸けなくちゃ……なーんてな！」

デュランダルは近くにあった岩に駆け上がると、ライブの最後の曲で観客席に飛び込むボーカルのごとく敵の群れに身を躍らせた。

「吠えよ剣っ、ラウドネス・ブレイドっ！」薙《な》ぎ払《はら》われた爆炎が、敵の先陣に降り注ぐ。直撃を受けた剣士たちは火だるまとなって倒れ、川面《かわも》でのたうち回る。それでも消えずにいっそうたちのぼる炎は、戦場の随所で旗揚げされた軍旗のようだった。
そして少年は、たったひとりの軍隊と化す。ほどけた包囲網がふたたび組み上げられるより早く、詠唱《リード》を終えていた。

其《ジン》は《ド》真綿《ブライ》か《ボオウ》鉄環か《ドラティラ》∨¡――

「燃えよ剣、バーニング・ブレイド！」右手の剣が深緋《こきあけ》に赫《かがや》き、すべてを黒く焦がす灼熱《しゃくねつ》となった。烈火の照り返しを受けた剣士たちはそれだけで身を縮める。臆しつつある彼らを尻目に、さらに唱えた。

雪兎《タリ》の紅玉《スリン》を鍔《ウム》飾り《リクル》に∨¡――

「凍えし剣、ブリザード・ブレイド！」左手の剣が深蒼《しんそう》に耀《かがや》き、すべてを青く凍りつかせる凍気と化す。炎の剣と氷の剣の二刀流。それだけでも前代未聞だというのに、げに恐ろしきは少年の背中。天使がまとっているような儚《はかな》くも美しい薄氷の翼と、そして悪魔が戴《いただ》くような恐ろしく力強い黒炎の翼が浮かんでいたのだ。
赤と青、白と黒。神々しくも禍々《まがまが》しい二極を持った少年は、人間に対する最後の審判者のよう。一〇〇〇人規模の剣士たちは、天国と地獄の境目にいる亡者のように恐れおののいていた。

「そ……双剣……⁉　しかも、炎と氷なんて……⁉　こんなの初めて見たぞ……⁉」「こ……コイツは剣士なのか⁉　それとも魔術師なのか⁉」「な……なんだこれ……⁉」

「ま……魔法剣士……！　『魔法剣士デュランダル』……！」名もなきひとりの剣士の言葉に、少年は反応した。

「魔法剣士、か……。いいなそれ、俺も剣士と魔術師どっちなんだろうって思ってたとこなんだ。ピッタリだから使わせてもらうぜ」少年は改めるように咳払《せきばら》いをひとつすると、剣と翼を高らかに掲げて宣言する。

「俺は魔法剣士デュランダル！　祭りもいよいよフィナーレだろう⁉　だから、ちょっとばかし派手にしてみたぜ！　さぁっ、燃え尽きるまで騒ごうぜぇ────っ‼」

魔法剣士デュランダル誕生の瞬間であった。祝いの踊りの始まりのように双剣を右に左に振るうと、最前列にいた剣士たちから火の手があがる。その後ろに控えていた剣士たちの顔は真っ白に凍りついていた。

ひとり一殺ならぬ、ひと振り十殺。剣術と魔術を融合させたデュランダルの一撃はすさまじいの一言に尽きる。直接斬られずとも、剣撃が起こした旋風《かぜ》を感じただけで炎上もしくは凍結。いずれにしても一瞬にして葬り去られるという異次元の破壊力を持っていた。ひと薙《な》ぎごとに周囲にいた剣士たちがバッタバッタと倒れゆく様は、もはや戦いというよりもススキの伐採のような光景。しかし敵も狩られるばかりではなかった。

「近づけなきゃ、遠くから攻撃すりゃいいんだ！　どけどけぇ！　我ら『破流刃悪怒組《ハルバード》』の剣技《ソードアーツ》、いまこそ見せてやるぜぇ！」

人垣が割れ、物干し竿《ざお》のように長大な槍を持った一団が現れる。彼らは投げ槍の要領で走り込み、デュランダルに向かって槍を一斉に投げつけていた。しかもそれは全方位からだったので、空のタンツボネも『やったざます！』と思わずガッツポーズ。

『あの槍を受けたらデュランダルくんもひとたまりもないざます！　グッサグサになっちゃうざます！　ヒャーッヒャーッヒャーッ！』しかしその下品な笑いも一瞬にしてかき消される。

「月の吐息！　ネヴァー・ウインター・ムーン！」デュランダルが双剣を床に突き立て両手を広げただけで、彼の鼻先まで迫っていた槍はのきなみ凍りついて空中でピタリと静止。あまつさえクルリと向きを変えたあと、さらに光線と化す。氷槍は投げられたときの数倍の速さで持ち主のどてっ腹を貫いていた。

瞬きほどの間に破流刃悪怒組《ハルバード》、全滅……！

その悪夢のごとき光景に剣士たちはいまにも逃げだしそうになっていたが、邪悪な鶴の一声が彼らに人としての一線を越えさせる。

『たったひとりの落ちこぼれ相手に、なにをビビってるざますか⁉　あなたたちにはまだ、アレ、アレがあるざましょ⁉』

「そ……そうだ、アレ、アレだ！　タンツボネ先生がくれたアレ、アレを持ってこいっ！」

それはなんと借金漬けにしたコモンナー寮の生徒に、採掘場などで使われる爆薬を巻き付けた人間爆弾であった。両手を縛られた人間爆弾たちが最前線に突き出されると、剣士たちは導火線に火を付けながら言った。

「心配すんなって！　タンツボネ先生によると、コレで死んだヤツはほとんどいねぇってよ！　そのかわり寝たきりになっちまうみたいだけど、寝て借金がチャラになるんだったら安いもんだろうが！」

人間爆弾たちに選択の余地はなかった。逃げれば借金で家族もろとも破滅させられるので、家族を助けるためには自分だけが物理的に破滅する道を選ぶしかないのだ。人間爆弾たちは泣き叫びながらデュランダルに特攻をかけていった。

「う……うわぁぁぁぁ――――っ!!」「見ててくれっ、オヤジっ、オフクロぉぉぉぉぉぉ――――っ!!」「いまいくよっ、じいちゃん、ばあちゃゃぁぁぁぁぁ――――んっ!!」

その決死の形相に、タンツボネは嘲笑と勝利の高笑いをあげる。

『ヒャーッヒャーッヒャーッ！　いい顔ざます！　もうすぐデュランダルくんもアレと同じ顔になると思ったら余計笑えるざますねぇ！　いくらデュランダルくんでも、人間を凍らせて操るなんて芸当はできないざましょ!?　世界のゴミがいっぺんに減るという、最高にエコな瞬間はもうすぐざますぅ～！』

これまでデュランダルは脇目もふらずに戦いにいそしんでいたが、このときばかりは天に向かってツバを吐いていた。

「……外道が……！」デュランダルはタンツボネを心の底から軽蔑していた。やっていることはダマスカスと似ているが、罪も無い生徒を平然と犠牲にする点が大きく違う。デュランダルは自分は何をされても平気だったが、自分に敵意のない人間に被害が及ぶのだけは許せなかった。とうとうデュランダルは剣を投げ捨てる。

『やっとあきらめたざますねぇ！　でも、もうダメざますぅ～！　土下座しても許さないざますぅ

〜！　ゴミといっしょに木っ端みじんざますぅ〜っ！　ヒャーッヒャーッヒャーッ！』

「土下座をすんのはテメェのほうだっ！　月冴《つきさえ》の烈日、サマーウインター・スプラッシュ！」

デュランダルが手首を合わせた両の手のひらをカッと開いて人間爆弾たちに向けると、手のひらから勢いよく水が放出された。消火活動をするように全方位に振《ふ》り撒《ま》くと、コミカルな悲鳴があちこちで起こる。

「あっちぃいいいいい――――っ!?!?」

「悪ぃ！　温度調整するヒマが無かったんだ、熱いのはガマンしてくれ！」

なんとデュランダルは炎と氷を操るだけでなく、そのふたつを融合させてお湯まで作りだしたのだ。そう、かつて風呂の湯をためるのに使った二重魔法《デュアルマジック》である。それはデュランダルにとってはもはや生活魔術の一環になっていたのだが、初めて見る周囲の人間にとっては奇跡としか言いようがない光景であった。

「お……お湯ぅぅぅぅぅぅ――――っ!?!?」

これにはまわりの剣士、タンツボネやライスケーキだけでなく、テントの中で観戦していた聖女たちも騒然となっていた。

「お……お湯!?　お湯を出す魔術なんて初めて見ました!?」「あっ、見て！　お湯で次々と、コモンナー寮の生徒さんを助けてる！」「な……なんで……!?　なんで助けるの……!?　自分を殺そうとしていた相手を……!?」

「戦いの間、剣士様たちは仲間を平気で見殺しにしていました！」「それどころか、コモンナー寮の生徒を自爆までさせようとしているのに……！」「それに比べてあの人の戦い方は、なんて高潔なんでしょう……！」

「あ……あの人は……なんなの……⁉　魔術師とならぶ最強の職業である剣士を、敵にまわして……！」「しかも一〇〇〇人の剣士をたったひとりで相手にするほど愚かなのに……！」「それなのに、最弱といわれたコモンナー寮の生徒を助けるほど慈悲深いなんて……！」

「ひょっとして、あの人は悪魔なんかじゃなくて、天……」「あ……悪魔に決まってるざます！　聖教師のザマの言うことが信じられないとでも……！」

目を剝いてカメラから振り返ったタンツボネに、目玉が取れそうなほどの衝撃が襲う。なんとそれまで空席だったバッド寮のテーブルに、ほんの数名ではあるものの、聖女たちが移動して祈りを捧げているではないか……！

「カァ──ッ、ペッ、ペッ！　悪魔を支持するなんて、なにを考えてるざますか⁉」

鬼婆《おにばば》のようなタンツボネに怖れをなす幼気《いたいけ》な聖女たち。いやタンツボネが興奮のあまりツバを飛ばしてくるのが嫌で顔をそむけそうになっていたが、彼女たちは健気《けなげ》に言い返していた。

「デュランダルくんは、悪魔じゃないと思います！」「ライスケーキさんの言うとおり、私たちと同じこの学院の生徒さんです！」「それも、強くてカッコイ……あ、いえ、強くて立派な生徒さんだと思います！」

タンツボネは腐ったミカンを品定めするように、聖女たちをじろじろと眺めまわす。

「よく見たらあなたたちは、みんな庶民の家の生徒ざますね？　ははぁ、どうりでおバカなことをすると思ったざます」タンツボネは名家の聖女たちとその取り巻きたちが揃う、ウォーリア寮とウィザーズ寮のテーブルに向かって両手を広げた。「それに比べて、名家の生徒のみなさんはさすが賢明ざます！　聖教師であるこのザマが、いい剣士様や魔術師様に仕えられるようにお世話してあげるざます！　光の出世街道をザマとともに歩くざますよぉ！」

大人に媚《こ》びる子供のように、「はいっ！」とわざとらしいほどに素直な返事をする大多数の聖女たち。タンツボネは猫なで声を一転させ、バッド寮のテーブルにいる少数の聖女たちに向かってドスを利かせた。

「でもここにいる生徒たちは、下っ端聖女のままで一生を終えることになるざますねぇ……。そんなにメスコウモリとして暗い洞窟で死にたいざますかぁ……？　いま外に出れば、間に合うざますよぉ……？」

しかし聖女たちは返事のかわりに、きつく目を閉じて祈りを捧げはじめた。雷に怯《おび》える子供のように、しかし確固たる意志を持って。

「私たちは、デュランダルくんを信じます……！　神様……！　どうかデュランダルくんに、大いなる力をお与えください……！」

「カァーッ！　お前たちみたいなハエにもなれないウジ虫が祈っても、なーんの意味もないざます！　ペッ、ペッペッ！」

しかしついに、彼《か》の身に起こる。ステージ上にある水晶板、そこで一騎当千の戦いを繰り広げていたデュランダルの身体が、ほわほわと温かい光に包まれていたのだ。タンツボネはその光を間接的に浴びただけで、正体を見抜かれた悪魔のように放心する。

『え……なんで……？　優秀な生徒たちが大勢で剣士様や魔術師様に祈っても、なんにも起こらなかったのに……なんであんな落ちこぼれ聖女のたった数人の祈りが通じるんざますか……？』

ライスケーキは感激のあまり涙ぐんでいた。

「あらあら、まあまあ……！　やはり、祈りには家柄も出身も、身分も貧富も関係ありません！　デュランダルちゃんを助けたいという純粋なその気持ちが、神に届いたのです！　見返りを求めないその気持ちこそが、聖女の心なのです！」

「かっ……カァァァァァァァァァ――――ッ!!!!」ついに悪魔がその本性を現したかのように、目を剝きだし舌を飛びださせながら喚くタンツボネ。「ペッ、ペェェェ――――ッ！　下女の分際で聖女の心を語るなど、言語道断ざます！　やっとわかったざます、あなたも悪魔だったんざますね!?　デュランダルくんに肩入れするのが、なによりの証拠ざます！　正体がわかった以上、クビなんて生ぬるいざます！　いまここで、息の根を止めてやるざますっ！」

タンツボネのビンタでライスケーキがよろめいたとき、映像のデュランダルは吹っ飛んでいた。

ふたりが倒れ伏したのは、まったくの同タイミングであった。

第5章　翔《と》ぶ少年

実をいうと俺は、けっこう限界だった。そりゃそうだろ、ドラゴンにぶちのめされて崖を落ちて、毒やら麻痺《まひ》やら掛けられて、腹ペコのまま川を泳ぐっていう地獄のトライアスロンみたいなことをやらされたんだ。最後の種目の千人斬りのときは身体《からだ》はフラフラだったが、俺はへっちゃらなフリをしてた。どんなときでも弱みは見せるなってのがオヤジの教えだったからな。

何人倒せるかはわからなかったから、魔術を頼りにやれるところまでやるつもりだった。一〇〇人くらい倒したところで、身体が奇妙な光に包まれた。こりゃなんだと思ったが、ちょっとずつではあるが疲れが無くなっていくようなカンジがあったんだ。あれ？　これならひょっとして最後までやれるか……？

なんて思ったのも束《つか》の間《ま》、俺は背後からの暴風じみた攻撃を受けて宙を舞っていた。それは体当たりとかではなく、空を泳ぐサメに食いつかれたような感覚。それを食らうのは初めてだったが、俺は吹っ飛ばされながら確信めいたものを感じていた。空中で身体を捻《ひね》って川に三点着地をキメる。川は暴走した船が通り過ぎたあとのように大きく波打っていて、さっきまで俺の目の前にいた剣士どもは衝撃波でなぎ倒されていた。川べりにいた剣士たちは助かったようだが、すっかりビビって土手のほうに這《は》い上がっている。

「一撃で一〇〇人かよ。こっちは苦労してやったってのによ……」俺が見据えていた先は川下、なぎ倒された木々のように剣士たちが折り重なっているその向こう。すべてを枯らす悪魔の木のごとく立つ、ひとりの男だった。「なかなかの剣技《ソードアーツ》じゃねぇか、シーザス」

シーザスは円弧を描いて戻ってきた巨大バサミを片手でキャッチ。それは荒ぶるシャチすらも片手でいなすベテラン漁師のようだった。「そっかな？」と首をかしげるシーザス。

「力いっぱいやったんだけど、波打つ程度じゃね。オヤジはこのくらいの川なら片手でしょ？」

俺たちのオヤジはかつて、一万の軍勢を一撃の剣技《ソードアーツ》で全滅させたことがある。川上にいたオヤジが剣をひと振りすると川全体が爆発し、軍勢は発破漁の魚みたいに打ち上げられた。残ったのは干上がった川と、転がる万の肉片。そして大戦の幕を下ろしたかのように降りしきる、赤錆《あかさび》色の雨だった。それは誇張や口伝などではなく、ガキの頃の俺とシーザスがこの目で見た生ける伝説。シーザスもそのときのことを思いだしたのか、幼少の頃の話をしはじめた。

「そういや子供の頃ってば、よくジャンケンとか鬼ごっことかしたよね。覚えてる？」

忘れるわけがねぇ。実家でのジャンケンは格闘技、グーはパンチでパーはチョップ。チョキは目潰しだが、シーザスはその体質のせいで特にチョキが強く、よく俺は切り刻まれたものだ。

「ジャンケンのあとの鬼ごっこのデュランダルってケッサクだったよね。アキレス腱《けん》を切られて足からいっぱい血を流して、目も涙でいっぱいにして、殺処分される犬みたいに這いつくばって逃げ回るの」

ガキの頃の俺にとってジャンケンは命懸け、鬼ごっこは殺人鬼に追い回されるデスゲームだった。

「キャハッ！　そうそう、崖っぷちに追いつめたときのこと、覚えてる？」

忘れるわけがねぇだろ。俺はこれ以上切り刻まれたくなくて、崖から飛び降りたんだ。思いだすだけで、遠間のシーザスにもわかるくらい身体が震えてきやがる。

「まさかあの高さから飛び降りるなんて！　あのときは完全にイッちゃってたよね、キャハッ！」

俺は蘇《よみがえ》ってきたトラウマを断ちきるつもりで声を絞り出した。

「……スパチャラがどんな潰れっぷりでいまも保健室で寝てるのか、知ってんだろ？　それと、ヤツは喜んでただろ？　ガキの頃さんざんサンドバッグにしてた相手にボコボコにしてもらって、やっと罪滅ぼしができた、ってな……！」

シーザスのそばにいるだけで、さっき食った野菜を吐き出しそうになっちまう。そんなことになったらライスケーキさんとミカンに申し訳ねぇから、俺はさっさと楽になることにした。

「お前も、楽にしてやるよ……！　スパチャラみてぇにな……！」

「キャハッ！　怖さでイッちゃったみたいだね！　それじゃ、久々に遊ぼっか！」

俺はそばに落ちていた剣を拾いあげると、高速で思考を巡らせる。シーザスはスパチャラのいっこ上の兄だが、スパチャラの数倍は強い。クリンと力を合わせてやっとスパチャラをぶちのめせた俺にとって、勝機はほぼゼロといっていいだろう。

シーザスとの距離は一〇メートル程度離れていて、おおよそ中距離戦の間合い。ヤツは剣技《ソードアーツ》を遠近どちらも持っている。近距離は骨を伸ばして剣にする斬骨剣《ざんこつけん》で、遠距離は背中に担いだ巨大バサミをブーメランのように投げつける鉄鮫牙《てっこうが》。俺にとっちゃどちらも脅威だが、遠距離戦のほうがまだ分があると思う。なぜならば四刀流の斬骨は最大で四回の連撃を繰り出せるが、鉄鮫牙《てっこうが》のブーメラン攻撃は行きと帰りの往復で最大二回。二回なら、なんとかかわせる……かな？

となると遠距離戦ということになるのだが、守りの点だけでなく攻撃の点でもそのほうが都合がいい。剣技《ソードアーツ》の無い俺にとって、火力が出せる攻撃はすべて魔術絡みだからだ。しかしそう簡単には詠唱《リード》させてくれないと思うので、やるなら一発勝負しかない。

俺の持つ魔術で最大の破壊力があるのは、かつてスパチャラをぶちのめした『コール・トゥ・ハデス』。しかしこの魔術は発動がとても遅いという欠点があるので、シーザスがバテている状態でも無ければまず当たらないだろう。アブソリュート・ゼロ・ブレイドなら高速で誘導性もあるので、少なくとも避けられることはないと思うのだが、威力の面で不安が残る。オーシャンズ・ヘルは威力こそ申し分ないのだが、コイツは火炎放射みたいなものなので、最大火力で命中させるためには近場で放つ必要がある。

「う～ん。どれも、いまいちしっくりこねぇなぁ……。氷撃魔術《アイスピア》並みの速さと命中率があって、竜炎魔術《ドラフレイム》並みの威力がある魔術がどっかにねぇかなぁ……」

しかしその何気ないぼやきと、ふと目に入ったあるもので、俺の勝利への方程式は一瞬にして完成してしまった。

「ねぇねぇ、なにボーッとしてるの？　来ないなら、こっちから行っちゃうよ！」

待ちくたびれた様子のシーザスに向かって手をかざしつつ、俺は開戦の合図を叫んだ。

「流氷に瞑《ねむ》れ……エターナル・グレイヴロック・シュート！」張りつめていく緊張感と氷結していく空気に、二重の意味で身が引き締まる。白い霧が形をなしつつシーザスに移動、氷のブロックとなって直進していく。白いブロックの陰になってシーザスの身体は見えなくなったが、はしゃぐような声だけは聞こえてきていた。

「キャハッ！　魔法が使えるってマジだったんだ！」

その間に俺は、次の一手を打つ。

†,s Ⅰ Ⅱddεn ∀βy§§……我、深淵《しんえん》を覗《のぞ》く者なり
三千世界《ヴォイド》0x綿津見105〔滅却〕虚空《アカシック》〔紺碧《こんぺき》〕界層《レコード》〝月冴《つきさえ》の〟抄《アブストラクト》

――∧因《ファー》果と《イム》降《クラ》る雪《ララ》を《セテ》
数《イム》える《ンテ》者《セテ》は不《コーラ》在《サハン》なら ば《トラ》
降臨《ファー》せよ《コーラ》我が七《ファー》星《アト》よ

俺の周囲で吹雪《ふぶ》く幽門《サークル》。ここまではアブソリュート・ゼロ・ブレイドと同じだが、ここから先はアレンジが必要だったので即興で術式《ミュラ》を組み上げた。

八《セテ》百《リクル》万《ティア》の神《ファー》も《ハル》
恒《ローリ》河《ファー》沙《タリ》の諸《フュー》仏《ファー》も《クラ》
一《ララ》切《タレ》超《ファー》克合《タリ》切《リシュ》零度《オリオ》∨¡――

「モア・フローズン・パフェ！」吹雪があわさり氷塊となり、先鋭化しつつ射出される。シーザスの目前まで迫っていた氷のブロックは一撃のもとに粉々に破壊されていた。
「なーんだ、マジでただの氷の塊だね！　爆発でもするのかと期待して……わあっ⁉」
シーザスは氷のブロックを打ち砕いた直後なのであろう、巨大バサミを振りきったポーズをキメ

ている。しかし続けざまに飛んできた氷剣には、泡を食って返す刀を振り回していた。

「わぁぁっ⁉　なるほど、おっきな氷で目隠ししてから不意討ちするなんて考えたね！　でも、ざんねんでした〜！　キャハッ！」

シーザスは笑顔を取り戻し、巨大バサミをヌンチャクのようにニコニコとブン回す。俺が飛ばす氷剣を水も漏らさぬ速さのハサミさばきで防いでいた。しかしその表情が、だんだんと曇っていく。

「ちょっと！　これ、いつまで続くの⁉　魔法って普通、ドカーンってのを一発やって終わりだよね⁉」

そう、俺の勝利の方程式は魔術の改良。いちかばちかでアブソリュート・ゼロ・ブレイドの術式《ミュラ》の中に、繰り返しの言霊《ワーズ》を組み込んでみたんだ。繰り返させている箇所は『氷の幽星《アストラ》を呼び出す』くだりから『結合させた氷の幽星《アストラ》を射出させる』ところまで。これにより俺の周囲ではずっと吹雪が起こっていて、氷塊が絶え間なく撃ち出されていた。これは過去に前例のない魔術だったようで、教師として数多くの魔術を見てきたであろうタンツボネですら、おとぎ話が現実になったようなリアクションをしていた。

『あ……あれは……？　な……なん……ざます……？　ま……魔術を連射……？　してる……？ざます……？　し……しかも……一回の……詠唱《リード》……だけで……？　延々……と……？　あ……ありえない……ざます……』

その反応は本来なら気分のいいものだったが、いまはそれどころじゃなかった。攻撃魔術の繰り返しなのでそのぶん精神的な負担もすごいだろうと思っていたのだが、想像以上だった。

「まるで、脳と心臓をいっぺんにおろし金に掛けられてるみてぇだ……！　くそっ、こうなりゃ、ガマン比べだっ……！」

この一手がシーザスに通用しないのはわかっていた。あくまでこれは、ヤツの次の一手を引き出すための布石でしかないんだ。俺も笑顔を作ってへっちゃらを装うと、チキンレースに発展する。

俺とヤツ、どちらが先に音をあげるか……！

「もう、つきあってられないよ！」崖っぷちでブレーキを踏み込むように、ズダンと震脚を踏むシーザス。その足を軸にして、巨大バサミをハンマー投げの要領で振り回し、投げ放った。「鉄《てっ》・鮫《こう》・牙《が》ぁぁぁぁ────っ‼」

獲物に襲いかかるサメのごとく、開口した巨大バサミが俺に向かって飛んでくる。その軌道上にあった氷剣を小魚のごとく捕食しながら。俺は巨大ザメの初撃を地を蹴るようにしてスレスレでかわす。ヤツは思っているはずだ「これでもう、うざい魔術は中断されるだろう」と。しかし俺が横っ飛びしながらもなおも撃ち続けていたので、ヤツはへんな声をあげていた。

「えっ⁉　なんで止まらないの⁉　邪魔をすれば、魔法は止まるんじゃないの⁉」

常識を覆されたついでに一発くらい当たってくれねぇかなと思ったが、甘かった。シーザスに武器《エモノ》である巨大バサミを手放させることには成功したが、ヤツは後続の氷剣すべてを斬骨の二刀流で打ち返していた。ひと太刀ごとに細雪《ささめゆき》が火花のように舞い、砕かれた氷がガラス片のごとく落ちる。それはなかなかお目にかかれない曲芸のようだったが、ショーのメインはこれからだ。

俺は背中から襲いくる巨大ザメの二撃目を、これまたスレスレでかわす。メインディッシュを食いそこねた巨大ザメが、腹立ちまぎれのように持ち主に襲いかかる。そこでようやく、ヤツも俺の狙いに気づいたようだ。

「ははーん、なるほど！　魔法の連射で僕の鉄鮫牙《てっこうが》を誘って、戻ってくる鉄鮫牙《てっこうが》に僕を襲わせようっていう作戦か！　僕はいま打ち返すのに手一杯で、手が離せないからね！　でも……！」

シーザスは片足を軸にしてバレリーナのように回転、例の円月のごとき回し蹴りを放つ。波紋のように広がった剣圧が、氷剣を侵食するように砕いていく。剣圧はなんと俺がかざしていた手にまで届き、俺は手のひらをスッパリ斬られてしまった。悪寒がするほどの痛みに思わず手を押さえ、本音を叫んでしまう。「いってぇ⁉」魔術は当然のように途絶えてしまい、シーザスは弾《はじ》けるように笑った。

「キャハッ！　ざんね～ん！　僕の鉄鮫牙《てっこうが》を利用するっていう狙いは悪くなかったよ！　でもまわりで矢を射られて邪魔されてても、僕は鉄鮫牙《てっこうが》をキャッチできるんだよね！」

シーザスはヘラヘラ笑いながら、飛びかかってくる巨大ザメを撫《な》でる準備をするように手をあげていた。

「知ってるさ、よーっくな……！」ヤツが「えっ」とマヌケな声をあげたのと、俺が血まみれの手をあげたのはほぼ同時であった。「ネヴァー・ウインター・ムーンっ！」

巨大ザメはシーザスの眼前で、氷の悪魔に取り憑《つ》かれる。打者の手元で落ちるフォークボールのようにクンッと急降下、ヤツのどてっ腹に食らいついていた。

「ぐはっ⁉」とシーザス。慮外からの一撃はさすがに効いたようで、身体をくの字に折って吹っ飛んでいた。「こ……これが、本当の狙い……⁉」

そう。氷剣の連射は鉄鮫牙《てっこうが》を誘発するためであったが、ネヴァー・ウインター・ムーンの対象にするためでもあったんだ。俺は巨大バサミの一回目の攻撃をよけたところから詠唱《リード》を開始していて、二回目の攻撃をよけるときに巨大バサミを対象に指定していたんだ。

「それとあとは、テメェの目を曇らせるため……！　これで、終わりだぁぁぁぁぁ――――――っ!!」俺は体勢を崩したシーザスに一気に接近、被甲衣《ウテルス》の胸に手を当て、トドメの一撃を放っていた。「水なき荒海っ！　オーシャンズ・ヘルぅぅぅ――――――っ!!」

俺の右手が、光って爆《は》ぜる。間違いなく、そうなった。

しかしマグマのような赤熱は、ヤツの被甲に触れた瞬間に水を浴びせられたように白煙を上げて消え去っていく。目を疑う俺の右手首が、ガッと摑《つか》まれる。ヤツは身体をくの字に折り、胴体を巨大バサミに挟まれた不自然な体勢のままで俺を見ていた。

「実をいうと、ウテルス《コレ》……魔法が効かないんだよね……！　こればっかりは、知らなかったでしょ？　……キャハッ！」

剝《む》きだしの歯ぐきがいたずらっぽく弧を描いたのと、俺の腹が手刀で貫かれたのはほぼ同時であった。

◆　◇　◆　◇　◆

川下は、血の池のごとく真っ赤に染まっていた。合戦の直後のように、屍《しかばね》の山を築く剣士の血ではない。剣士たちは駆けつけた救護隊によって順次運ばれていく。しかしこの中でももっとも治療を受けなくてはならない少年は、野ざらしになっていた。救護隊は当所、真っ先にその少年を救出しようとした。しかし空からタンツボネの一喝を浴び、軽傷の剣士たちの手当てを優先せざるを得なくなる。彼らが不安そうに見やった先は川上。そこには巨大バサミが開いた形で突き刺さっていて、ひとりの少年が磔《はりつけ》にされていた。

救護隊の誰もが、その少年の名を口にしている。救護隊というのは助けた生徒の名前は記憶するものだが、その少年に関してはいちども助けたことがなかった。ただ駆けつけた救護の現場にはよく彼の姿があったので、自然と名を覚えてしまったのだ。

「デュランダルくん……！　どうして、降参しないんだ……⁉　いま降参して救護を受ければ、命だけは助かるかもしれないのに……！」

デュランダルの前には、刑吏のようなシーザス。斬骨を警棒のように手の中で弄んでいたかと思うと、その手を「ひゃーく！」と風鳴りとともに振り払う。「ぐうっ⁉」とのけぞるデュランダル。時間差で拘束されている手首が裂け、吹きだした鮮血が川面《かわも》をさらに染め上げていた。

「キャハッ！　すごいすごい！　一〇〇まで耐えられるなんて！　子供の頃は、五〇がやっとだったのに！」ガックリと首を折るデュランダル。その身体を「あ～あ」と他人事《ひとごと》のように眺め回すシーザス。「さすがに一〇〇ヵ所も切り刻むと血染めのボロ雑巾だね。新記録も達成したし、もう楽になっちゃえば？」

シーザスはうなだれたデュランダルの髪を掴んで頭を持ち上げると、何度目かの降伏を促す。周囲の救護隊員たちも賛同するようなまなざしを向けていたが、デュランダルの口から漏れる言葉は一言一句変わらない。

「そんなに楽にしたいのなら、テメェがやれよ……！　この、変態野郎が……！」しかし今回は、さらに言葉が上乗せされる。「人を切り刻んで喜んでるクセして、トドメだけは刺せねぇってのかよ……！　そうか……！　変態野郎じゃなくて、ヘタレ野郎だったか……！」

それは息も絶え絶えの挑発であったが、シーザスには効果てきめん。シーザスは青筋を浮かべながら斬骨を振り上げると、デュランダルの胸を貫く。それだけでは飽き足らず、グリグリと抉《えぐ》っていた。

「そんなにイキたい……⁉　だったら皮と肉だけじゃなくて、内臓いっちゃおっか……！」

デュランダルは「がはっ！　ぐふっ！　かふっ！」と咳《せ》き込《こ》みながらどす黒い血を吐く。

「子供の頃も、肺はとっておきだったよね……！　肺に穴があくと息ができなくなって、もう許してって涙ながらに足にすがりついてきたよね……！」

喀血《かっけつ》の苦しさにうつむいてしまったデュランダルの顔を、シーザスは身体を斜めに倒して覗《のぞ》き込《こ》んだ。

「知ってる？　僕らがいまやってる枝打《トリミング》ちの儀式は、あとで一般公開されるんだ。でも剣聖以上の剣士はリアルタイムで観《み》てるみたいなんだよね。それだけじゃなくてブックメーカーもやってるみたいで、オヤジも賭けてるんだって。なにに賭けたかわかる？」三日月のように歪《ゆが》む歯ぐき。「デュランダルが『クソとションベン漏らしながら降伏宣言をする』……だって！　キャハッ！」

デュランダルは糸の切れた操り人形のように動かなくなっていたが、父親の話題が出ただけで身体に電気を流されたようにピクリと跳ねる。効果ありと見たシーザスは、さらに煽《あお》った。

「切り刻まれてるデュランダルを見て、剣士の上層部は大盛り上がりだろうね！　それじゃ、ぼちぼちいってみよっか！」

シーザスはさらに、被甲衣《ウテルス》の腰に付けてあるケースから一枚の紙切れを取り出し、デュランダルを扇《あお》ぐようにヒラヒラさせる。それは原初魔法《オリジン》の本の一ページであった。ダマスカスからもらったこのページを見せればデュランダルに生への執着が生まれ、陥落すると踏んでいたのだ。

「もっと、魔法で遊んでいたいでしょ？　なら、コレをあげる」シーザスは折りたたんだページを、デュランダルの血でぐっしょりと濡《ぬ》れたズボンのポケットにしまおうとする。しかしふと、中になにか入っていることに気づいた。取りだしてみると、それはミカンだった。「なんでミカンがこんなところに？　まあいっか、それよりもウンチとオシッコを垂れ流す準備はできたかな？」

デュランダルの呼吸は、もうだいぶ弱くなっていた。言葉は虫の息のようだった。「……最後の晩餐《ばんさん》だ……」と口を開ける。

「……ふぅん。あくまで降伏はせずに、僕に殺されたいんだね。いいよ、なんかもう面倒になっちゃった」

シーザスは根負けしたようにため息をつくと、手にしていたミカンをデュランダルの口に押し込む。するとデュランダルは猛然と、そのミカンをはぐはぐむしゃむしゃと咀嚼《そしゃく》しはじめたのだ。

「ひぎゅんあびゅしゅわぎゅしんえんぎょのぞきゅもにょにゃり！」

「えっ⁉　ちょ、急にどうしちゃったの？　それに、なにを言ってるの？　最後の晩餐か最後の言葉か、どっちかひとつにしてよ」死にかけだったデュランダルが突如として暴れだしたので、シーザスは気後《きおく》れしかけたがすぐに納得した。「ああ、わかった。やっと命が惜しくなったんだね」

たしかに少年は執着していた。でもそれは生《せい》に対してではなかった。

では、何に……？　最後の食事に……？　いや彼はずっと、こんなことを考えていたのだ。

――魔術のダメージを下げる防具のことは、原初魔法《オリジン》の本にも書いてあった。一部の金属には特定の幽星《アストラ》の力を弱める効果があると。しかしその金属には、別の幽星《アストラ》の力を強めてしまう効果もあるという。

魔術の触媒《ローダー》などはその原理にのっとって作られているらしい。シーザスの被甲衣《ウテルス》の金属は、間違いなく炎の幽星《アストラ》を弱める効果だろう。ってことは、炎系以外の魔術なら通るはず。それと同時に、シーザス自身の弱点も仮定することができる。

ヤツは炎の魔術に弱いはず。そういえば、ヤツは肌が弱いんだったよな。生まれつきの弱点を攻めるのは気が引けるが、いまはそんなことは言ってられねぇ……。被甲衣《ウテルス》を破壊して竜炎魔術《ドラフレイム》をブチ込めれば、一撃で……。でも、どうやって？　俺は両手両足を縛られていて全身は穴だらけの状態で……。

ああ、どうやら、血を流しすぎたみてぇだ……意識が飛びそうだ………。肺も抉《えぐ》られて、息をするのもやっと……ああっ、目の前が暗くなってきやがった……。ついに、天使が迎えに……。

常人であればこのあたりで思考停止し、瞼《まぶた》と人生の幕を自ら下ろすことだろう。デュランダルも同様であったが、彼が見ていた天使は常人とはちょっと違っていた。

『おいミカン、お前ってミカンを皮のまままるごと食うのか？』

『はいです！　ミカンにとってミカンはくだものではなく、さいしゅうへいきのだんやくなのです！』

――口からオレンジジュースを吐くミカンには驚いたもんだが、ミカンはその最終兵器で幾多のピンチを乗り越えてきたらしい。たったひとつのミカンでも、使いようによっちゃあ生き抜くための武器になるなんてなぁ……。

……教えてくれてありがとうよ、ミカンっ……！

「うぉにゅどじぇろえくしゅびえだぴーつーぴーめいぎょうこきゅうあかしゅっく！」

「あ～あ、完全にイッちゃってるね。降参するにしても死ぬにしても、口の中のものを飲み込んでからにしないと……」

しかしデュランダルはそのアドバイスにツバを吐くように、口の中でぐっちゃぐちゃにしたミカンをシーザスの顔面めがけてブバーッと吐きかける。呆然自失《ぼうぜんじしつ》となったシーザスに向かって、一気にまくしたたていた。

このくだ《セレフ》ものは《エン》ごしゅじん《トスト》さまのもの《セレフ》
たべ《イコ》ちゃダメな《フィフンラ》のです《マル》
かってに《セレフ》たべたらおし《リテ》おきなのです《マリ》

ミカンを輪切りにしたような幽門《サークル》が、ふたりの間を巡る。ブラッドなのにオレンジ、マッドなのにファンシーな光景のなかで、シーザスは忘我の極地にいた。

「えっ……えっえっえっえっ……えええっ⁉　まさかさっきまでのは、魔法っ⁉」

そう……！　少年が最後まで執着したもの……それは『勝利』……！　臨終の際《きわ》まであがくのをやめず、ついに際の際で摑《つか》み取《と》ったのだ……！

「ミカンファイヤー・アシッドっ！」瞬転、ミカンジュースまみれになったシーザスの全身から白煙があがる。被甲衣《ウテルス》はドロドロと溶け、虫食いのように穴が開いていく。

「なっ……⁉　なんで⁉　なんでなんで、なんで⁉　なんでミカンごときで金属が……⁉」

うろたえるシーザスに向かって、赤とオレンジの液体をしたたらせる口をニッと吊《つ》り上《あ》げるデュランダル。

「ミカンに含まれている成分の濃度を高めて、金属をも溶かす高濃度の酸にしたんだ。そうそう、言葉が足りなくて悪かったな、ミカンはテメーの最後の晩餐だったんだよ！」

「きゃ……キャハッ！　ウテルスを溶かしたからってなんになるっていうの⁉　キミはもうズタボロだし、手を縛られてるから魔法も使えない！　最後にちょっとオナラをひっかけたくらいでいい気にならないでよね！　……もう、死んじゃえっ‼」

ヒステリック気味に斬骨《コレ》を振りかざすシーザス。デュランダルは最後の一撃の予兆を感じてもなお余裕であった。

「おいおい、魔術が手からしか出ねぇって、誰が決めたんだ？」砲門のようにがぱぁと開く口。その奥で膨らんでいくエネルギーを、シーザスは絶望の瞳に映していた。

「く……口から……魔術……⁉　なんで……どうして……どうやって……⁉」

「恩師のおかげで、またちょっと器用になったんだよ……！　さぁ、ともに叫ぼうぜっ！　スクリーム・シャウト・ヒートっ……！」

◆　◇　◆　◇　◆

俺の口火《マズル》が、光って爆ぜる。間違いなく、そうなった。

しかし俺とシーザスの間に生まれていたのは爆炎ではなかった。大砲じみた轟音《ごうおん》と耳をつんざく破砕音。全身を押しつぶされ顔が歪むほどのすさまじい衝撃波に、俺はハサミの磔台ごと吹っ飛び倒れていた。血をだいぶ失ったせいか意識ごとブッ飛びそうになっていたが、頬を打つような水気がそれを許さない。

顔をあげるとそこには、異形が立っていた。それは人の形をしていたが、全身から鋭い骨が飛び出している。ねじ曲がった三日月のように身体を反らし、雨が降りはじめた鉛色の空に向かって狂喜していた。

「キャハッ！　キャハッ！　キャハッ！　キャッキャッキャッキャッ！　ヒャッヒャッヒャッ！　ヒャハッヒャハッヒャハッヒャハッ！」

身体は羊水にまみれたようにビショ濡《ぬ》れ。笑い声はヘソの緒が首に絡まった胎児のよう。それはまさしく異形の誕生で、周囲にいた剣士たちはビビり散らかしている。救護班にいたっては「ば……バケモノだぁぁぁ――――っ!?!?」と散り散りになっていた。

「ヒャハッヒャハッヒャハッヒャハッ！　ま、まさかまさか、まさかぁ！　ウテルス《コレ》が脱げる日が来るなんてぇ～～～～っ!!」

直後、ゼンマイが切れたようにピタリと笑いが止まる。俺を見下ろしたその姿は、赤子のように無邪気だった。

「……僕が早産児ってことは知ってるでしょ？　僕がお腹《なか》の中にいるとき、ママを殺しちゃったんだよね」瞼と口が閉じ、顔全体が丸くなったようなにこやかな円を描く。するとこめかみからアイスピックのような骨が、アゴの横から鎌のような骨が鮮血とともに飛びだす。「瞼や口を閉じただけでこんなふうになっちゃうから、無理もないよね！　キャハッ！」

俺はいまやっと、シーザスが完全被甲衣《フルメタル・ジャケット》のウテルスを身につけていた真の理由を知る。ガキの頃から寝るときも風呂に入るときもずっとそうだったのは、自分の肌を守るためじゃない。他人の肌を傷つけないためだったんだ。

「ウテルスはオヤジに付けられたもので、人さし指とカカト、四ヵ所の骨しか出せないようになってるんだよね。まだ子供だった僕は泣いたけど、オヤジは言ったんだ。もしこのウテルスを破壊できるほどの強敵《ヤツ》に出会ったら、自壊《パージ》させてもいいって。そしてそのときこそが、僕の存在が許される日だって……！」

新生シーザスは、満ち足りた笑顔で俺に告げる。

「キミが僕を、産んでくれたんだ……！　ありがとう、ハッピー・バース・デー……！」

いないいないバァの要領で手を広げると、五指から長い骨が放射状に飛びだし、死神の熊手のようになった。そしてヤツはまた腹を抱えて笑う。身体をよじるのに合わせてあちこちから骨が飛びだし鮮血を撒《ま》き散《ち》らす様は、自らの身体を笑いながらメッタ刺しにしているような、酸鼻極まる姿であった。俺は自分でも驚くほどシニカルな言葉を吐き捨て立ち上がる。

「俺が産んだって……俺の兄貴なんだかガキなんだか、よくわかんねぇな」手足の拘束なんざ、とっくの昔に外れていた。「ゴチャゴチャ言ってたけど、ようするに続きをヤルってんだろ？　でもちょっと待ってくれよ、こっちは肺に穴が開いてんだぞ」

俺は時間稼ぎをしようとしたのだが、一蹴されてしまった。

「ウソばっかり、もう塞がってるよね⁉　すぐにでも、いっしょにイキまくれるよね⁉」

……バレたか。俺はガキの頃から身体の外側だけでなく、内側も念入りに痛めつけられてきた。だから内臓に穴を開けられたとしても、五分もありゃ治る。

「まあ落ち着けって、こっちは丸腰なんだ。武器くらいはいいだろ？」

俺はタンマとばかりに手を上げながらシーザスの横を通り過ぎ、河原のすみっこに避難している剣士たちのほうへ向かう。およそ三〇〇人もの剣士たちは俺を見てビクビクしていたが、ヤツらにゃ用はない。無視しつつ、地面にぽつんと刺さっている剣に手を伸ばす。救護隊というのは武器もついでに回収していくのだが、墓標のように突き立っていたその剣は欠けていまにも折れそうだったので、ゴミと判断されて捨て置かれたようだ。

「へっ。いまの俺にゃ、お似合いの剣じゃねぇか……」余裕のあるフリをしていたが、頭の中はフル回転だった。

……こっちは身体も武器もボロボロだってのに、あんなバケモノとどうやって戦えってんだ⁉　なにか手を考えねぇと……！

降りしきる雨に混ざった白い軌跡を横目で捉え、俺は反射的に拾ったばかりの剣で受けていた。火花の先を見やるとそこにはハリネズミのようだった姿はなく、スッキリとしたフォルムの身体。しかし身体は生まれたての赤ん坊のように血まみれのシーザスがいた。

振りかざす武器は人さし指と中指という変則二刀流。そのVの字形の剣ごしには血走った目、剥きだしにした歯ぐき。笑いすぎて酸欠になってしまったかのように荒い息を漏らしていた。

「ヒッ！　ヒッ！　ヒッ！　ヒィッ！　身体に埋まったままの剣が、ずっと泣いてたんだ……！　出してよぉ、出してよぉ、って……！　だからもう、待ちきれない……！　まずは、中指……！」

「お……おいおい、主賓がサプライズを仕掛けてどうすんだよ……っとぉ！」力任せに押し返すと、剣と骨がこすれあってギャリッと軋《きし》む。弾《はじ》き返《かえ》したと思ったがヤツの中指の剣が俺の腕を切り裂いていった。しかし、効いてないフリをする。「……鉄の剣と渡り合うなんざ、すげぇカルシウムだな！」

「ヒッ！　ヒッ！　ヒッ！　ヒィッ！　これもデュランダルのゴハンのおかげだね！」

実家での食事係は俺だった。シーザスの武器はガキの頃から斬骨だったから、ヤツの食事にはチーズとか小魚とかを多めにしておいたんだよな。

「その気づかいがまさか、こんな形で返ってくるとはな！　水なき荒海、オーシャンズ・ヘルっ！」

俺は剣を持っていないほうの手をヤツに向ける。ぶれる視界。寝ぼけ眼を開くようにぼんやりと浮かぶ幽門《サークル》。直後、不発を体現するかのような燃えカスが手のひらからこぼれた。……雨だと、炎の幽星《アストラ》があんま来てくれねぇのかよ！

「得意の魔術も品切れかな〜？　ヒッ！　ヒッ！　ヒッ！　ヒィッ！　そう言ってる間に、四刀流っ！」

両手をピースサイン、ハサミのようにチョキチョキしながら斬りかかってくるシーザス。初撃である右手の上段斬りは剣で防げた。しかし続けざまの左手が、ガラ空きになった胸を切り裂いていった。

二刀流というのは剣士の中では珍しくない。三刀、四刀ともなってくると希少になるが、多刀流には絶対不変の共通点がある。それは『器官のいずれかで剣を保持する必要がある』ということ。手、足、口など、そうなってくると身体の動きも制限されてくるので、多刀になればなるほど太刀筋が読みやすくなるという特徴がある。しかしいま目の前にいるバケモノにはそんな常識は通用しなかった。

ヤツが指の二刀を振り切り、身体が泳いでいるスキに反撃しようとしても、ヒジから斬骨が飛びだしてくる。顔面を狙ったそれにはなんとか反応して顔をそらし、頬を切り裂かれる程度の被害で済んだ。しかしヤツの身体はさらに半回転、逆ヒジの斬骨が俺の脇腹に突き立っていた。

「五刀……と思ったら六刀でした～！　ヒッ！　ヒッ！　ヒッ！　ヒィッ！」

ヤツは背中を俺に見せたまま、肩越しに笑っていた。そのケツを蹴り上げてやろうと前蹴りを放ったが、飛《と》び退《の》いた拍子に脇腹に刺さっていた剣が抜ける。焼けつくような痛みで前のめりに倒れそうになったが、ヤツに両肩を刺されて支えられた。完全に遊ばれてる。ヤツはいままで身体に眠っていた斬骨を、一本ずつ増やしていきながら刃先で俺を嬲《なぶ》っていく。ついにヤツは両手の指をすべて剣に変えた。

「ヒッ！　ヒッ！　ヒッ！　ヒィッ！　お待ちかねの十刀流だよ～！」

まずは右手の五刀による一撃は、剣で受ける他ない。五刀をなんとかひとつの刀身におさめたが、小指の一刀が引っ込んだかと思うと、関節の向きが変わる。ふたたび伸びた斬骨が、俺の胸に突き刺さった。

よろめく俺。そ……そんなのアリかよっ⁉　と抗議する間もなく、続けざまの左手の五刀が身体をまともに捉えた。ズバズバズバズバズバ、五連続の袈裟《けさ》斬《ぎ》りが俺の肩から太ももをズタズタにする。ひと太刀ごとに暗転と覚醒を繰り返す意識、俺はたまらずもんどり打って倒れた。倒れた衝撃で、穴があいたばかりの肺が一気に収縮。強制的に絞り出されているのに、なのに気の抜けたような悲鳴が口から漏れ出た。

「ひ……は……っ⁉　ひ……ひいっ……！」息ができなくなっていたが、追撃を恐れて這いつくばって逃げる。

「そうそう！　恐怖に顔を引きつらせ、ヒィヒィ泣きながら逃げ惑うその表情！　子供の頃の鬼ごっこを思いだすね！　ヒッ！　ヒッ！　ヒッ！　ヒィーッ！」

俺は意識が暗闇に落ちそうになるのに抗《あらが》うように、河原の木にしがみついて立ち上がる。視界はレッドアウトとブラックアウトを繰り返していたが、残りカスとなった力を振り絞る。灰色の幕が下りているような豪雨のなか、あてずっぽうに手をかざす。

「……凍えよ剣、アブソリュート・ゼロ・ブレイドっ……！」雨と氷の幽星《アストラ》は相性がいいのか、浮かんだ幽門《サークル》もいつもより冴《さ》え冴《ざ》えとしている。元気いっぱいに飛び出して行く氷剣たちのあとに、俺は続いた。

もう目がかすんでいるのと、雨のせいでヤツがどこにいるかわからない。だが誘導性の高い氷撃魔術《アイスピア》であれば、ヤツの居場所まで導いてくれるはずだ。たとえ氷剣が斬り払われても、その氷剣を盾にして接近し、差し違えてでも決める。酸素の足りない頭がやっと生み出した、やぶれかぶれの焦土作戦だった。

シルエットが目に入り、氷剣がさらに加速。俺は玉砕覚悟のカブト割りで飛びかかっていく。

「うっ……うがぁぁぁぁぁぁぁ――――――――っ!!」

しかし氷剣の切っ先が触れたと同時に、シルエットは幻影だったかのように消え去る。俺の渾身《こんしん》の一撃も、ばしゃりと泥を波打たせるのみであった。文字どおり泥を踏んだようによろめいた身体を、のろのろと起こす。腹がカッと熱くなる。おそるおそる視線を落とすと、腹から剣が飛び出ていた。背後から引きつるような笑いが近づいてくるたび、その剣はどんどん俺の腹から飛びだしていき、ボーンホワイトの刀身を露《あら》わにしていく。ドスッとぶつかるような衝撃のあと、肩になにかが乗る。それはヤツのアゴだった。

「鬼さん、こちらぁ……！　ヒィーッヒッヒッヒッ！　ヒヒヒヒッ！　ヒギィィィィ――――ッヒッヒィッヒィ――――ッ!!」

ズボッと剣が引き抜かれ、間欠泉かと思うほどの大量の血が噴き出す。ひとりでに膝が折れて崩れ落ち、泥だまりに顔を突っ込むようにして倒れた。

……アブソリュート・ゼロ・ブレイドは有効打にならなくても、少なくとも避けられることはなかったのに……。それをやすやすとかわすなんて、速すぎんだろ……。でも、そりゃそうか、ヤツにとってウテルスは防具というより拘束具だったんだからな……。ダメだ、こりゃ……。ぜんっぜん、勝てる気がしねぇ……。

泥水の中に血がどんどん広がっていき、映り込んだ俺と目が合う。瞳からどんどん光が失われていくのが自分でもわかる。暗い目をしたもうひとりの俺が、こうつぶやいていた。

『……もうそろそろ楽になっても、いいんじゃねぇか？』

なんと答えようか迷っていると、土手の上のあたりから声がした。

「デュランダルくんっ！」「デュランダルっ！」「デュランダルさん！」

声でわかった、ヒマリンだ。あとは仲間の野郎ども。

……なんだ、来てくれたのか……。といってもまた、降参しろって言いに来たんだろ……？

「もう、降参しろなんて言わない！　ボクらはずっと安全な場所で、デュランダルくんが戦うところを見てるだけだった！　デュランダルくんはひとりぼっちなのに、どんな目にあっても絶対にへこたれなかった！　もうあきらめてもいいくらいなのに、絶対にあきらめなくって……！　だからボクらは決めたんだ！　デュランダルくんといっしょに戦おうって！　デュランダルくんといっしょに死のうって……ううっ⁉」

ヒマリンの勇ましい宣言は、途中で遮られる。もうカラッポの力を振り絞って顔を上げてみると、シーザスがヒマリンの首筋に斬骨を突きつけていた。俺の倒れている位置からヒマリンの土手まで二〇メートルは離れている。それを一瞬で移動するなんて、やっぱりシーザスの速さはホンモノだ。ヤツは舌なめずりをしていた。

「ヒィッ、ヒィッ、ヒィ……！　デュランダルのお友達？　ざんね～ん、でも、ちょうどいいね！　キミたちを刻んじゃおっと！　だってデュランダルはあのとおり、もう立てないからね！」

もう、立てない……？　俺も同意見だった、数秒前までは。でも、いまは不思議と指先が動く。腹に力が湧いてくる。俺は泥にまみれるようにして顔を、血にまみれるようにしてよろよろと身体を起こす。

「ヒマリンから離れやがれ、変態野郎っ……！　俺はこのとおり、ピンピンしてるぜぇ……！」

俺は茫洋《ぼうよう》とした瞳でシーザスを睨《にら》みつけた。その姿が陽炎《かげろう》のように揺らいだかと思うと、雨が一直線に弾ける。迅雷のような光が閃《ひらめ》いたかと思うと、俺の喉元には白い剣先が突きつけられていた。

「生まれ変わった僕を変態呼ばわりするなんて、もうイッちゃったの？　でもそこまで言うなら、望みどおりにしてあげるよ！」

瞬間移動してきたシーザスが、わずかな怒りをにじませながら拳を振り上げる。雨粒と、光が滑る刀身が振りかかり、

『お……お待ちくださいっ！』

空からも声が降る。俺の首を切り裂こうとしていた斬骨は、皮一枚のところで止まった。鉛色の空を見上げると、こぞって集まる聖女たちの姿が。いつもならそこにはタンツボネが映っているのだが、タンツボネは遠目に映り込んでいて、ライスケーキさんを足蹴にするのに夢中のようだった。ライスケーキさんも負けじとタンツボネの足にすがりつき、天然アタックでタンツボネをすっ転がしている。寮長と寮母の争いには目もくれず、聖女科の女生徒たちは口々に言った。

『私たちはウォーリア寮、そしてウィザーズ寮を応援していました。ですからバッド寮のあなたがどうなってもいいと思っていました！』

『でも、孤軍奮闘されるデュランダルさんのお姿を見て、それではいけないと思ったのです！』

『これは聖女科の一年生、全員からのお願いです！　もう、勝負は決しました！　これ以上の争いは無意味です！　デュランダルさん、降伏してください！』

……なんだ、急に割り込んできたかと思ったら、降伏のススメかよ。やっとヒマリンたちが降伏

しろって言わなくなったってのに、これじゃ余計うるさくなっちまったな。

シーザスは剣を寸止めしたまま、わざとらしいため息をついた。

「まさか聖女科の子たちに止められるなんて、思わなかったよ……。あ～あ、こうなるんだったら遊んだりせずに、さっさと殺しておくんだったな。デュランダルも、内心ホッとしてるでしょ？　それじゃあ、みんなの前で聞かせてよ！」

シーザスは生まれ変わった興奮も収まり、落ち着きを取り戻したのかいつものニヤニヤ笑いを浮かべている。俺は期待に応えるように言った。

「ああ、そっか、忘れてたぜ。お前はロクにトドメも刺せない、ヘタレ野郎だったな……！」


……シュッ！

空気が切り裂かれる音、俺の首筋がパックリと割れ、ダムの決壊を思わせる赤錆色の飛沫《ひまつ》が舞った。降り注ぐ血と悲鳴。シーザスはもう誰にも止められないかのように、壊れたように笑っていた。俺の身体はぐらりと揺れ、視界は切れかけの明かりのように明滅をはじめる。誰もが終わりを感じていたなかで、ボソボソと唇を動かす。

†, s Ⅰ Ⅱ d d ε n ∀ β y §§ ……我、深淵を覗く者なり
三千世界《ヴォイド》 0 x 九重天 0 1 9 3 a d 〔流浪〕 虚空《アカシック》 〔蒼天《そうてん》〕 界層《レコード》 〝不踏の〟 抄《アブストラクト》

倒れそうになったが目の前にいたシーザスの身体をガッと掴む。するとそれだけで、シーザスの笑いはタチの悪い冗談を見ているかのように消えた。

「なんで……首を切られてるのに……まだ、生きてるの……？」

「こちとら……首をかっ切られて死ぬほど、ヤワじゃねぇんだよ……。お前が、ガキの頃さんざん切ってくれたおかげでな……」

シーザスはすっかり言葉を失い、口をぱくぱくさせるばかり。俺は死にかけのドブネズミのように鳴いた。

――〈夢《フ》を語《ァ》れ《ー》ばバ《イ》カに《ム》され《ク》行《ラ》動すれ《ラ》ば《ラ》笑わ《セ》る《テ》

周囲は葬式の最中に死人が蘇ったような大パニック。神にすがる阿鼻叫喚《あびきょうかん》が止まらない。

『も……もう、やめてください！　いまならまだ、助かります！　お願いです、お願いですからぁ!!』

い《イ》くら《ム》無理《ン》だ《テ》とわか《セ》っ《テ》ていて《コ》も《ー》誰《ラ》かに決《サ》め《ハ》られた《ン》くは《ト》ね《ラ》え

答《フ》えを《ア》出《ー》すのは《コ》こ《ー》の俺《ラ》だ震え《フ》る《ア》膝《ー》よ奮い《ア》立《ト》て

『あなたのような方は死んではいけません！　なぜだかわからないのですが、そう思います！　だから……だからもう、やめてぇぇぇぇ!!』

気づきゃ《フュー》身体は《ファー》穴だらけ《タリ》心は《ハル》ヒビ割れボッロボロ《エアリアタレ》
それでも《セテ》俺は立ちあがる《レリオン》誰かに言われた《ファー》わけじゃ《タ》
ねえ《リ》∨¡――

『どうして……どうして……そんなになってまで、立ち上がるのですか……⁉　もう、勝ち目は万にひとつもないのに……どうして、戦うのですか……⁉』

「悪ぃな……！　俺は女神サマに泣きつかれたって止めるつもりはねぇよ……！　だってもう、決めちまったんだ……！　大切な人を最後まで、守り抜くってな……！」

俺は答えつつ、首をガクンと上に傾ける。すると聖女たちの人垣の向こうで微妙に見切れているライスケーキさんと目が合ったので、ウインクを返した。

「言っとくが、あんたもそうだぜ……！」するとなぜかまわりにいた聖女たちがみんな赤面していたが、気にしている場合じゃねぇ。俺はそのまま土手にいるヒマリンたちのほうに顔をやる。

「それにやっと、やっと見つけたんだ……！　勝利への、方程式を……！　ハードブラッド・リベリオン！」

かざした手を、オロオロしているヒマリンたち全員を覆うように横に動かした。するとヒマリンたちが携えていた武器が、ふわりと空中に浮かびあがる。みんなカゴにめいっぱい武器を詰めてきたようなので、かなりの数があった。「えっ⁉」と固まるヒマリンたちをよそに、浮きあがった武器たちが俺の元へとやってきた。

俺はそのうちの二本の剣を手に取ると、またシーザスと対峙《たいじ》する。俺の手には二刀。シーザスの武器数にはぜんぜん及ばないが、しかし背後にはそれを凌駕《りょうが》する数の剣が浮かんでいた。シーザスは驚きすぎると忘我の極地に行ってしまうクセがあるようで、ミカンファイヤー・アシッドを食らったときみたいにすっかり抜け殻になっている。浮いている剣で頬をはたいてやって、ようやく我に返っていた。

「な……なに、それ……⁉　剣を浮かせられる魔法なんてアリなの⁉　イキすぎぃ⁉」

「骨を剣にするよりはマトモだと思うんだがなぁ、まぁこれも、お前がくれた魔術のおかげなんだけどな……！」

そう。今回の術式《ミュラ》のポイントは、シーザスがくれた原初魔法《オリジン》のページに書かれていた、『範囲《エビア》』。

これはダマスカス先生が最後にくれた骨箱《ボンボ》と同じ、部位を示すことができる言霊《ワーズ》だ。いままで魔術が放出される場所は『手』『足』『口』などの明確な部位を示していたが、領邑《エビア》は『ここからここまで』と示した範囲内にあるものを指定できるんだ。俺はヒマリンたちが持ってきていた武器を領邑《エビア》として指定し、そのすべてを飛行魔術《エイビシャン》で浮かせた。いままで飛行魔術《エイビシャン》で浮かせられる対象はひとつ、二重魔法《デュアルマジック》を使ってもふたつまでだった。しかし範囲《エビア》があれば、いくらでも浮かせることができる。対象が多すぎると精神的な負担がヤバそうだが、剣は軽いものばかりだったのでなんとか維持できそうだ。

「またしてもいちかばちかでやってみたんだが、うまくいってよかったぜ！　こっちはぜんぶで百刀流！　んじゃ、バースデー・パーティの再開といくかっ！」

俺が剣をひと振りするだけで、背後にあった九八本もの剣がシーザスに殺到。どうやら浮いている剣は俺の動きに連動するようだ。それだけでシーザスは突き飛ばされたようにバランスを崩していた。

「わ、わぁぁぁっ⁉　な、なにそれなにそれ⁉　そんなのズルイよ⁉」

そんな泣き言が飛びだすのも無理はない、九八本もの剣からいちどに斬りかかられるなんて経験は世界初だろうからな。シーザスは殴られるのを怖がる子供のように腕で顔を覆いつつ、ヒジの斬骨で浮いている剣を弾き返そうとしていたが、多勢に無勢。俺の一撃と幽星《アストラ》による九八撃で斬骨はぽっきり折れてしまう。そのまま俺の渾身の袈裟斬りが、ズバッとキマった。

「ぎゃっ⁉」とのけぞるシーザス。濡れ光る肌が弾け、吹き出す血飛沫《ちしぶき》。それは剣による決闘においてはよくある光景であったが、そのあとに繰り広げられた光景は異常そのものだった。

ズバズ
バズ
バズ
バズ
バズ
バズバズバズバズバズバズバズバズバズバズバズバズバ

「うぎゃぁぁぁぁぁぁぁ――っ⁉⁉」

シーザスは九八回斬られてキリキリ舞い。個々の一撃こそ撫でるような斬りであったが、三桁弱の回数を斬られて正気でいられるわけがない。シーザスは胸を押さえながら逃げるように大きく引き下がる。後ろで見ていた者たちもすっかり引いていたが、シーザスに睨まれて本来の役割を思いだしたようだった。

「あ……ああっ⁉　シーザス様が危ない！」「よ、よしっ、俺たちも加勢するぞっ！」「お、おお！」「お……おおお――――っ‼」

　長いこと観客だった者たちが剣士に戻り、武器を手に手に参戦してくる。

「へへ、やっぱパーティは大勢でなくちゃな！　ほらよ、ウエルカムシャンパンだ！」俺は押し寄せてくる剣士たちに向かって、返す刀を振りあげる。その剣はまったく届いていないのだが、一拍おいて剣の雪崩が剣士たちを迎え撃つ。

「うっ……うわぁぁぁぁぁぁ――――っ⁉⁉」グラスの中の炭酸水のごとく火花と怒号が弾け、クラッカーじみた血飛沫があちこちであがる。

「みんな、シーザスのバースデーをお祝いしてくれてるぜ！」しかし当の主役はちょっと目を離したスキに消えていた。背後に殺気を感じた直後、「やだあっ⁉」と情けない声が続く。振り返ってみると、俺が浮かせている剣の群れに阻まれ、隙間からやっと手を伸ばしてジタバタもがいているシーザスの姿があった。

「は……背後からもダメなんて、ズルイズルイ！　ズルすぎるよぉ――――っ！」

　原初魔法《オリジン》の入門書に載っていたなかで、ずっと気になっていた言霊《ワーズ》があった。それは『群聚《レギオン》』。群集とか軍団とかいう意味らしく、複数の幽星《アストラ》に対して使える命令のようだったのだが、俺はいまいち使《つか》い途《みち》がわからなかった。今回の術式《ミュラ》には領邑《エビア》の他に群聚《レギオン》も採用してみたのだが、どうやらこれはある程度自律的に動いてくれる言霊《ワーズ》らしい。そういや、幽星《アストラ》には知能もあると本には書いてあったな。

　俺はそんなことを考えつつ、逆手に持ち直した剣を大上段に振り上げシーザスに向かって振り下ろす。すると剣の群れはいったん高く浮いたあと、雷のごとくシーザスに降り注いだ。

「こっ……こんなのアリなのぉぉぉ――――――っ⁉⁉」

シーザスは両手の斬骨をメチャクチャに振り回して降り注ぐ剣を弾き返していたが、やがてパキンと澄んだ音が混ざる。指の斬骨が欠けていき、破片をあたりに撒き散らす。ついに片手の斬骨はすべて無くなってしまい、シーザスはここが地獄の一丁目であるかのように叫んでいた。

「わっ……⁉　わっわっわっ、わあっ⁉　わぁぁぁぁぁ――――――んっ⁉⁉」

剣の刀身というのは作りによって耐久性が異なる。一般的に刃のついている側は耐久性が高いが、側面は弱くなっており、側面で受け太刀をしようものならヒビが入ったり、ポッキリ折れてしまうことがあるんだ。俺の操る剣の群れの攻撃は一方向からではないので、それを捌《さば》くうちに脆《もろ》いところに当たってしまうのだろう。

「自慢の剣も、だいぶガタがきてんじゃねぇのか⁉　そらっ、シャンパンのおかわりだっ！」

俺はシーザスと剣士軍団を同時に相手にする。本来ならば嬲《なぶ》り殺《ごろ》しのシチュエーションのはずなのに、完全に俺のひとり舞台となっていた。なにせ俺には九八もの、優秀で疲れ知らずの仲間がいるんだから。

右手のひと薙《な》ぎでシーザスの斬骨が砕けていき、左手のひと薙ぎで剣士がまとめて両断される。

土手で見ていたヒマリンたちは、へなへなと崩れ落ちてた。

「す……すごい……すごすぎる……！　どこまですごすぎれば気が済むの、デュランダルくん……！」

空で見ていた聖女たちは、池の鯉《こい》のように口をパクパクさせている。

『な……なんですか……あれ……？　もう、勝負はついたのに……？』『だ……だったら……この光景はいったい……？』『ゆ……夢……ですよね……？　たったひとりで剣士様たちを圧倒するなんて……？』

『お……お相手は……剣の名門ブッコロ家のシーザス様なんですよ……？』『い……一年生では、最強の剣士様と言われているお方ですよね……？』『それを……片手でいなして……？　もう片手で三〇〇人もの剣士様の相手をするなんて……？』

『さっきまで……地獄に落とされた亡者のようなお姿だったのに……いまは……鬼神みたい……！』『こ……こんなすごい剣士様が……いや、こんなすごい魔術師様が……！　いるなんて……⁉』『こ……これが……魔法剣士……！　魔法剣士……デュランダル様……！』

『……デュランダルさまぁぁぁぁぁぁぁぁ────っ‼‼』

◆　◇　◆　◇　◆

雨の止《や》んだ河原。それでも鉄と鉄、鉄と骨がぶつかりあう音はいつまでも鳴り響いていた。血と夕陽《ゆうひ》、聖女たちの叫喚と嬌声《きょうせい》の区別がつかなくなった頃、ついに最後の斬骨が折れた。

くずおれるシーザス。丸裸で精根尽き果てたその姿は、胎児が一気に老人になってしまったかのよう。三〇〇人もの剣士たちによって築かれた屍の山を背に、シーザスは憑きものが取れたような顔でデュランダルを見上げていた。

「キャハ……最初はズルイと思ったけど、なんだかんだで楽しかったよ。だって、初めて全力を出せる姿になれて、初めて全力を出せたんだから」瞳はすがるようだった。「もう、思い残すことはないよ。だから、ひと思いにやってほしいな。できれば、これで」

シーザスの手には、折れた斬骨が握られていた。

「僕が、自決や降参ができないのは、デュランダルも知ってるでしょ？」

それは彼らの家の家訓、そして父親の教育方針である『自決や降参はクソ小便を撒き散らしながら死ぬより恥。剣士ならクソと小便を武器に延長戦《ロスタイム》だ』から来ている。デュランダルもそのことをよく知っていたので、「いいぜ」と頷《うなず》く。

「じゃあ……これが俺からのバースデー・プレゼントだ」

デュランダルはしゃがみこみ、折れた刃を受け取る。それは手のひらほどの長さしかなかったので、デュランダルは吐息がかかるほどの距離まで近づく。そしてシーザスを抱きしめるようにして、一気に……。


……ドスッ！


ヒマーリンの悲鳴、聖女やライスケーキたちの悲鳴、ただひとり笑っていたのはタンツボネだけであった。

なんとデュランダルの背中からは無数の斬骨が剣山のように飛びだし、命尽き果てる寸前のように鮮血の花を咲かせていたのだ。シーザスはデュランダルの肩にアゴをのせ、ささやきかける。

「キャハ……サプラーイズ。僕のとっておき、『アバラ斬骨』の味はどう？」

アバラ斬骨とは、アバラ骨を剣として飛びださせるという剣技《ソードアーツ》である。リーチが極端に短いので、差し違えるほどの距離でないと意味をなさない。しかし二四本もの剣ですべての内臓を刺し貫くその威力は、絶体絶命級であった。

「この剣技《ソードアーツ》を受けて、無事でいられたものはいないよ……！　といっても、キミでふたり目だけどね……！　デュランダル……ハッピー・デス・デー……！」

しかしデュランダルの口から血とともに吐き出されたのは、思いも寄らぬ一言であった。

「……がはっ！　し……知ってたよ……！」

「えっ？」と聞き返すシーザスの背中に手を回し、よりいっそう抱きしめようとするデュランダル。さらに剣が身体に埋没していく。正気とは思えないその行動に、シーザスは血の気を失った。

「な……なにを考えてるの⁉　は……離して！　離してってばぁ！」暴れるシーザスを、デュランダルは我が子のようにきつく抱きしめていた。そして、ゆっくりと言葉を紡ぐ。

「鬼ごっこをしてた、ある日……。お前は俺を捕まえたあと、こうやって抱きしめたよな……。冷たい被甲衣《ウテルス》ごしに、お前はこう言ってたんだ……僕は、ママに抱っこされたことが無かった、って……。誰かを抱きしめたことも、抱きしめられたこともなかった、って……」

その言葉が終わる頃には、シーザスの身体は脱力していた。まるで母に抱かれ眠るように。

「なんだ、覚えてたんだ……。しかし、いい眺めだね……」

ゆるりと周囲を見回すシーザス。そこは、絶景の大空。ライスケーキやタンツボネ、聖女たちがあんぐりしている様がより近く見え、眼下にはあんぐりと口を開けているヒマーリンたちの姿が。

デュランダルの足元には、剣で作られた足場がある。そう、デュランダルは浮いた剣に乗って空を飛んでいたのだ。

「もしかして、最初からこれを狙ってたの？」とシーザス。

「途中で思いついたんだけどな……。『相手の力をすべて出させて勝つ』がうちの家訓だったろ……？　それに、悪くねぇサプライズだろ……？　これが俺からの、バースデー・プレゼントだ……」

「ありがとう……デュランダル……今日は……最っ高の一日だよ……」

これがヒーローとヒロインならば、ふたりは幸せなキスをして終了、だっただろう。しかしふたりはライバルで、将来は命のやりあいを避けられない関係。その結末は、きっとハードでクソッタレ。


足元の剣が崩れ去り、ふたりはまっさかさまに落ちていった。

……ズドオンッ!!


河原にもうもうと舞い上がる砂塵《さじん》。衝撃で陥没する地面。その場にいたすべての人間が、命ここにあらずといった表情で落下地点に注目していた。

クレーターのようにへこんだ地面の中央には、頭から突き刺さったまま全身硬直し、柱のように動かなくなっているシーザス。その手前には、全身穴だらけになったデュランダルが倒れていた。

「はぁ……はぁ……はぁ……！　か……勝った……！　勝った……ぞぉぉぉぉ――――っ!!

やった……！　俺はやったんだ……！　やったやった！　やったぞぉぉぉぉ――――っ!!」

大の字に寝そべったまま勝利の雄叫《おたけ》びをあげるデュランダル。その隣で流れている川の表面に浮かんでいたウォーリア寮のシンボルが、コウモリマークへと変わる。世界が……まだ狭い世界ではあるが、初めて……剣と杖《つえ》以外のマークによって統一された瞬間だった。

『わぁぁぁぁぁ――――――――――っ‼』聖女たちは拍手喝采、ヒマーリンたちも大喜びでデュランダルの元へと駆け寄る。救護班は倒れている剣士そっちのけでデュランダルをタンカに乗せようとした。

枝打ち《トリミング》の儀式はついに決着。結果は誰もが予想しなかった、落ちこぼれの完全勝利で終わ……。

「絶対的に終わってはいないっ！」ＫＹ全開のその声は、土手の上からした。見るとそこにはザガロを筆頭に、魔術師科の一年生が勢揃《せいぞろ》いしていた。

「まだ……俺様との勝負が絶対的についていないぞ！　さあ立て、デュランダルっ！」

デュランダルは助け起こされながら苦笑い。

「ムチャ言うなよ……。俺はもう、スッカラカンだ……。魔術どころか、お坊ちゃんとジャレあう力も残ってねぇよ……」

「なめるな下郎！　貴様が万全であっても結果は同じこと！　余計な手間がはぶけて、絶対的に都合がいいわ！」

ザガロがマントを翻しながら手をあげると、控えていた魔術師たちが砲兵のごとくザッと前に出る。ヒマーリンたちはデュランダルをかばうようにその矢面に立った。

「だ……だったら、ボクらがかわりに戦う！」

「ふはははは！　コモンナー寮の、それもたった数十人ぽっちで、我らウィザーズ寮の魔術師すべてを相手にするというのか！」

「……数十人じゃないぞ！」ザガロのいた土手の対岸に、長城の城壁のごとき人影が現れる。それはコモンナー寮の生徒たちであった。

「コモンナー寮は、ヒマーリンたちだけじゃない！　俺たちも加勢するぞっ！」

「なにぃ……⁉」と目をギョロリと剝くザガロ。「よく見れば、我ら魔術師の奴隷の顔もあるではないか！　絶対的な飼い犬が手を嚙《か》むというのか！　赤竜《レッド・ドラゴン》の手を嚙んだ犬がどうなるか、知らないわけではあるまいな⁉」

ザガロの睥睨《へいげい》で城壁のようだった生徒たちは揺らいだが、イジメっこに立ち向かうように言い返す。

「も……もう、お前の言いなりになんかならないぞ！」「そうだそうだ！」「今までは借金で言うこと聞かされてきたが、もうそうはいかないぞ！」「デュランダルくんが……俺たちに立ち向かう勇気をくれたんだ！」

「喝《か》ぁぁぁぁぁぁ――――――っ‼」ザガロは口の端から火を吹くように吠《ほ》える。「そこまで言うのであれば、絶対的な命すらも惜しくはないようだな！　一年すべての魔術師を従えるこの俺様を、怒らせたらどうなるか……骨の髄も残らんほどに、絶対的に後悔させてくれるわ！」

デュランダルを蚊帳の外に、今度こそ本当の最終決戦の予感。戦いの火薬庫には炎が投げ込まれ、いよいよ爆発かというその寸前、涼風が吹いた。

「あなたに従った覚えはないわ」

「誰だっ⁉」とザガロが睨みやった先は、川の上手。そこには雪の女王のような少女が立っていた。

「……アイスクリン・マロン・グラッセ……！　そして、エンジェル・ハイロウ……！」

雪の女王の上空には、ビスコクトゥスをはじめとする天使軍団が制空権を握っていた。それまで絶対王者のように振る舞っていたザガロだったが、それだけで「な……⁉　アイスクリン⁉」とうろたえる。

デュランダルはタンカに乗ったまま「おお」と手を挙げた。

「なんだクリン、儀式の間ずっと見ねぇと思ってたら、どこ行ってたんだ？」

「わたしはプレッツェルさんに協力をしてもらうために、塔のなかをずっと探してたのよ。彼女、方向音痴みたいで……。まぁそれはいいとして、わたしナシでひとりで戦うなんてデタラメにもほどがあるんじゃない？」

「ったく、弱っちいのに無理するから、そんなふうになっちゃうんだし」

さらなるニューカマーは川の下手にいた。ビキニアーマーのギャルとスケバン軍団であった。

「ストームプリン・トリマ・ブッコロ！　それと凄剣卍組《スケバン》、とりま参上だし！」

「おお、プリンも来てくれたのか、ありがとうな」タンカの上から手を振るデュランダル。さっきまで死にかけていたとは思えないほどのノンキさで。ベインKの肩に乗ったメイド少女が「ミカンもわすれちゃダメなのです！」と名乗りをあげる。

ザガロのまわりにいた魔術師たちは騒然となっていた。

「えっ……⁉　なんで、我らのアイドルのアイスクリン様が敵側に……⁉」「それも、剣士科のアイドルと言われているストームプリンまで……⁉」「学園の二大美少女が、なんで落ちこぼれなんかの味方をするんだ……⁉」「それに、ミカンちゃんまで……⁉」

アイスクリンとストームプリンの存在は、将棋で例えれば大駒のようなもの。これまで王と歩兵だけだった敵側の盤面に、飛車と角が現れたようなものである。ミカンは桂馬《けいま》に相当するだろうか。

風雲急を告げる戦場はふたたび一触即発の状態となったが、さらなるＫＹ全開の声が降ってきた。

『聖女のみなさん、ちゅーもーく！　ここは手を取り合うざます！』

河原にいた者たちが一斉に顔を上げると、ステージにあがったタンツボネがいまさら教師ヅラをしていた。タンツボネはステージの上から、特にウォーリア寮を支持する聖女たちが座っているテーブルに向かって言う。

『いまは大変なときざますから、剣士様と魔術師様という枠組みは忘れて、このたいへんな状態をなんとかできるようにみんなで祈るざます！　祈りというのは、心の底から思っている相手に捧《ささ》げるものざますから、きっと神もお許しくださるざます！』

『えっ？』といぶかしげな聖女たちに向かって、不安を取り除くように笑いかける。

『あ、あ、アッチのほうは心配しなくても大丈夫ざます！　剣士様に仕える聖女の生徒さんが魔術師様のために祈るのは本来なら大問題ざますけど、ここだけの話にして、黙っておいてあげるざますからねぇ～！』

タンツボネは聖女の祈りをザガロ軍団に一極集中させることにより、戦力強化を図ろうとしていた。言うなればこれは、将棋の盤面にチェスの駒を置くようなものである。彼女は暗に……というか明確に剣士派の聖女に、魔術師への祈りをほのめかしていた。

『今回、心をひとつにしてくれた聖女の生徒さんには、ザマが特別にワンランク上の剣士様を紹介してあげるざます！　さらなる出世は間違いないざますよぉ～！　それじゃあみんなで心をひとつにして、正義に祈るざます！』

客席の聖女たちは『はいっ！』とお手本のような返事をして、揃《そろ》って祈りのポーズを取った。タンツボネは耳に手を当てて彼女たちのつぶやきに聞き耳を立てる。デュランダルたちのいる河原にも、その声は漏れ聞こえていた。

『我が太陽神モデルヌ様……どうかいまだけは、剣士様以外の者へ祈りを捧げることをお許しください……！』

うんうん、と満足そうに頷くタンツボネ。

『どうかデュランダル様に、お力をお与えください……！』『デュランダル様を、お救いくださるのであれば……！　私は、いかなる罰もお受けします……！』『お願いです……どうか、デュランダル様に救いの手を……！　これは正しいことをするために、必要なことなのです……！』

なんと剣士派の聖女たちはみなこぞってデュランダルに祈っていた。それだけではなく、魔術師派の聖女までみな同じであった。テント内の聖女たちはまさしく心をひとつにしていたが、筆頭の教師の厚化粧は瓦解寸前。タンツボネは知らなかったのだ。ライスケーキと仲良くケンカしている間に、すべての聖女たちがデュランダル派になっていたことを。

『なっ、なにをやってるざますかっ⁉　ペッ、ペッペッ！　いますぐそのばばっちい祈りを止めるざますっ！』

『止めません！』毅然《きぜん》とした態度で声を揃える聖女たち。

『先ほどタンツボネ先生はおっしゃいましたよね⁉　祈りというのは、心の底から思っている相手に捧げるものだと！』『私たちの心にはいま、デュランダル様がおられます！　その気持ちに従ったのです！』『ライスケーキさんがおっしゃっていた言葉の意味も、いまならわかります！　祈りを捧げる気持ちや相手に貴賤《きせん》はないと！』

『カッ……カァァァァァァァァァァァ――――――ッ⁉⁉』

タンツボネは頰を押しつぶし、半狂乱の金切り声をあげる。いつのまにかテントの支柱に縛り付けられているライスケーキは大喜びだった。

『まあまあ、それはとても良《い》いことだと思います！　私も、祈りに参加して……ムギュッ⁉』

タンツボネは八つ当たりするようにライスケーキの頰を摑む。すかさず、バタフライナイフのごとく抜き放った聖女のあいくちを餅肌に押し当てていた。完全なる乱心にテント内は揺れる。タンツボネは身代金《みのしろきん》を要求する銀行強盗のごとく、カメラに向かって怒鳴った。

『……デュランダルくん、これが見えるざますか⁉　いますぐ、降伏宣言をするざます！　でないと、この美し……いや、このばばっちい顔がもっとばばっちくなるざますよ⁉』

なんとタンツボネ、自分が持ち出したチェスの駒が相手の盤面に行ってしまったことに腹を立て、クイーンを人質に脅迫……！

これにはさすがのデュランダルも度肝を抜かれていた。

「な……なんだと……⁉　汚《きたね》えぞ、タンツボネ！」

『なんとでも言うざます！　ザマが企画したこの儀式は、このままだと大失敗に終わってしまうざます！　バッド寮がフロア統一なんてことになったら、ザマは聖教師をクビになってしまうざます！』タンツボネは天井のあらぬ方向に視線をやり、天上にいる者たちに媚《こ》びるように言う。『いまこれをごらんになっている剣聖様や賢者様も、ザマのしていることをきっとお許しになっているざます！　いやむしろこの逆転の一手には、よくやったと褒めてくれているはずざます！　どっちに転んだとしても、下女かコウモリが一匹死ぬだけざますからねぇ……！』

タンツボネは凶器のごとき眼光をきらめかせながらカメラを睨んだ。

『さぁデュランダルくん、「まいった」と言うざます！　そうすれば、この下女の命だけは助けてやるざます！』

ライスケーキはタンツボネの手によって変顔にされながらも、懸命に止めようとする。

『らめぇ、デュランダルひゃん……！　わひゃひのことは、きにひにゃいれくらひゃい……！』

デュランダルはタンカから立ち上がっていた。血が滲《にじ》むほどに拳をきつく握りしめながら。

「そうはいくかよ、ライスケーキさん。あんたは入学式のときからずっと、俺に食いものを分けてくれてたじゃねぇか。あんたがいなかったら、俺はとっくに飢え死にしてた。そういう意味じゃ、俺はあんたに何度も命を救われてたんだ。だから、今度は俺があんたを救う番だ。今回の勝利をあきらめたところで、どうってことねぇさ」

しかしデュランダルはあきらめてはいなかった。こうして言葉を紡いでいる間にも、起死回生の一手を頭の中で模索していたのだ。しかし絶対記憶を駆使しても、原初《オリジン》魔法《ミュラ》の術式を考えても、遠方にいる恩人を救う手だては思いつかない。

「ああ、ダメだ……なんにも思いつかねぇや……今回ばっかりは、俺の負けか……な……」

少年はついに、タイムアップのため息をついてしまった。しかし、

「あきらめないで、デュランくん」

その声はささやきのようだったが、デュランダルの耳にはっきりと届く。見やった先にはアイス

クリンがいた。

「このくらいのことであきらめるなんて、あなたらしくないわ。わたしを助けてくれたときのしぶとさはどこにいったの？」

言葉は重なっていく。

「そー簡単にあきらめるなし、デュラン！　だから弱っちいまんまなんだし！」

「ごしゅじんさま、あきらめないでください！　ごしゅじんさまなら、きっとできます！」

「あきらめないことのすごさを、デュランダルくんが教えてくれた……！　だからデュランダルくん、あきらめないで！」

「でゅっ……デュランダル……さんっ……がんばって……くださいっ……！」

気づけばザガロ軍団以外のすべての者たちが合唱していた。

「あきらめるな、デュランダル！」「そうよ、あなたならできるわ！」「お前のおかげで、俺たちはここにいられるんだ！」「お前の力はこんなもんじゃないはずだ！」

天上からは、聖女たちの声援。

『デュランダル様、あきらめないでください！』『デュランダル様は、私たちの希望の光なんです！』『お慕いしております、デュランダル様っ！』

世界はついに、デュランダルに味方した。この学院に入学を果たしたものの、早々に落ちこぼれのレッテルを貼られたデュランダル。周囲から虐げられ、誰からも認められなかった少年は、ついに認められたのだ。デュランダルは、潤む瞳で周囲を見渡していた。

「わかったよ……んじゃ、いっちょやってみっか！」

手を挙げると、「うぉぉぉぉぉぉ―――っ‼」と鬨《とき》の声が湧き起こる。

『カァーッ！　この期に及んでなにをやるつもりざますか⁉　女の命が惜しくないんざますか⁉』

タンツボネはあいくちをよりいっそう強くライスケーキの頰に押し当てる。するとライスケーキは『んふふ、くすぐったいです』と顔をほころばせていた。その場違いな反応に、誰もが首をかしげながらライスケーキを見やる。

すると、さっきまでたしかにあったはずの凶器が、猫じゃらしになっていた。

「えっ……えええええええ―――――――っ⁉⁉」

これには河原もテント内も叫びの楽園と化す。皆はてっきりデュランダルの仕業だと思っていたのだが、デュランダルが誰よりも驚いていたので、驚きは加速していく。いったい、誰がこんな奇跡を……⁉

『奇跡を起こそうとするのもいいですけど、時には待ってみるのもオツなもんですぜ、旦那！』声のした方向はテント内の天井。カメラがパンして映し出した先には、梁《はり》の上で脚をぶらぶらさせるひとりの小男がいた。

『あ……あなたは……⁉』『は……ハヤテちゃんっ！』

ハヤテと呼ばれた小男は『お待たせしました、姐《ねえ》さん！』とライスケーキのそばに着地する。ライスケーキは縛られた身体をよじらせ、歓迎ムードいっぱいに出迎える。

『おかえりなさい、ハヤテちゃん！　待ってました！』

タンツボネの顔は米びつの中に陰毛を見つけたかのようであった。

『なんで庭師のあなたがここにいるざますか⁉』

『へへ、俺はただの庭師じゃありませんぜ。ハヤテっていやあ、裏社会でちっとは名が知れてるスリだったんでさぁ』

ハヤテは聖女のあいくちを手の中で弾ませる。タンツボネが「返すざます！」と挑みかかってきたのを、飼い犬と遊ぶようにいなす。あいくちをポーイと放り捨て、タンツボネがそっちに気を取られている間に支柱に縛られていたライスケーキを救出した。

『ありがとうございます、ハヤテちゃん！　ところで、お願いしてたことは……？』

『バッチリですぜ』とふところから取りだした書類の束をライスケーキに手渡すハヤテ。『姐さんの全財産で、コモンナー寮の親たちの借金をすべて払い終えました。これでもう、コモンナー寮の生徒たちを縛るものはありませんぜ。こちら借用書です』

あいくちを回収して戻ってきたタンツボネは、主人が投げた棒とはまったく違うものを咥《くわ》えて戻ってきたマヌケな飼い犬のような顔をしていた。

『な……なに言ってるざます？　コモンナー寮の親たちの借金って、ぜんぶでいくらあるか知ってるざますか？　何千万どころじゃなくて、何億とあるざますよ？　ライスケーキさんみたいな下女が、逆立ちしたって払える額じゃ……』

『はい。ですからブックメーカーに賭けたんです。デュランダルちゃんが勝つのに』

『え……？　そういえばエンジェル・ハイロウとの試合で、デュランダルくんの勝利を唯一的中させた人物がいるって聞いたざますけど、もしかして……』

『はい！　おこづかいをぜんぶ、ブッ込んじゃいました！』

『えっ……えええええええええ――――――――っ⁉⁉』

うれしはずかしライスケーキの告白に、アゴが外れたように驚愕《きょうがく》するタンツボネ。

『で……でも……なんで……？　なんでざます……？　それだけ儲《もう》けたら、なんでもできるのに……。下女なんてせずに、聖女にもなれるのに……。それなのになんで……コモンナー寮みたいなゴミ生徒たちの借金を……肩代わりしたざますか……？』

『デュランダルちゃんに使い途を相談したんです。そしたらデュランダルちゃんは「困ってる人にあげる」って言ったので！』

「えっ……ええええええええ――――――――っ⁉⁉」

これにはタンツボネだけでなく、河原で見ていたデュランダルもビックリ仰天。まさか何気なく答えた一言が、多くの生徒を救うことになるとは夢にも思ってもいなかったからだ。

『う……ウソざます！　デュランダルくんもライスケーキさんも、みんなみんなウソっぱちざます！　そんな無欲な人間がいるわけないざます！　その借用書はおおかた、そのハヤテとかいうゴロツキに頼んで盗ませたんざましょ⁉　返すざますっ！』

タンツボネはライスケーキに飛びかかっていったが、ハヤテに足を引っかけられてビタンと床に叩《たた》きつけられていた。

『あ、そうそう姐さん、もうひとつ頼まれてたことも調べがついてますぜ。金貸したちの元を辿《たど》っていったら、どの生徒の親の借金もタンツボネが裏で糸を引いてました』

床に這いつくばったまま、ひび割れきった化粧顔を『なっ……⁉』と上げるタンツボネ。

『な……なにを言うざますか⁉　それじゃまるで、ザマがコモンナー寮を支配するために借金を背負わせて……』そう弁明しかけて、タンツボネの瞳孔はどんどん開いていく。まるで開き直るかのように。『そ……それがどうしたんざます⁉　ええ、そうざますよ！　コモンナー寮の生徒を奴隷にすれば、剣士様と魔術師様に融通できるざますからねぇ！　そうなれば、どちらの勢力にも顔が利くようになるざます！』

タンツボネは立ち上がると、本当の自分を取り戻したかのように叫んでいた。

『すっかり忘れていたざます！　ザマは聖教師！　聖女でいえば聖教司女の地位ざます！　ここで起こったことなんて、その気になればいくらでも揉《も》み消《け》し放題！　捏造《ねつぞう》し放題ざます！　なんたって、この中でいちばん偉いざますからねぇ！　司法においてザマの発言は最優先！　生徒たちもザマに将来を握られてる以上、言いなりにできるざます！』

タンツボネはステージの下に設置されていた非常ベルを鳴らす。けたたましい音が鳴り響き、テントの外から学院の衛兵たちがどやどやと入ってきた。

『衛兵！　その下女と庭師は借用書を盗んだ重罪人！　さらに神聖なる儀式をメチャクチャにした極悪人ざます！　よってインチキだらけの儀式は無効！　枝打ち《トリミング》の儀式は、後日やり直しにするざます！』

なんとタンツボネ、権力を振りかざしたうえに罪をすべて他人におっかぶせ、しかも儀式までやり直すという逆ギレ暴挙に出る。

「な……なんだそりゃぁぁぁぁぁぁ――――っ⁉⁉」

少々のことでは動じないデュランダルも、この宣言には頭を抱える。このままでは、何度も死にかけて成し遂げた苦労がすべて水の泡。これればかりは認めるわけにはいかなかったが、手の届かない場所にいる相手にはどうしようもなかった。

衛兵に取り囲まれるライスケーキとハヤテ。悪代官のように笑うタンツボネ。これが時代劇なら、桜吹雪か印籠かというシーンなのだが……。

『……しょうがないですね……』

ライスケーキは意を決した様子で三角巾をほどく。それは花嫁のヴェールのごとく、こぼれ出た長い黒髪とともに風もないのにふわりと浮かんだ。腰のエプロンをほどくとドレスの裾となり、床一面に白薔薇《しろばら》が咲き誇るように広がった。それは明らかに神秘を感じさせる光景だった。

『えっ、魔力のある服？　ははぁ、これでわかったざます！　あなたは本当は、下女じゃないざますね⁉　犯罪者になったものだから、正体を明かして許しを乞うつもりざますね⁉　いいざます！　お金持ちの家なら手心を加えてあげなくもないざますよ！』

強欲な老婆が捨て子に金の匂いを感じたかのように、欲望を剝きだしにして迫るタンツボネ。ライスケーキは答えるかわりにレースの目隠しを取った。するとそれだけで、まるで幕が取り払われたように顔に光が差す。その光は、露わになった瞳の明るさであった。人々の希望の架け橋のように虹色に輝く瞳は、見つめられるだけで天にも昇るほどの気持ちになれる。炊きたてのお米のように艶《つや》やかな肌、桜餅のように甘い唇、ほんのり焦げたお餅のように色づいた頰。豊かさを体現する体つきもあいまって、その姿は豊穣《ほうじょう》の女神が降臨したかのようであった。

タンツボネはアゴと腰の骨が同時に砕けてしまったかのように、大口を開けたままブッ倒れる。

『あっ……あっ……あわっ……あわわっ……！　あ……あなたは……あなた様は……！　せっ……せせせ……！　聖皇女、ママリア様……！』

「えっ……ええええええええ――――――――――――――――――――――――っ⁉⁉」

今儀式最大級の驚愕がテントを、そして河原を席巻《せっけん》する。大地震が起きたあとのように誰もが腰を抜かしていたが、デュランダルだけはピンときていない顔。近くでひれ伏しているヒマーリンに尋ねた。

「なあ、聖皇女ってなんだ？」「聖皇女様をご存じないの⁉　聖女のいちばん偉い人だよ！」

「へぇ、ライスケーキさんって聖女だったんだ」「ず、頭が高いよデュランダルくん！　聖皇女様は剣士でいう剣王、魔術師でいう賢王なんだよ⁉」

「へぇ、オヤジと同じ階級なのかよ。ライスケーキさんって若そうなのにすげぇなあ」「ライスケーキさんじゃなくて、ママリア様っ！　それにママリア様は三年生だよ！」

「なんだ、俺らとふたつしか違わねぇのかよ」すっかり縮み上がっているヒマーリンをよそに、デュランダルはママリアにピッと挨拶。「同じ生徒ならママリアでいいよな？　でもなんで、寮母さんに化けてたんだ？」

呼び捨てにされてもママリアの態度は変わらない。むしろ慈しむような微笑《ほほえ》みをデュランダルに向けていた。

『ママはね、お料理やお掃除が大好きなんです。自分のお部屋だけじゃ物足りなくなって、みんなのお部屋もお掃除したくなっちゃったんです。あ、あといちおう言っておきますけど、ママはまだ聖皇女様じゃありません。まわりがそう言っているだけですからね』

ママリアは手にしていた借用書をビリビリと破り捨てる。彼女は高貴なその見目に反し、とても無邪気な性格のようで、花畑で遊んでいる幼子のように紙片を撒き散らしていた。

『それーっ！　これで、コモンナー寮のみなさんは自由ですよぉ！』

河原に伏していたヒマーリンやコモンナー寮の生徒たちは、家畜の焼印が消えて泣いて喜んでいた。

『それと、デュランダルちゃんのおケガをないないします！　いたいのいたいの、遠いお空にとんでけーっ！』

レースのグローブごしに両手をパーッと広げるママリアの姿は、子供がふざけているようにしか見えない。しかしグローブが泡のように消え去ると、河原の夕暮れ空には打ち上げ花火のような大輪の幽門《サークル》が広がる。同時にデュランダルは無垢《むく》なる光に包まれていた。傷口はみるみるうちに塞がっていき、身体が軽くなっていく。

「マジかよ……⁉　あんなふざけた詠唱《リード》なのに、ケガが治っちまった……⁉　それに、距離なんて関係ねぇのかよ……⁉」大海の広さ、そして空の青さを知った蛙《かえる》のように飛びあがるデュランダル。「すげぇ！　すげぇよ！　これに比べたら俺の魔術なんて、まだまだヒヨッコだ！　こんなすげぇ法術を使うヤツが同じ学院にいるなんて！　いやっほーっ！　最高だぜ！」

ママリアの遊びは終わらない。軽やかにドレスを翻し、コウモリマークの椅子にお行儀よく着席。

『ママはバッド寮を応援します！　がんばれ、デュランダルちゃーんっ！』

これにはもう、誰も驚くことはなかった。なぜならば、この世界の常識を遥《はる》かに超越していたからだ。次期聖皇女が味方につくということは、駒が不死身になるようなものである。なにせいくら負傷したところで「いたいのいたいのとんでいけ」で完治してしまうのだから。

『がんばれーっ！　デュランダルちゃーん！　えい、えい、おーっ！』

「えい、えい、おーっ！　フレー！　フレー！　ごしゅじんさま！　がんばれがんばれごしゅじんさま！」

ミカンはポンポンを取りだして踊っている。ザガロは背を向けていた。

「……くだらん……！　こんな絶対的茶番に、つきあっていられるか……！」

その背中に声がかかる。「待てよ」と。

「あんなグーゼンみたいな負け方じゃ、お前も寝覚めが悪ぃんじゃねぇのか？」

振り向くとそこには、少年がいた。

天使と悪魔の翼を戴《いただ》き、戦いともなれば、どんなときでも不敵な笑みの、あの少年が……！

「ここはひとつ、やり直しといこうじゃねぇか。皇女サマもお姫様も、お坊ちゃんも落ちこぼれも、剣士も魔術師も関係ねぇ、男どうしのタイマンだ」

「……いいだろう……！　赤竜である俺様が上か、下郎である貴様が上か……！　絶対的な白黒を、いまこそつけてやるっ……！」

……カッ!!!!

落ちることは翔《と》ぶことであると、誰かが言った。しかしずっと地を這い続けてきた少年は、ひたすらに高く翔ぶのみ。

多くの仲間たちを巻き込んで、どこまでも、どこまでも……！

あとがき

デュランダルはさまざまな魔術を編みだしていますが、あなたならどんな魔術を作りたいですか？

私なら、1巻でデュランダルが初めての授業の時に使った、頭の中で考えていることを書き出してくれる魔術とかいいですね。

口述筆記ならぬ脳述筆記ができそうです。

雑巾を動かす魔術なども、組み方によってはロボット掃除機ばりに役に立ちそうです。

『原初魔法《オリジン》』というのは、その役割を持つ言霊《ワーズ》を組み合わせればどんなことでも可能です。

たとえば『ノートに書いた名前の人間が死ぬ』ということもできますし、『身体をゴムのように伸ばす』なども思いのまま。

いつかデュランダルもやるかもしれません。

伸ばした腕でノートに名前を書きながら戦うデュランダルが見たい方は、ぜひ私にお知らせください。

話は変わりますが、この『落ちこぼれ剣士』2巻は、私にとっての7冊目の本となります。

7といえばラッキーセブン。

しかもこの本は7月発売ですので、ふたつの7が揃ったことになります。

この素晴らしき7をともに作ってくださった方々に、この場を借りてお礼を言わせてください。

かっこいいデュランダル、そしてかわいいアイスクリンやミカン、ストームプリンをデザインしてくださった夕子《ゆうこ》さん。

コミカライズで熱い物語を繰り広げてくださった、きむら壱成《いっせい》さん。

そして、それらすべてを取りまとめてくださった編集の森田《もりた》さん。

ありがとうございました！

最後に、この本を手に取ってくださったあなたに。

あなたがこの本と出会ったことがラッキーとはいかないまでも、ほんのわずかでも幸せなひとときを感じていただけたなら、こんなに嬉しいことはありません。

それはきっと私にとって、みっつめの7となることでしょう。

佐藤謙羊《さとうけんよう》

Kラノベブックス

落《お》ちこぼれ剣士《けんし》、追放《ついほう》されたので魔術師《まじゅつし》に転向《てんこう》する2

～剣士《けんし》のときはゴミスキルだった『絶対記憶《ぜったいきおく》』は魔術師《まじゅつし》にとっては神《かみ》スキルでした～

佐藤謙羊《さとうけんよう》

2024年6月28日第1刷発行

発行者	森田浩章
発行所	株式会社 講談社 〒112-8001　東京都文京区音羽2-12-21
電　話	出版　(03)5395-3715 販売　(03)5395-3605 業務　(03)5395-3603
デザイン	AFTERGLOW
本文データ制作	講談社デジタル製作
印刷所	株式会社KPSプロダクツ
製本所	株式会社フォーネット社

KODANSHA

ISBN978-4-06-535932-7　N.D.C.913　322p　19cm
定価はカバーに表示してあります

ファンレター、
作品のご感想を
お待ちしています。

あて先
〒112-8001　東京都文京区音羽2-12-21
(株) 講談社　ライトノベル出版部 気付
「佐藤謙羊先生」係
「夕子先生」係

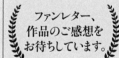